Joachim H. M. George

Im Vorhof des Fegefeuers

Zu Besuch beim schwarzen Phönix

Im Vorhof des Fegefeuers

I Zur See

Alles war neu, auch die Bank auf der ich saß. Der Main floss zwar noch in die gleiche Richtung, ansonsten war aber fast alles neu und fremd.

Es schneite wie vor neun Jahren, als ich Frankfurt, meine Heimat, mein bisheriges Leben verlassen hatte. Hier am Flussufer hatte sie gesessen, kalt und tot und die Schneeflocken in ihrem Haar und auf ihrem Gesicht hatten und hatten nicht schmelzen wollen. Ihr Nachfolger oder ihre Nachfolgerin hatte einen guten Job gemacht.

Sie war eine zuverlässige Auftragskillerin der Organisation und meine große, einzige Liebe gewesen. Gemeinsam hatten wir den Rest unseres Lebens verbringen wollen. Ich hatte ihr vertraut, sie hatte unseren Ausstieg, unsere gemeinsame Flucht aus dieser Welt, dieser Unterwelt, perfekt vorbereitet. Unsere Fluchtburg war ein kleines, nur schwer erreichbares Kloster in Tibet gewesen, das den Sturm der chinesischen Kulturrevolution irgendwie überstanden hatte und das für eine großzügige finanzielle Entwicklungs- und Überlebenshilfe dankbar gewesen war.

Aber dann – der Mohr hat seine Schuldigkeit getan, der Mohr kann gehen – hatte man sie hier am Mainufer gefunden. Bildschön und eiskalt und tot.

Bei aller Zuversicht in das Gelingen unserer gemeinsamen Flucht hatte sie für mich aber noch Plan B vorgesehen, ein Päckchen mit Goldmünzen und jede Menge Dollars, sowie einen kleinen Silberanhänger in Form einer Rasierklinge, mit Nummern und Kennworten für Bankdepots in Lichtenstein, Neuseeland, Nepal und London.

Ich hatte alles zurückgelassen. Mitgenommen hatte ich nur ihr letztes Geschenk, den Schweizer Chronometer, den Inhalt des Päckchens und Hass; eiskalten, ewig währenden Hass.

Ihren Abschiedsbrief hatte ich verbrannt. Ihre Mörder sollten in der Hölle schmoren.

Am 23.12.1976, dem Tag meiner Flucht, hatte ich dann noch schnell einen Erfüllungsgehilfen aus dem mittleren Management der Organisation erschossen - mit irgendwem muss man ja mal anfangen - und mich auf den Weg nach Rotterdam gemacht.

Als erste Station meiner Flucht hatte ich mir diesen drittgrößten Seehafen der Welt ausgesucht, da ich hoffen konnte, hier nicht weiter aufzufallen. Die Bevölkerung ist sehr vermischt nach Herkunft und kulturellem Hintergrund. Einwanderer aus den ehemaligen niederländischen Kolonien und Gastarbeiter aus dem Rest der Welt würden sicherlich auch die Suche nach einer illegalen Schiffspassage erleichtern, denn ich wollte und musste ohne die lästigen Zoll- und Passformalitäten raus- und weiterkommen.

Es war später Nachmittag und außerdem Heiliger Abend, als ich in Rotterdam ankam. Alle Christen hatten sich sicherlich schon in der Nähe des Weihnachtsbaumes versammelt, friedlich und voller Erwartung, was das Christkind ihnen diesmal so alles bringen würde. Die wahren Christen hatten sich geduscht, rasiert und in den Sonntagnachmittagsausgehanzug geschmissen und so ihren alljährlichen Kirchenbesuch gut vorbereitet, nachdem sie noch mal kurz nachgesehen hatten, wie man denn zur Kirche kommt und wann die Veranstaltung eigentlich losginge. Ein Jahr ist lang und das menschliche Gedächtnis kurz.

Man war also beschäftigt und die Straßen waren leer.

Auf dem Weg zum Hafen kam ich durch ein neues und wieder aufgebautes Rotterdam. Von den Folgen der Angriffe alliierter und deutscher Luftwaffe war nichts mehr zu sehen. Alles war sauber, rechtschaffen und ordentlich, keine Vorhänge an den Fenstern, man hatte ja nichts zu verbergen.

Jeder Hafen der Welt hat aber seine typischen Kneipen, in denen man, vorausgesetzt man hat die nötigen finanziellen Mittel, alles bekommt und eine illegale Überfahrt sowieso. Das wusste auch schon Wilhelm Busch: "Froh schlägt das Herz im Reisekittel, vorausgesetzt man hat die Mittel."

Es war Heiliger Abend und nur wenige Kneipen hatten noch offen. Durchgefroren, müde und hungrig betrat ich das nächstgelegene Restaurant und nahm an einem der vielen leeren Tische Platz. Die Bedienung kam, sprach gut Deutsch und ich bestellte mir einen Kaffee und den empfohlenen Fisch. Am Tresen standen und saßen einige volle Leichtmatrosen, lärmten, lachten, tranken und rauchten. Ich steckte mir auch eine Zigarette an, bestellte noch einen Kaffee und schaute mir, natürlich möglichst unauffällig, die etwas seriöseren Seeleute an den Tischen an. Hier saßen offensichtlich die Kapitäne und Schiffsoffiziere und wussten auch nicht, was man am Heiligen Abend in Rotterdam anfangen sollte. Natürlich konnte man noch mal schnell ins Bordell gehen, aber dann?

Mein Fisch kam und war überraschend lecker. Während ich aß, hatte ich bemerkt, dass ein alleinsitzender älterer Seemann Augenkontakt zu mir suchte. Wenn er nicht gerade schwul war und so sah er nun wirklich nicht aus, dann suchte er einen Gesprächspartner und entsprechend meiner Kleidung schien ich ein geeignetes Opfer zu sein.

Mein Teller war leer, die dritte Tasse Kaffee kam und wir steckten uns praktisch gleichzeitig eine Zigarette an. Lächelten beide und ich nahm ihm die Entscheidung ab, ging an seinen Tisch und fragte ihn, ob es ihm recht sei, wenn ich mich dazu setzte, allein sei es doch gerade am Heiligen Abend sehr langweilig und trostlos. Natürlich war er einverstanden. Ich hatte Glück, er sprach halbwegs gut Deutsch und natürlich perfekt Englisch, wie fast alle Kapitäne, die jahrzehntelang die Weltmeere befahren hatten.

Er trank Wein, ich bestellte mir ein Pils und er erzählte, dass er Portugiese und Kapitän eines Stückgutfrachters sei. Sein Heimathafen sei Lissabon und er transportiere Maschinenteile nach Hamburg, habe jedoch wegen einer kleineren Zuladung in Rotterdam anlegen müssen, morgen ginge es aber weiter nach Hamburg. Wir tranken und er klagte mir sein Leid. Stückgutfrachter seien heute nicht mehr wettbewerbsfähig, man habe zu lange Liegezeiten bis die Ladung einzeln verstaut und verzurrt sei. Die verdammten neumodischen und gigantischen Containerschiffe würden der Seefahrt den letzten romantischen Reiz nehmen. Ihm persönlich sei es gleichgültig, er habe das für die Pensionierung notwendige Alter längst erreicht, aber seine Mannschaft, seine Offiziere, seine Voll- und Leichtmatrosen, alles loyale, erfahrene und gut ausgebildete Seeleute, was würde aus ihnen werden? Containerschiffe mit ihren billigen und ungelernten Hilfskräften aus den Entwicklungsländern würden die Meere befahren. Das sei das Ende der christlichen Seefahrt, wie er sie kenne und liebe.

Und noch ein Wein, noch ein Bier, noch eine Zigarette und endlich fragte er mich, was denn so mit mir sei.

Ich erzählte ihm eine lange Geschichte von sehr persönlichen Problemen, die mich aus meinem Leben geworfen und zur Flucht gezwungen hätten. Fallen seien mir gestellt worden und als leichtgläubiger Mensch sei ich den Intrigen nicht gewachsen gewesen. Alles, was mir geblieben sei, sei der Inhalt meiner Ledertasche. Ich streichelte die Tasche und schaute ihm in die Augen und sah, dass er mir alles glaubte. Seeleute sind sehr empfänglich für Seemannsgarn der Landratten und leicht angetrunkene Seeleute erst recht. Vielleicht bin war auch nur ein besserer Geschichtenerzähler als ich bisher dachte.

Ich wartete auf seine Frage und sie kam.

„Kann ich etwas für sie tun, kann ich ihnen irgendwie helfen?"

Wir waren noch beim Sie und ich überlegte, dass Hamburg als nächstes Ziel doch gar nicht so schlecht sei. Wer käme schon auf die Idee, dass jemand heute aus Deutschland flüchtete, morgen zurückkam, um dann endgültig in der weiten, großen Welt zu verschwinden? In Hamburg würden wir allerdings mehrere Tage Aufenthalt haben, da die alte Ladung gelöscht und die neue für die Rückfahrt nach Lissabon verstaut werden musste.

Ich bestellte eine neue Runde, um Zeit und Vertrauen zu gewinnen. Brauchte ich jedoch nicht, wie sich herausstellte, sein Vertrauen hatte ich und er kam mir entgegen:

„Ich habe genügend Menschenkenntnis und sie sind eine ehrliche Haut. Sie müssen weg und ich kann ihnen die Möglichkeit bieten. Kommen Sie mit nach Hamburg und danach mit nach Lissabon. Dann sind sie erst mal raus aus der Schusslinie."

Was hatte sie mir noch in ihrem Abschiedsbrief für meine Flucht empfohlen?

Spontan sollte ich entscheiden, das mache meinen Fluchtweg für meine Verfolger weniger berechenbar. Auch hier hatte sie mit Sicherheit wieder Recht.

Ich nickte, wir gaben uns die Hand und ich bestellte noch eine Runde. Das Lokal hatte sich geleert, die Bedienung schaute wiederholt und demonstrativ auf die Uhr und mein neuer Kapitän hatte auch bemerkt, dass es schon spät geworden war.

Die Runde kam, wir tranken Brüderschaft, ich zahlte, wir hakten uns kameradschaftlich unter und er nahm mich mit auf sein Schiff und führte mich in eine Einzelkabine, die offensichtlich seit Monaten und Jahren keinen Bewohner mehr gehabt hatte.

Schmales Metallbett, kleiner Tisch, zwei Kinderstühle und ein Bullauge für maximal ein Auge. Alles etwas angestaubt und muffig, aber einem geschenkten Gaul schaut man nicht ins Maul.

Wir hatten uns als eiserne Reserve noch zwei Flaschen Bier mitgenommen, die wir jetzt öffneten und austranken. Wir rauchten noch eine, ich öffnete das Bullauge und entnahm meiner Ledertasche 5.000 Dollar: „Für Sie und Ihre Mannschaft. Nehmen Sie bitte, Geld ist eines der wenigen Probleme, die ich nun wirklich nicht habe."

Irgendwie schien er sich nicht wirklich zu wundern oder zu freuen. Er nahm das Geld ohne nachzuzählen, steckte es ein und erzählte, dass er schon einen Plan habe, wie ich mich bei überraschenden Polizei- oder den Zollkontrollen zu verhalten habe. Aber morgen sei ja auch noch ein Tag und er wolle mich dann als erstes seiner Mannschaft vorstellen, alles vertrauenswürdige Kameraden, die er seit Jahren kenne und die ihn nie enttäuscht hätten.

Die Kabine war warm, ich war müde, erschöpft und satt. Das Schiff schaukelte leicht und ich schlief, bevor ich die Augen schließen konnte.

Der Kapitän weckte mich persönlich, lächelte freundlich, zeigte der Landratte, dass hinter dem leicht geöffneten Bullauge die Sonne schon aufgegangen war und knurrte mit verräucherter Vorgesetztenstimme, dass man noch eine Menge zu tun habe, wenn man pünktlich ablegen wolle. Kein Waschen, kein Zähneputzen, einfach nur aufstehen und dem Chef folgen.

Das Frühstück war vorbereitet, der Kaffee duftete, die Mannschaft war versammelt und schaute mich mit gedämpfter Neugierde an. Es gab nur einen Esstisch und am Kopfende lag ein Bündel Dollarnoten, einfach nur so, zwischen Brot und Brötchen, zwischen Butter, Marmelade, Käse und Wurst.

In kurzen, knappen Worten stellte mich der Kapitän als Mitreisenden bis Hamburg und dann Lissabon vor, nahm das Geldbündel, zählte jedem 200 Dollar ab und steckte den Rest ein. Ich erntete einige freundliche Blicke und man ging zur Tagesordnung über. Vom Kopfende des Tisches kamen einige Anweisungen, die nickend bestätigt wurden, das Frühstück wurde zügig, aber nicht hektisch beendet, jeder kannte seinen Arbeitsplatz, seine heutige Aufgabe, hier war eine eingespielte Truppe am Werk. Gelb, schwarz oder weiß, die Crew war eine Einheit. Ich würde nur im Weg stehen und verzog mich daher in meine Kabine. Rauchte, schlief noch etwas und wartete bis das Schiff ablegen würde. Pünktlich zur Mittagszeit begannen die Schiffsdiesel zu arbeiten, das Schiff vibrierte und nahm dann Fahrt auf. Ich wagte mich an Deck, atmete tief durch, genoss die kühle, feuchte Seeluft und stellte fest, dass ich mal wieder einen Kaffee benötigte.

Schön heiß, viel Milch und viel Zucker und dann noch eine windgeschützt Ecke für eine Zigarette. Ein gelbes Crewmitglied näherte sich mir vorsichtig, fragte mich mit Händen, Füßen und Stimmbändern, ob alles OK sei und ob ich vielleicht einen Tee oder Kaffee möchte.

Ich hatte es gewusst, die im fernen Osten können alle Gedanken lesen. Ich nickte, murmelte etwas von Kaffee mit Milch und Zucker, er freute sich, führte mich in eine windstille Ecke und gab mir zu verstehen, dass er gleich wieder da sein werde. Ich saß auf dem Rand einer Ladeluke, fragte mich, was man mit diesem ganzen Wasser Sinnvolles anfangen könnte, steckte mir eine Zigarette an und wartete auf meinen neuen Freund. Er kam, reichte mir meinen Kaffee und gab mir in gebrochenem Englisch zu verstehen, dass die ganze Mannschaft und er natürlich auch, sich sehr über mein großzügiges Geschenk gefreut hätten. Wenn er oder wer auch immer etwas für mich tun könne, solle ich das sofort sagen. Mittagessen gäbe es in etwa einer Stunde, wenn ich wolle, würde er mich abholen oder, wenn ich Interesse hätte, würde er mir auch gern das Schiff zeigen. Der Chef habe schon sein OK gegeben und er habe bis Hamburg Freischicht. Natürlich lief das Gespräch etwas unrunder, aber wir verstanden uns und die Chemie stimmte einfach. Ist manchmal so.

Ich erklärte ihm, dass das meine erste Schiffsreise sei und ich den Kaffee, die Luft und den Ausblick noch ein paar Minuten genießen wolle. Aber nach dem Mittagessen würde ich mich gern mit ihm auf dem Schiff etwas umsehen. Er freute sich wieder und bedankte sich überschwänglich, dass ich sein Angebot angenommen hatte. Na ja, Asiaten halt. Mal abwarten, wie sich das so weiter entwickelt, Freunde konnte man immer brauchen.

Die Stimmung beim Mittagessen war bestens, jeder wollte anscheinend wissen, wie es mir geht, ob mir die Fahrt gefällt, ob man etwas für mich tun könne und der Kapitän freute sich auch, da er offensichtlich seine Entscheidung, mich mitzunehmen, nicht zu bereuen hatte. Mein neuer Freund saß jetzt neben mir und alle schienen das zu akzeptieren, kein schiefer Blick, keine Spur von Rivalität.

Ich schaute mich um. Alle Crewmitglieder machten einen gepflegten Eindruck, die Küche und der Speiseraum sauber, das Essen reichlich und ausgewogen, aber kein Alkohol während des Dienstes. Der Führungsstil war fair und kollegial, alle Anweisungen, ob per Wort, per Handzeichen oder per Blick wurden sofort und ohne Diskussion umgesetzt. Die Hierarchie von Kapitän über technischen und nautischen Offizier, über Bootsmann, Voll- und Leichtmatrosen war das unsichtbare Gerippe, das die Effizienz dieser Crew ausmachte und gleichzeitig aber auch kleinste Rebellionen schon in den Anfängen verhinderte.

Der zweite Weihnachtsfeiertag kam und Hamburg war in Sicht. Es war Weihnachten und die Kontrollen würden wohl nicht allzu streng sein, trotzdem bekam ich eine für Matrosen typische Leinenbekleidung, gebrauchte Schuhe und durfte für die nächsten Stunden den Maschinenraum reinigen oder zumindest so tun, als ob ich wüsste, was ich tat.

Meine Kabine war wieder leer und meine Sachen hatte der Kapitän in seine Obhut genommen. Schlecht rasiert und ungekämmt würde ich so wohl bei jeder oberflächlichen Kontrolle als Leichtmatrose durchgehen.

Wie erwartet waren die Kontrollen schnell erledigt, das Ausladen konnte beginnen und ich konnte mich wieder umziehen. Die Weihnachtsfeiertage und das bevorstehende Jahresende verteuerten natürlich durch entsprechende Lohnzuschläge das Löschen der Ladung, aber unabhängig davon, jeder Tag im Hafen ist für ein Schiff sowieso ein teurer Tag.

Die Mannschaft wusste das natürlich, sie war ja ein erfahrenes Team und arbeitete zügig unter Aufsicht und Anleitung der Schiffsoffiziere.

Unser Kapitän, Miguel Caetano, stand auf der Brücke. Er wusste, dass alles nach Plan lief und wirkte entsprechend entspannt und zufrieden. Ich hatte wie immer nichts zu tun, gesellte mich zu ihm und fragte ihn, wie ich am besten und unkontrolliert in die Hansestadt Hamburg gelangen könnte, da ich noch Einiges zu besorgen hätte.

Er schmunzelte, rief seinen Ersten Offizier auf die Brücke, übergab ihm das Kommando, hakte mich unter und nach einer halben Stunde standen wir beide auf dem Landungssteg. Alles kein Problem für einen erfahrenen Seemann.

Er musterte mich kurz von oben bis unten, schmunzelte mal wieder über meine für die Seefahrt absolut ungeeignete Wanderkluft und wir beschlossen, dass ich zunächst mein Erscheinungsbild der internationalen Schifffahrt anpassen müsse. Und in Hamburg, dem zweitgrößten Hafen in Europa, gab es mit Sicherheit die notwendige Kleidung.

In der Nähe der Landungsbrücken, wo der traditionelle allsonntägliche Hamburger Fischmarkt stattfindet, hatte sich heute ein Flohmarkt breit gemacht. Menschen aus aller Herren Länder schlenderten gelassen oder eilten hektisch durch die schmalen Gassen zwischen den Ständen mit ihren unterschiedlichsten Auslagen.

Ich hatte mir fest vorgenommen, nicht mehr zu kaufen, als in meine Aktentasche passen würde. Abgesehen von der Kleidung natürlich. Miguel beriet mich beim Kauf und handelte beim Preis.

Nassrasierer, Zahnbürste und ein Schweizer Offiziersmesser waren schnell gekauft. Auch einen Brustbeutel für die Pässe und den Ledergürtel mit versteckten Innentaschen für die eiserne Gold- und Geldreserve. Dann noch ein Buch, um meine Englischkenntnisse aufzufrischen und ein Reisebericht über Nepal, noch einen über Tibet und natürlich jede Menge Zigaretten. Alles andere gab es auf dem Schiff.

War jetzt doch mehr geworden, aber Miguel half mir beim Tragen meiner Beute.

Wir hatten "Deutschlands Tor zur Welt" verlassen, ich war wieder in meiner Kabine, hatte mich umgezogen und meine Wanderkluft entsorgt.

Das Verstauen und Verzurren der neuen Ladung hatte trotz aller Eile doch etwas länger gedauert, aber noch vor Silvester rumpelten die Schiffsmotoren und wir legten ab.

Miguel war jetzt an Bord wieder der Kapitän, stand auf seiner Brücke, ruhte in sich und strahlte freundliche Souveränität aus. Er fragte mich zwar hin und wieder, ob alles OK sei und ob er etwas für mich tun könne, wusste aber natürlich die Antwort schon im Voraus, da er alles wusste, was auf seinem Schiff passierte, gesagt und gedacht wurde.

„Nein, alles bestens."

Stimmte ja auch, das Meer war ruhig und unendlich. Sonnenaufgang und Sonnenuntergang von gigantischer Größe und Schönheit. Die Mannschaft schien mich wirklich zu mögen, ich brachte ja auch mit den typischen Fragen einer

Landratte etwas Erheiterung und Abwechslung in ihren Alltag und bemühte mich ansonsten möglichst wenig im Weg rum zu stehen.

Und wenn es das Wetter erlaubte - der Atlantik ist um diese Jahreszeit kalt, feucht und windig - rauchte ich mit dem Einen oder Anderen an der Bugspitze sitzend eine Zigarette und philosophierte über Dies und Jenes. Einfach unbezahlbar hier auf dem kalten feuchten Metall zu sitzen, die Wellen kommen und gehen zu sehen, die Zigarette in der hohlen Hand haltend, um sie gegen die Gischt zu schützen und so nur die Unendlichkeit der Naturgewalten zu genießen.

Es war vielleicht der dritte oder vierte Abend auf See, ich stand wieder an der Reling, bewunderte den Sonnenuntergang - irgendwann müsste es doch mal zischen, wenn dieser Feuerball im eiskalten Meer versinkt - als der Kapitän unerwartet neben mir stand, mir eine Zigarette anbot und mich unvermittelt fragte, ob ich mir denn schon Gedanken über meinen weiteren Weg gemacht hätte?

Manche Menschen fragen Fragen.

Hatte ich natürlich und klar war mir auch, dass ich Hilfe brauchen würde. Miguel war ein Weltenwanderer, der alles gesehen, erfahren und erlebt hatte, von diesem Wissen konnte ich nur profitieren.

Ich beschloss offen und ehrlich mit ihm zu sein und nannte ihm mein Ziel und den Weg, den ich mir in meiner grenzenlosen Unerfahrenheit so ausgedacht hatte. Per Schiff über Neuseeland nach Hong Kong, weiter nach Nepal und dann irgendwie, notfalls auch zu Fuß, nach Tibet.

Er nahm einen tiefen Zug aus seiner Zigarette, schaute mich an und sagte:

„Hört sich gut an, aber das schaffst du nie allein! Irgendwo wirst du entdeckt, überfallen oder ermordet. Oder du fällst auf, wirst der Polizei ausgeliefert, deine Botschaft schaltet sich ein, dein Aufenthaltsort wird bekannt und du bist geliefert.

Ich überleg mir mal was, wir haben ja noch ein paar Tage Zeit."

Die Sonne war inzwischen untergegangen, es hatte wieder nicht gezischt, wir warfen unsere Kippen über Bord in die offene See und auch dieses Zischen hörte ich nicht. Mein neuer gelber Begleiter hatte sich in den Tagen auf See als allgegenwärtig und mehr als nützlich erwiesen. Sein Name war Li Weifang und wann immer ich auch nur das kleinste Problemchen hatte, Li war zur Stelle und klärte und bereinigte alles. Er suchte meine Gegenwart, auch wenn es mal nichts zu bereinigen oder klären gab. Dann saß er einfach neben mir, erzählte von seiner Familie, seinen Freunden und seiner Heimat. Ich erzählte ihm, dass ich auf der Flucht sei und zu Hause übermächtige Gegner hätte, die die Liebe meines Lebens getötet hätten. Unsere Gespräche wurden immer offener und persönlicher. Er erzählte mir, dass er als chinesischer Soldat in Tibet einmarschiert sei und auf Befehl tibetische Freiheitskämpfer erschossen habe, Männer, Frauen und Kinder seien durch seine Kugeln gestorben.

Wie fast alle Chinesen sei er ein ergebener Verehrer des großen Führers Mao gewesen und die Ziele der großen Kulturrevolution seien auch seine Ziele gewesen.

Dann habe er erleben müssen, wie man gläubige Mönche bestialisch abgeschlachtet und ihre Klöster dem Erdboden gleichgemacht habe. Als gläubiger Buddhist sei er entsetzt gewesen und habe keinen anderen Ausweg aus dieser Lage als die Fahnenflucht gesehen. Über Nepal, Hong Kong und Neuseeland sei er dann in Auckland auf dieses Schiff gekommen, das ihm seit Jahren eine neue Heimat geboten habe. Immer wieder müsse er aber an Tibet und das Elend dieser gläubigen Menschen denken, für das er sich auch ganz persönlich verantwortlich fühle.

Ich konnte es nicht fassen, er war den Weg gekommen, den ich nun gehen wollte.

Das nennt man Schicksalsverbindung. Er hatte seinen Erzählfluss unterbrochen und schaute mich ernst an. Auch ihm war klar geworden, dass sich hier zwei Gescheiterte nicht zufällig getroffen hatten. Das Schicksal hatte uns sicherlich nicht nur mal so zusammengeführt, es hatte eine Aufgabe für uns und dieser Aufgabe mussten und würden wir uns stellen. Zufälle gibt es nicht und schon Einstein wusste und er wusste eine ganze Menge, dass Gott nicht würfelt. Er, sie oder es hatte uns den Weg gezeigt und würde uns auch noch die Aufgabe finden lassen.

Wir standen zusammen, rauchten, schauten in den Nachthimmel und in unsere Zukunft, beides war dunkel, aber das Tageslicht würde kommen, wenn es an der Zeit war.

Der nächste Tag kam, aber es wollte nicht wirklich hell werden. Die Wolken hingen tief und unser Schiff kämpfte tapfer gegen den stärker werdenden Wellengang an. Der Kapitän kam auf mich zu, zwei Tassen Kaffee in den Händen, alles kein wirkliches Problem für einen erfahrenen Seemann. Mit Milch und Zucker und kein Tropfen verschüttet. Man konnte ihm wirklich alles anvertrauen. Er gab mir meine Tasse und zog mich in eine sturm- und regengeschützten Ecke.

„Ich hab euch jetzt schon ein paar Tage beobachtet, ich weiß nicht warum, aber ihr gehört zusammen. Du vertraust ihm und kannst ihm auch vertrauen. Ich kenne ihn jetzt seit mehreren Jahren und er hat mich nie enttäuscht."

Was sollte das jetzt? Ein gestandener Kapitän bringt mir bei diesem Mistwetter einen Kaffee an Deck und will mich mit einem Chinamann verkuppeln?

Ich hatte ihn wohl leicht irritiert angeschaut, er zog tief an seiner Zigarette und fuhr fort:

„Du willst doch nach Tibet und ich hatte dir schon in unserem letzten Gespräch gesagt, dass du das allein nicht schaffst. Li ist der ideale Begleiter für dich und die Sehnsucht nach den Bergen, die, wenn man ihm glauben darf, bis in den Himmel reichen, frisst ihn langsam auf. Nimm ihn mit, einen Besseren findest du nicht."

Das Schicksal zog wieder an den Fäden und der Kapitän fuhr fort:

„Die letzten Frachtschiffer halten zusammen und ich habe eben per Funk von einem Kameraden erfahren, dass sein Schiff drei oder vier Tage nach unserer Ankunft in Lissabon von dort nach Auckland abgehen wird. Gegen eine kleine Aufwands- und Risikoentschädigung würde er euch mitnehmen. Wäre das was für euch?"

Das Wetter und die Zukunft hellten auf.

„Besprich das mit Li und sag mir Bescheid!"

Miguel war gegangen, das Schiff lief jetzt ruhiger und ich beschloss mir vom Schiffskoch die Haare und den Bart schneiden zu lassen, um bei Li, in Lissabon und bei unserem neuen Kapitän einen möglichst guten Eindruck zu machen. Auf dem Weg zum Schiffskoch traf ich Li, der gerade meine Bettwäsche gewechselt hatte und wir verabredeten uns auf ein paar Zigaretten nach dem Abendessen an Deck.

Nach dem Essen saßen wir am Bug des Schiffes, kaum Wellengang, kein Wind, den Himmel voller Sterne, einen Mond, wie man ihn an Land nie sieht und besprachen unsere gemeinsame Zukunft.

Meine Bedingung war, dass ich zwar alles finanzieren würde, dass wir aber immer und bei allen Entscheidungen gleichberechtigte Partner sein müssten, um unsere Ziele in Tibet zu erreichen.

Er hatte nur eine Bedingung:

„Versprich mir, dass du mir immer vertraust, auch wenn dir mein Handeln sehr fremd und undurchschaubar vorkommt. Ab Auckland tauchen wir in eine andere Kultur ein, meine Kultur."

Ich wusste um meine Abhängigkeit von seinen Erfahrungen und nickte nur.

Es war alles gesagt und wir planten in Lissabon gemeinsam ein paar entspannende Urlaubstage zu verbringen. Miguel hatte uns immer wieder von seiner Heimatstadt, der Hauptstadt und größten Stadt Portugals vorgeschwärmt. Wie alle europäischen Metropolen hatte auch Lissabon eine wechselvolle Geschichte, war durch Brände und Erdbeben immer wieder zerstört und durch den unerschütterlichen Glauben und Optimismus seiner Bürger aber immer wieder aufgebaut worden. Kirchen, Klöster und Festungsanlagen bestimmten das Stadtbild und dem Charme seiner alten Viertel würde man leicht erliegen. Und als Absprungbrett in eine unbekannte Zukunft hätte sich diese Stadt ja auch schon für die Nazis nach dem verlorenen Zweiten Weltkrieg bewährt.

Endlich tauchte die Stadt am Horizont auf, unser Schiff legte an, Miguel hatte noch mal Kontakt mit seinem Kameraden aufgenommen und bestätigt bekommen, dass er in vier Tagen nach Auckland abfahren würde. Er könne uns auch sofort rüberbringen, damit wir uns schon ein bisschen mit unserer neuen Umgebung vertraut machen könnten. Ein paar Dollar ersetzten die Zoll- und Passkontrollen und wir konnten unseren neuen Kapitän begrüßen. Auch er Portugiese und erfahrener Frachtschiffkapitän, der die Route Lissabon nach Auckland und zurück schon seit Jahren fuhr. Immer die gleichen Versender und Empfänger, immer die gleichen Kontrolleure und Schmiergeldempfänger. Das war das Stichwort, ich übergab ihm 10.000 Dollar, auch er zählte nicht nach und steckte das Geldbündel einfach nur ein. Allerdings bezweifelte ich, ob er es auch wie Miguel mit seiner Mannschaft halbwegs fair teilen würde. Vielleicht floss es aber doch in irgendeinen Bonustopf, wie es ja bei Piraten und in der christlichen Seefahrt üblich war.

Wie auch immer, heute Abend war großes Essen und Trinken angesagt. Miguel und unser neuer Kapitän kannten sich natürlich hier bestens aus, sie suchten aus und ich bezahlte. Es wurde ein gelungener, wenn auch teurer Abend. Aber was soll`s, in Neuseeland konnte ich ja nachladen. Mal sehen, was sie dort so alles versteckt und gebunkert hatte dachte ich und fühlte wieder den vertrauten Schmerz.

Die nächsten Tage verbrachten Li und ich damit, uns Lissabon zu erwandern, da ein Stückgutfrachter letztlich doch nur eine kleine Welt mit wenig Auslauf war und noch eine längere Reise vor uns lag.

Unsere langen Spaziergänge führten uns durch eine Hafenstadt mit mittelalterlichen Fließenfassaden und engen Gassen. Eine Stadt an der Flussmündung des Tejos mit hohen Hügeln und tiefen Tälern. Die Bausubstanz war schon sehr marode und man fragte sich, wie lange sie noch halten würde. Wo war die Kraft dieser alten Seefahrernation geblieben? Angefangen hatte es wohl mit der neutralen Rolle Lissabons im Zweiten Weltkrieg. - Wer sich aus allem raus hält, es allen recht machen will, hat keine eigene Position mehr. Wer nach allen Seiten offen ist, ist nicht ganz dicht sagt man und wer nicht ganz dicht ist, wird marode. Alles ganz einfach -.

Der Tag der Abreise war gekommen, unser neues Zuhause legte ab und die endlosen Wochen auf See begannen. Ich las und rauchte viel und in den langen, aber nie langweiligen Gesprächen mit Li lernte ich viel über Konfuzianismus, Buddhismus und Taoismus. Li kam aus einem sehr religiösen Elternhaus, hatte in den Jahren auf See viel gelesen und viel nachgedacht.

Kontakt zur Mannschaft hatten wir kaum und waren beide froh, als nach den endlosen Wochen auf dem Meer Auckland am Horizont auftauchte. Uns ungesehen an Land zu bringen, war auch hier kein Problem. Tausende von Handelsschiffen liefen jährlich diesen Hafen an, alles sehr unübersichtlich und Schleichwege gibt es immer und überall.

Dank der freizügigen Immigrationspolitik gab es eine große, in sich geschlossene Gemeinschaft von Asiaten. Li nahm Kontakt auf und wir konnten dann unsere nächsten Schritte konkret planen. Meine Bank lag allerdings in der Hauptstadt Wellington und ich musste ja noch meine Barbestände auffrischen.

Bis jetzt hatte ich wohl keine Spuren hinterlassen, war unbehelligt einfach so untergetaucht und wollte daher kurz vor dem endgültigen Absprung in den asiatischen Raum kein überflüssiges Risiko eingehen und persönlich bei der Bank vorsprechen. Mit Bankern und deren kriminellen Kontakten hatte ich genug schlechte Erfahrungen gemacht.

Ich bat also Li und seinen Kontaktmann die Bank aufzusuchen, gab ihm Kennwort und Kennnummer und den Auftrag die Hälfte des Depots in Dollar und Goldmünzen mitzubringen.

Am späten Nachmittag des nächsten Tages tauchten die Beiden wieder auf, grinsten wie die Honigkuchenpferde und übergaben mir dann mit Respekt bezeugenden Verbeugungen eine größere, schwarz lackierte Holzschatulle.

Ich öffnete, die Beiden schauten diskret zu Boden und konnten daher meinen verblüfften Gesichtsausdruck nicht sehen. Überschlägig geschätzt mussten das 50.000 Dollar in Scheinen und 80.000 Dollar in Goldmünzen sein. Großzügigkeit war angesagt, zumal ich mich schämte, dass tief in mir doch noch kleine Restzweifel gewesen waren, ob Li der Versuchung widerstehen könne und nicht einfach mit dem Geld verschwinden würde. War er aber nicht und ich würde nie wieder an seiner Loyalität und Ehrlichkeit zweifeln. Er schaute mich an, las in meinen Gedanken, lächelte und wir waren Freunde. Ich hatte zum ersten Mal in meinem Leben einen Freund, dem ich bedingungslos vertrauen konnte.

Verschwiegen wie Asiaten nun mal sind, hatte sich unser Reichtum durch den Begleiter schnell rumgesprochen, wir wurden überall freundlich und ehrfürchtig gegrüßt und wussten, dass wir jetzt schnell verschwinden mussten. Diese Insel, gewachsen aus Vulkanen, stand ja noch unter dem Einfluss des Pazifischen Feuerrings und mir wurde der Boden unter den Füßen langsam zu heiß.

Eine Überfahrt nach Hong Kong war schnell gefunden und eine Kontaktadresse in diesem „Duftenden Hafen" hatte Li ebenfalls schon besorgt. Geld und Gold öffnet überall die Türen, Tore und Schiffsluken.

Hong Kong. Eine britische Kronkolonie mit rund 250 größeren und kleineren Inseln, auf denen über 5 Millionen Menschen lebten. Eine eigene Landwirtschaft gab es praktisch nicht, so dass alle Lebensmittel aus benachbarten Staaten importiert werden mussten. Leicht nachvollziehbar, dass man diese Stadt relativ einfach und unkontrolliert betreten oder verlassen konnte.

Während der Überfahrt erzählte mir Li, dass er gehört habe, dass man in den letzten Jahren angefangen habe die wunderschönen Kolonialbauten abzureißen und durch kalte, nüchterne Hochhäuser zu ersetzen.

So war es dann auch, kalt, bunt, hektisch und geschmacklos. Eine alles der Marktwirtschaft unterwerfende Geschäftsstadt am Fuße der Volksrepublik China.

Man wird sehen, wie das am Ende des Jahrtausends weitergeht, wenn die vertraglich bereits vereinbarte Angliederung an China erfolgt.

Nur weg hier. Die Reise hatte schon viel zu lange gedauert und ich wollte am Zielort endlich zur Ruhe kommen. Falsche Formulierung, ruhig war ich, ich wollte nur ankommen und Li wollte seine Berge sehen, begrüßen und begehen.

Wir wussten beide, was uns in dieser letzten Station vor unserem Ziel, in Nepal, erwarten würde. Einerseits ein Königreich mit einer korrupten Polizei und Staatsverwaltung, nicht schlecht für zwei Flüchtlinge wie uns, andererseits aber hatte das nach Tibet zweithöchste Land der Welt eine entsprechend katastrophale Infrastruktur. Fast die Hälfte des Staatsgebietes liegt 3.000 m über dem Meeresspiegel. Wenn wir auf diese Zahl zu sprechen kamen, grinste Li still vor sich hin und war sichtlich glücklich, dass er diesen verdammt niedrigen Meeresspiegel endlich und wie er wohl hoffte, endgültig verlassen konnte.

Unser Kontaktmann in Hong Kong hatte uns immer wieder und gestenreich versichert, dass der Flug nach Kathmandu mit einer kleinen Privatmaschine absolut sicher und risikolos sei. Wir würden auf einem winzigen Privatflughafen in der Nähe der Hauptstadt landen und gegen eine kleine Gebühr von 2.000 Dollar in Gold würden uns alle Wege in die Hauptstadt offen stehen. Es sei die Zeit der Hippies und Aussteiger und wenn wir unser äußeres Erscheinungsbild diesem Zeittrend etwas anpassen würden, könnten wir in den Touristenströmen einfach untertauchen.

Die Weiterreise nach Tibet müssten wir allerdings dann vor Ort organisieren.

Unsicher schaute ich Li an. Er vertraute unserem Kontaktmann und ich vertraute Li.

II Im Gebirge

Wir nahmen den Flieger zusammen mit acht anderen Passagieren, hatten einen ruhigen Flug, einen traumhaften Ausblick auf die unter uns liegende Landschaft und landeten dann leicht rumpelnd auf einer abgelegenen Piste. Wir zahlten dem Piloten unser Eintrittsgeld, bestiegen den bereitstehenden Yakkarren und die Rumpelei ging los. Auf dem Weg nach Kathmandu wurde mir klar, dass das wichtigste Transportmittel hier nur der Mensch sein konnte, die Pfade waren schmal, teilweise verschüttet oder einfach nur durch den Regen weggewaschen. Keine Eisenbahn, keine Autos und keine wirklichen Straßen.

Im Zentrum der Hauptstadt angekommen stiegen wir ab, nahmen unsere Rucksäcke, gaben noch ein kleines Trinkgeld und suchten uns eine billige Herberge. Wir waren jetzt Hippies, Aussteiger.

Eine halbwegs saubere Unterkunft hatten wir schnell gefunden und Li machte sich auf den Weg zum Chinesenviertel, das es natürlich auch hier gab. Chinesen sind alle leicht introvertiert und kapseln sich gern ab. Alles, was nicht gelb ist, ist ein fremder Teufel.

Ich blieb also in der Herberge, aß, trank, rauchte und wartete. Tibet lag direkt vor uns und ich überlegte, wie wir unerkannt in dieses von der chinesischen Volksbefreiungsarmee eroberte Land eindringen könnten. Ich grübelte und rauchte und kam natürlich zu keinem Ergebnis. Ich war hier fremd, fremder ging es nicht.

Buddha sei Dank kam Li und wirkte zufrieden und entspannt.

Etwas umständlich begann er damit, was wir auf keinen Fall tun sollten. Keinesfalls den Grenzübergang nach Tibet über die Freundschaftsbrücke versuchen, zumal die Straße zur Grenze mal wieder durch Erdrutsche unpassierbar geworden sei und dem Friendship Highway nach Lhasa traue er auch nicht.

Empfand ich genauso, wenn Kommunisten das Wort Freundschaft benutzen, ist Gefahr im Verzug. Wenn sie dann noch von Frieden reden, wird es wirklich ernst und man lädt sicherheitshalber schon mal durch.

Wie sagten schon die alten Römer:

Willst du den Frieden, dann halte dich kriegsbereit.

Li hatte eine kleine Pause eingelegt, sich eine Zigarette angesteckt, an seiner Teetasse genippt und kam jetzt zum Wesentlichen:

„Es gibt einen sicheren Weg, der uns dann in Tibet auch weiter zu unserem Ziel führen wird. Wie du ja gesehen hast, erfolgt der Transport der Güter überwiegend durch Träger. Viele Sherpas verdienen hier gutes Geld, indem sie betuchte Bergtouristen zum Dach der Welt führen und dabei ihr Gepäck tragen. Das geht witterungsbedingt natürlich nur zu bestimmten Jahreszeiten. Im Winter und Frühling schmuggeln sie tibetische Teppiche nach Nepal. Auf dem Rückweg nach Tibet können wir uns dann einer solchen erfahrenen Truppe anschließen, die uns sicher auf schmalen und steinigen Pfaden nach Tibet bringen wird.

Die Hauptstadt Lhasa müssten wir allerdings meiden, da hier nach den letzten Unruhen die chinesische Volksbefreiungsarmee alles und jeden überall kontrolliert und ein Westeuropäer garantiert auffallen würde."

Li wirkte plötzlich traurig und bedrückt, bevor er weiter erzählte:

„In den letzten Jahren hat man weiter tausende von Klöstern und Kulturdenkmälern zerstört, auch kleinste Aufstände blutig niedergeschlagen und sogar die einheimischen Trachten verboten und den chinesischen Einheitslook vorgeschrieben. Auch weiß man nicht, wem man noch trauen kann und wem nicht."

So hatten wir uns die politische Lage in der anderen Welt, in die wir fliehen wollten, nicht vorgestellt.

Li erzählte weiter, dass jetzt ein guter Zeitpunkt wäre sich den Schmugglern anzuschließen. Die Zeit der eisigen Winterstürme sei vorbei und der Bergsteigertourismus habe noch nicht begonnen. Schon morgen würde sich eine kleine Schmugglertruppe auf den Rückweg machen, der wir uns gegen eine bescheidene Gebühr anschließen könnten. Im Morgengrauen solle es losgehen und wenn wir mit wollten, müssten wir noch heute Bescheid geben und uns die notwendige Bekleidung besorgen. Schlafplätze und Lebensmittel würden gestellt, seien in der Gebühr eingeschlossen. Keine Frage, unsere Antwort konnte nur ein JA sein.

Ich begleitete Li zu der Kontaktadresse, da wir uns auf dem Rückweg ja noch mit der erforderlichen Bekleidung ausstatten mussten. Wir verloren etwas Zeit, da der Sherpaführer uns noch persönlich kennenlernen wollte, vielleicht wollte er aber auch nur die Anzahlung kassieren. Wir gewannen aber Zeit, da er uns mit der notwendigen Kleidung versorgte und uns zum Abendessen einlud. Während des Essens gab er uns schon mal einen Überblick über den Weg, die Schwierigkeiten und die rein körperliche Anstrengungen, die wir zu erwarten hatten: Schnee, Eis, Kälte, keine bequemen Betten, keine ärztliche Versorgung und keine wärmenden Öfen.

Er beobachtete unsere Reaktionen und schien zufrieden. Der Weg war schwer und nicht ungefährlich und er wollte und konnte seine kleine Truppe nicht durch zivilisationsgeschädigte Weicheier in Gefahr bringen. Offensichtlich hatten wir die Prüfung bestanden, denn er begann plötzlich von der Schönheit, der Erhabenheit der Berge zu schwärmen. Von den Abenden vor dem Zelt, am Yakmistfeuer, wärmende Teebecher in der Hand und umgeben von einer unendlich tiefen und göttlichen Stille. Von den alten Zeiten, in denen jetzt des Fasten und Feiern begonnen hätte, in denen die Pilger die Tempel umschritten und sich im Gebet zu Boden geworfen und sich Körperlänge um Körperlänge vorgearbeitet hätten.

Es war spät geworden und wir mussten noch ein paar Stunden schlafen. Das Gespräch wurde beendet und wir verbrachten die erste und letzte Nacht in Kathmandu in unruhigem, aber traumlosen Schlaf.

Unausgeschlafen, aber pünktlich, fanden wir uns am Treffpunkt ein und der Fußmarsch begann. Ich hatte nicht gefragt und wollte auch gar nicht genau wissen, wie lange unser Marsch wohl dauern würde. Ich wollte nur, dass es

endlich losging und Li hatte ja gesagt, dass auch die längste Reise mit dem ersten Schritt beginne. Ich machte also den ersten Schritt auf unserer letzten Etappe. Es regnete wieder und die Temperatur musste um den Nullpunkt liegen.
Die Sherpas hatten uns in die Mitte genommen. Bald hatten wir die Stadt hinter uns gelassen und die Einsamkeit betreten. Vor uns das gigantische Himalaya Gebirge, unter uns nur Schotter. Keiner stolperte oder rutsche aus, nur Li mit seinem Seemannsgang und ich mit meiner kümmerlichen Erfahrung aus Lichtenstein gaben wohl ein jämmerliches Bild ab. Aber kein schiefer Blick, kein abwertendes Grinsen. Ruhig, gleichmütig und scheinbar mühelos überwanden unsere Begleiter auch die schwierigsten Stellen.
Anfangs hatte ich noch die Schritte gezählt und hin und wieder auf die Uhr geschaut, aber was ist schon ein Schritt oder eine Stunde, wenn man sich dem Dach der Welt mit seiner eigenständigen Kultur nähert.
Der erste Abend war da. Ich sank erschöpft auf den nächsten Felsbrocken, die Sherpas schlugen zwei Gemeinschaftszelte auf und bereiteten das Abendessen vor.
Ich steckte mir aus alter Gewohnheit - wenn ich sitze, rauche ich - eine Zigarette an.
Die Sherpas rauchten auch und es war nach unserem Abmarsch aus Kathmandu der erste Glimmstängel. Was war los? Er schmeckte nicht. War die Luft zu dünn oder ich dem Himmel zu nah? Ich warf den Rest ins Feuer und hockte mich neben die Yakmistglut, aß und trank etwas.
Ich war erschöpft, mir wurde kalt, ich verabschiedete mich von Li und unserem Führer, ging ins Zelt und fiel in einen totenähnlichen Schlaf. Li erzählte mir am nächsten Tag, dass er kurz nach mir ins Zelt gekommen sei, aber ich schon tief und selig wie ein Baby geschlafen hätte.
Der nächste Tag kam und dann der übernächste und dann wieder der nächste und dann wieder der übernächste. Ich

hatte aufgehört die Tage zu zählen, spürte meine Füße nicht mehr, hatte keinen Hunger oder Durst und seit Tagen hatte ich nicht mehr geraucht. Die Tage waren eintönig lang und die Nächte sternenklar und zu kurz.

Für die Sherpas waren wir nur Ware, die man mitgenommen hatte und irgendwo wieder abliefern würde. Und dann auch noch ein Chinese und ein Westeuropäer. Die Chinesen hatten ihr Land überfallen und die Europäer hatten ihnen nicht geholfen. Sie hatten nun mal kein Erdöl und wer kein Erdöl hat, hat auch keine Freunde.

Aber Moral und Religion sind dann doch stärker als Macht und Gewalt. Tibetern ist Klassenkampf und Neid fremd und mit dieser Gelassenheit ertrugen sie auch unsere Gegenwart.

Etwas Abwechslung brachten nur die Abende am Lagerfeuer, wenn unser Führer mal wieder von den alten Zeiten und seiner Hoffnung für die Zukunft erzählte.

Welches Tibet würde man heute den Besuchern zeigen?

Wo sei die Kultur des ehemals freien Tibets geblieben?

Der Dalai Lama sei vertrieben und im indischen Exil, die Ausübung des Glaubens sei verboten und die staatlichen Touristenbüros würden den handverlesenen Besuchern und der Presse leere Klöster und falsche Mönche präsentieren. Sicherheitshalber gebe es auch noch ein grundsätzliches Fotografierverbot.

Alle wichtigen Positionen seien von Chinesen besetzt und der Weltöffentlichkeit und den Tibetern verkünde man täglich, dass jetzt alle Tibeter im Paradies leben würden, nachdem die Volksbefreiungsarmee sie aus der Knechtschaft der übermächtigen religiösen Führer befreit habe.

Und konsequente Maßnahmen seien nun mal notwendig, um diese Freiheit, dieses Paradies nachhaltig zu sichern.

Ich musste an George Orwell und sein 1984 denken.

Ein totalitärer Überwachungsstaat löst dort die Konflikte mit seinen Bürgern durch Gehirnwäsche. Eine Parteielite täuscht und unterdrückt das Volk mit einer allgegenwärtigen Propaganda und einer neuen Sprache. Künstliche Konflikte rechtfertigen den Ausnahmezustand, die Verhaftungen, die Folter und die Gehirnwäsche. Nein, auch die Gedanken sind nicht mehr frei, es gibt ja die Gedankenpolizei und den Großen Bruder, den man zu lieben, zu verehren und dem man absolut zu gehorchen hat.

Mit den Großen Brüdern Hitler, Stalin, Mao und so weiter, hatten wir aktuell so unsere Erfahrungen gemacht, aber offensichtlich mal wieder nichts draus gelernt.

Wie war das noch gleich: Die Geschichte lehrt uns, dass sie uns nichts lehrt! Und Geschichten lehren uns auch nichts.

Es war schon lange dunkel und wurde immer kälter, wir krochen in unsere Decken und der nächste Tag kam und dann noch einer und noch einer.

Schließlich jedoch lagerten wir eines Abends unter einem Felsvorsprung und konnten in der Ferne die Lichter von Lhasa sehen.

Der Zeitpunkt der Trennung war gekommen, unserem Führer hatte ich von unserem endgültigen Ziel, dem kleinen abgelegenen Kloster erzählt. Er hatte sich bei seiner Truppe umgehört und tatsächlich hatte sich ein junger Mann gemeldet, der die Gegend und das Kloster kannte und sich auch, natürlich wieder gegen eine kleine Gebühr, bereit erklärte, uns dorthin zu führen.

Am nächsten Morgen trennten wir uns, die Sherpas stiegen weiter ab in Richtung Lhasa und wir, jetzt mit schwerem Gepäck beladen, folgten unserem jungen Führer weiter ins Gebirge. Er schätzte, dass wir bei diesem Tempo etwa zwei Wochen benötigen würden und könne uns auch nicht garantieren, ob es das Kloster überhaupt noch geben würde und ob es bewohnt sei.

Über Verpflegung bräuchten wir uns keine Gedanken zu machen, wir würden unterwegs immer wieder Hirten treffen, denen wir das Notwendige abkaufen könnten. Wir zahlten die Gebühr im Voraus und versprachen einen Bonus, sobald wir das Kloster erreicht hätten.

Keine Ahnung, wie das mit der Verständigung im Kloster werden würde, bisher hatte es mit unserem Englisch und dem multilingualen Li gut funktioniert. Wir würden sehen. Unsere Körper hatten sich an die Höhe gewöhnt und die Reservezigaretten hatte ich schon lange entsorgt. Kein Bier, kein Tabak, nur das Ziel und im Augenblick war wieder der Weg das Ziel.

Wir hatten das größte Gebirge der Welt überwunden und befanden uns im Hochland von Tibet. Zeit und Wetter hatten hier tiefe Täler und hohe Steilwände geschaffen. Weite Steppen, kleine Wälder und karge Wüsten boten einer nomadischen Bevölkerung Raum und Freiheit für ihr anspruchsloses Leben.

Abends am Lagerfeuer erzählte uns unser junger Führer von den naturreligiösen Vorstellungen seines Volkes, von den allgegenwärtigen Geistern und Dämonen. Von den zauber- und heilkundigen Schamanen, die man immer aufsuchen könne, wenn es mal wirklich Probleme gäbe und deren Autorität als Richter und Berater bis heute unangefochten sei. Ihre Position, ihren Status in der tibetischen Gesellschaft, hätte die Kulturrevolution nicht schmälern oder gar auslöschen können.

Die Aufstände könne man blutig niederschlagen, den Dalai Lama vertreiben, Klöster und Schriften vernichten, aber an den seit Jahrtausenden tief in den Gehirnen verankerten Glauben kämen auch die eifrigsten Rotgardisten nicht ran. Und auch die Feuerwehrleute in Fahrenheit 451 nicht. Alles war doch schon gedacht, gesagt und geschrieben worden. Man kann den Besitz oder das Lesen von Büchern zum Verbrechen erklären, man kann die Aufgaben der Feuerwehr von Brandlöschung in Brandlegung umfunktionieren, man kann die Gesellschaft vom politischen System abhängig machen und sie unmündig halten, man kann ihr erzählen, dass selbständiges Denken gefährlich sei und zu antisozialem Verhalten führt, irgendwann lodert die Flamme der Freiheit doch wieder auf und die Tyrannen sind nur noch Asche in der Zeitgeschichte. Aber den Phönix kann man nicht wirklich vernichten, er entsteigt dann wieder der Asche und das Spiel beginnt von neuem. Die Veränderungen erfolgen dann schrittweise, man senkt und nivelliert das Niveau und dem einzelnen Rebellen bleibt nur die Flucht in die Wälder und das Warten auf die Chance des Neubeginns.

Und dann waren wir endlich angekommen.

Was uns erwartete war kein Tempel, nicht mal eine schlichte Kapelle, wir standen vor dem Eingang eines komplexen Höhlensystems in einer der vielen zum endlosen Himmel ragenden Steilwände. Keine Gebetsmühlen, keine Götterstandbilder, nicht mal Bilder, nur eine Gruppe von Mönchen oder besser von Einsiedlern, die hier ihren Weg suchten. Kein Widerspruch, wie ich im Laufe der kommenden Jahre erfahren durfte.

III Bei den Taoisten

Man hatte uns erwartet, vielleicht aber auch nicht. Man begrüßte uns freundlich, wie man wohl jeden begrüßte. Man nahm uns auf und zeigte uns den gemeinsamen Schlafraum. Ein Deutscher und ein Chinese wurden ein Teil der Gemeinschaft.

Es waren Taoisten, die den weisen Lehren des alten Meisters Laotse folgend hier in der Einsamkeit der Berge versuchten in Harmonie mit ihrer inneren und der äußeren Welt zu leben, um so wieder ein Teil der Natur zu werden. Man hatte einen Teil der Aufgaben der Schamanen übernommen und aus der Liebe zur und in dem Streben nach der Verbundenheit mit der Natur viel über die Heilwirkung von Mineralien und Pflanzen gelernt. Bei persönlichen oder gesundheitlichen Problemen kamen Menschen auch aus den unterschiedlichsten buddhistischen Glaubensrichtungen zu diesen schamanischen Taoisten, an diesen geheimnisvollen und verborgenen Ort, um ihren Rat und Hilfe zu erbitten. Spenden flossen reichlich und kein Nomade versäumte es, wenn ihn sein Weg in die Nähe dieser heiligen Männer führte, seine Spenden abzuliefern und so nebenbei seinen Talisman, seinen Glücksbringer mit neuer Kraft aufladen zu lassen.

Li war in den letzten Tagen immer stiller geworden. Während ich mit deutscher Disziplin und Zielstrebigkeit und der Hilfe eines englisch sprechenden Mönches - sein Englisch war besser als die Reste meines Schulenglisches - versuchte mir ein Programm zu erarbeiten, saß er immer häufiger am Höhleneingang und schaute in die Richtung, in der Lhasa liegen musste.

Mein Ausbildungsprogramm stand, die Mönche lächelten nachsichtig über meinen Versuch dem Gang der Dinge meinen Willen aufdrücken zu wollen, waren aber guter Dinge, dass ich das Verstehen noch lernen würde. Meine finanzielle Unterstützung sicherte ihnen für Jahre eine materielle Unabhängigkeit und ein unbedarfter, aber wissbegieriger Europäer brachte letztendlich ja auch etwas Abwechslung in ihr Leben. Ich war als Schüler aufgenommen und bekam meinen ersten Meister, meinen ersten Leitgedanken:

Der Weise handelt, ohne zu handeln!

300 Jahre Aufklärung hatten meinem Hirn die Macht gegeben und meiner Seele die Kraft genommen.

Nach endlosen Gesprächen und tiefen Meditationen begann ich aber langsam zu verstehen. Unser Weg ist vorgezeichnet, nichts ist wirklich Zufall und wenn uns Schmerz und Leid trifft, dann sind das nur Prüfungen, die wir zu bestehen und Pässe, die wir zu überwinden haben. Und das gelingt uns nur, wenn wir unsere Gefühle beherrschen oder ausschalten und unser ewiges Streben, nach was auch immer, besiegen können. Nicht leicht zu verstehen für einen Mitteleuropäer, dem man Zielstrebigkeit in die Wiege gelegt hat und dessen einziges Bestreben kalte und unerbittliche Rache an den Mördern seiner einzigen großen Liebe war.

Li hatte mich beobachtet und gesehen, dass ich meinen Weg gefunden und beschritten hatte.

Wir waren Freunde fürs Leben geworden, aber unsere Wege mussten sich für einige Zeit trennen, denn auf seiner Seele lastete die Schuld, das Karma, das er als Soldat hier angesammelt hatte. Das musste er abarbeiten. Durch Leid ertragen und Gutes tun.

Karma abbauen und seine Chance für die Wiedergeburt verbessern, er lächelte verlegen bei diesen Worten, das sei sein nächstes Ziel und daher müsse er jetzt zurück nach Lhasa. Geld und Gold hatten wir ja Beide ausreichend, er für eine neue Identität und gute Taten, ich für meine persönliche Weiterentwicklung.

Wir hatten unsere Aufgaben, den Willen und die Mittel und Zeit spielte keine Rolle.

Nach Wochen, Monaten oder Jahren würden wir uns wiedersehen.

Li verließ uns am nächsten Morgen, ging seinen Weg und ich ging zu meinem Meister, weil ich schon wieder eine Menge Fragen hatte und wusste, dass er mir eine Tür öffnen würde, hinter der dann neue Fragen und andere verschlossene Türen lauerten.

Er lehrte mich, nicht alles dem Eigensinn zu unterwerfen, mich nicht durch eigene Wünsche und Begierden verblenden zu lasse. Nicht immer handeln zu wollen, sondern Dinge einfach geschehen zu lassen, das Welten-, das Nichterzwingungsprinzip zu erkennen, das da lautet:

Passe dich dem laufenden Wandel der Dinge an! Meine Kultivierung machte Fortschritte, nur der Hass auf die Mörder meiner Geliebten war unbesiegbar, diesen Pass konnte ich nicht überwinden. Mein Meister, mit dem ich oft über diesen Punkt gesprochen hatte, sah die Dinge natürlich etwas gelassener, da er einerseits nie wirklich verliebt gewesen war und andererseits wusste, dass wir nicht nur persönliche Prüfungen zu bestehen hatten, sondern dass uns das Schicksal auch Aufgaben zugewiesen hatte. Und so wie er das sah, war mein Kampf gegen die Organisation meine Aufgabe, der Auslöser war der Mord an meiner Geliebten und seine Aufgabe war es, mir das seelische, geistige und körperliche Handwerkszeug zu vermitteln, diesen Kampf erfolgreich zu führen.

Ich musste nur lernen diesen Kampf als Aufgabe meines derzeitigen Lebens ohne Gefühle nüchtern und kalt zu führen. Auch wir im Westen behaupten ja immer wieder, dass man Rache kalt genießen soll, aber wie soll man etwas kalt genießen, wenn im Inneren das Höllenfeuer brennt. Wir beide konnten aber zunächst gut damit leben, dass ich versuchte das Wort *Rache* durch *Aufgabe* zu ersetzen.

Dabei musste ich akzeptieren lernen, dass nichts wirklich verschwindet, auch mein Hass nicht. Wenn man glaubt Neues zu schaffen, wandelt man nur für unsere menschlichen Augen die Erscheinungsform des Alten. Um das Prinzip der Unvergänglichkeit besser zu verstehen, ließ mich mein Meister Tage und Wochen im Schnee meditieren. Jeweils 9 Tage formte ich jeweils 9 Schneebälle, ordnete diese in einem Kreis um mich herum an und meditierte dann weitere 9 Tage im Zentrum dieses Kreises. Danach nahm ich die Schneebälle mit in die Höhle, ordnete sie wieder im Kreis an, meditierte wieder 9 Tage in diesem Kreis bis mein Werk komplett verschwunden war. Dann führte mich mein Meister wieder vor die Höhle, deutete auf das Schneetreiben und sagte:

„Da sind sie wieder, erkennst Du sie noch? Nein? Dann fang mal wieder an Schneebälle zu formen! Und nicht vergessen, Hass ist auch nur ein menschliches Gefühl, wandele ihn um in Pflichtgefühl, das Du zur Erfüllung deiner Aufgabe brauchst."

Die Monate und Jahre vergingen, Li suchte uns regelmäßig auf, berichtete von seinem Leben, war zufrieden und erfüllt von ungebremstem Tatendrang.

Ich erzählte ihm, dass es mir seelisch und körperlich nie besser gegangen sei, dass ich das Gefühl habe von Tag zu Tag jünger, gesünder und leistungsfähiger zu werden, dass ich auch jede Menge schamanisches Wissen angesammelt hätte, aber noch mitten auf meinem Weg sei. Noch viel zu lernen und zu verstehen hätte.

Li fragte mich, ob er etwas Geld von unserem Depot in Nepal abheben dürfte, da er einige geheime Krankenhäuser aufbauen wolle. Natürlich erlaubte ich es ihm, wir waren ja Freunde und Partner. Er lächelte und fragte, ob er mir in Kathmandu neue Faltencreme und Haarfärbemittel besorgen solle, mein Vorrat müsse doch langsam aufgebraucht sein. Wir alberten weiter rum wie zwei Schuljungen, die sich nach den großen Ferien wieder treffen und bogen uns vor Lachen. Das Echo unseres Gelächters drang in die letzte Ecke des Höhlenlabyrinths, störte aber sichtlich niemanden. Und er hatte ja auch Recht, trotz oder vielleicht auch wegen des spartanischen Lebens waren die ersten grauen Haare und die Falten im Gesicht verschwunden. Die Gespräche mit meinem Meister waren offensichtlich ein Jungbrunnen. Oder war es seine Energie oder meine Meditationen? Wahrscheinlich hatte ich aber so Einiges immer noch nicht verstanden.

Mein Meister schien jedoch zufrieden zu sein und reichte mich an einen Kollegen weiter. Sein Zwischenzeugnis lautet kurz und knapp:

„Du bist jetzt soweit und kannst mit der Kampfkunst, einem Sonderweg der Kultivierung, beginnen."

Die ersten Tage und Wochen mit meinem neuen Meister waren noch relativ harmlos, da er mich Achtsamkeit und das Steuern von Chi und dessen Umwandlung in Kultivierungsenergie lehrte.

Mein erster Meister habe ihm gesagt, dass ich über sehr starke angeborene Kultivierungsfähigkeiten verfüge, deren Ausbau und Erhöhung er mich gerne lehren würde, wenn ich ihm versichern würde, dass ich sie nicht aus Eitelkeit oder Geldgier einsetzen würde. Er kenne meine Aufgabe nicht, offensichtlich kannte er auch meine Personalakte nicht, aber das Schicksal habe eine Aufgabe für mich und ich würde sie erkennen, wenn meine Ausbildung, meine Kultivierung abgeschlossen sei. Er las in meinen Augen, schaute endlose Sekunden in meine Seele:

„Ich kann und werde Dich Alles lehren, nur den Dämon des Hasses musst Du selbst besiegen, indem Du ihn umwandelst!"

Und dann begannen die harten Monate und Jahre. Wirklich hart. Keine Schmerzen, keine Hitze oder Kälte zu spüren oder immer wieder den schnellen kurzen technischen Griff für die vorübergehende Lähmung oder den sofortigen Tod zu üben. Und immer wieder die Achtsamkeit.

Das körperliche Training, die geistige Konzentration, der Verzicht auf das Essen und Trinken, kein Schlaf und dennoch immer hellwach und aufmerksam sein. Alles im Zusammenhang zu sehen, abzuspeichern und Dinge zu wissen und zu sehen, bevor sie geschehen oder zu erblicken sind.

Wenn ich mich in den ersten Wochen und Monaten noch über jeden Fortschritt gefreut und auf jede neue Fähigkeit stolz gewesen war, lehrte mich das Beispiel meines Meisters diese und jede andere Entwicklung ohne Freude, Trauer oder Angst einfach nur zu akzeptieren.

Li besuchte uns mal wieder, berichtete stolz und zufrieden von der Entwicklung seiner Projekte und wunderte sich über meine Fortschritte.

Und auch mein zweiter Meister war nach einigen Jahren zufrieden mit meiner Entwicklung und mein dritter Ausbildungsabschnitt begann mit der ewigen Frage:

Was ist der Sinn unseres Lebens?

Mein dritter Meister stellte mir diese Frage und verbot mir sofort jedes inhaltlose Geschwafel, dafür sei die Frage zu ernst und Worte zu wichtig, so nach ein oder zwei Jahren könne ich vielleicht mal meine Ansicht dazu äußern. Was hatte uns der alte Meister in Tao Te King hinterlassen: Nichtstun ist besser, als mit viel Mühe nichts schaffen. Nur ziel- und planlos in einem Tümpel rühren, trübt nur das Wasser und den Blick für unsere Aufgabe in diesem Lebensabschnitt. Wenn wir diese Aufgabe nicht erkennen, nicht annehmen, nicht erfüllen, sind und bleiben wir nur ein Stück Treibholz im Strudel der Ereignisse.

Die Fronten waren klar, ich machte täglich mehrere Stunden meine Kultivierungs- und Kampfsportübungen, meditierte und saß ihm dann gegenüber, hörte ihm aufmerksam zu und durfte hin und wieder eine Verständnisfrage stellen. Im Gegensatz zu meinen beiden ersten Meistern lobte er mich aber häufig wegen meiner Geduld, Lernbereitschaft und den guten Anlagen, dem Erbe vergangener Leben.

Er erzählte von den Niederungen, in die wir geboren seien, von dem Leid und den Schmerzen, die wir von Geburt an zu tragen hätten, von Krankheiten, Hunger, Durst und dem Tod. Von unserem Bemühen, diesem Leid zu entgehen,

von der Erfolglosigkeit und dem neuen Bemühen. Das müsse doch einen Sinn haben, die höheren Wesen seien doch keine Sadisten, die sich an dem Leid der Erdgeborenen vergnügen würden.
Ich machte meine Übungen und meditierte.
Ich verstand langsam wirklich, dass unser Leben ein individuell gestalteter Hindernisparcour sei. Wie man diesen bewältigte, das war die eigene Leistung, das bisschen Spielraum, den man hatte.
Und nach endlosen Monaten sprach er davon, dass unser Bemühen unsere Seele und auch den Kosmos veredeln würde, unser Bemühen würde eine Kraft erzeugen, die das Lebenselixier der höheren Wesen sei, zu denen wir uns durch unser Bemühen zurückentwickeln sollten. Auch eine Reispflanze verbringt ihr kurzes Leben im Schlamm, wird kultiviert, abgeerntet und nur ein kleiner Teil von ihr erhält die Chance zur Reinkarnation, der Rest ist Nahrung, Baumaterial für höhere Wesen. Alles sei mit allem verbunden und diene einer höheren Ordnung. Die Gesetze des Kosmos seien hart, gerecht und unumstößlich. Wer etwas nimmt, muss etwas geben und wer etwas gibt, bekommt etwas und wer versagt, wird vernichtet und wer ganz versagt, wird endgültig vernichtet.
Ich fragte, ob ich fragen dürfe und ich durfte:
„Was ist denn mit der Barmherzigkeit und der Nachsicht?"
Er schaute mich lange an und überlegte wohl, ob ich für die Antwort schon reif sei, blickte auf mein Herz und antwortete:
„Nur für die, die es wert sind und jetzt frag nicht weiter!"
Li besuchte uns mal wieder, berichtete von seinen neuen Projekten und was auf der Welt so los sei. Ich erzählte von meiner Höhle, neue Mönche seien dazu gekommen, alte gestorben, alles nehme seinen natürlichen Lauf, die Gläubigen oder die Hilfe-, Trost- und Ratsuchenden würden uns nach wie vor mit Spenden überhäufen und ich sei inzwi-

schen ein vollwertiges Mitglied unserer kleinen Gemeinschaft.

Li schaute mich an:

„Das ist aber nicht Deine Aufgabe oder?"

Er hatte natürlich Recht, meine Aufgabe war das einzusetzen, was mir das Schicksal gegeben hatte. Ich hatte bekommen, also musste ich jetzt geben. Mal wieder. Gib mir noch ein oder zwei Jahre und wir werden sehen, was unsere Aufgabe ist.

Li fing wieder an rumzualbern:

„Soll ich die Welt schon mal auf deine, auf unsere Rückkehr vorbereiten?"

Rückkehr und Vorbereitung waren die Stichwörter:

„Ja, jetzt aber ernsthaft, besorg mir doch bitte bei deinem nächsten Besuch in Kathmandu von irgendeinem deutschen Hippi mit meinem Aussehen und in meinem Alter eine neue Identität.

Finde einen Langzeitaussteiger, der sich verrechnet hat und das Geld gut gebrauchen kann. Wenn möglich mit kaufmännischer Ausbildung und ohne enge persönliche Bindungen in Deutschland."

Li war glücklich und zufrieden und freute sich offensichtlich auf unseren weiteren gemeinsamen Weg. Und ich freute mich, dass er sich freute.

Unser zukünftiger weiterer Weg lag vor mir:

Getrennt marschieren, vereint schlagen.

Was dem Herrn Generalfeldmarschall von Moltke vor 100 Jahren gegen die Österreicher genutzt hatte, konnte mir und Li heute nicht schaden.

Wir würden getrennt nach Deutschland einreisen und er wäre mein Schatten, mein Schutzengel, zwar gelb und etwas auffällig, dafür würde uns aber keiner in Verbindung bringen und meine Aufgabe war auch klar, ich würde in die

Organisation eindringen und den Kopf abschlagen. Dieses Mal nicht den der ausführt, sondern den, der die Befehle gibt.

Und in meinem letzten Höhlenjahr würde ich mit meinem Meister die Ausbildung abschließen und einige ethische Probleme besprechen, die zwangsläufig auftauchen würden, wenn ich in die Organisation eindringen würde.

Das Jahr war vergangen, Li hatte alles perfekt vorbereitet und war neugierig auf Deutschland.

Mein Meister hatte meine Ausbildung beendet, da sei nichts mehr, was er mich lehren könne und beraten dürfe er mich nicht bei der Ausführung meiner Aufgabe, das sei jetzt meine Verantwortung, aber er sei zuversichtlich, dass ich meinen Weg finden, gehen und vollenden werde.

Li und ich verabschiedeten uns und machten uns auf den Weg. Etwas viel Weg, aber wir kamen ja von den Taoisten, bei denen der Weg schon das Ziel ist. Also kein Problem.

IV Zurück in Deutschland

Li flog von Hong Kong direkt, ich von Auckland über London nach Frankfurt. Erstmals treffen wollten wir uns nach vier Wochen, wenn jeder sein neues Leben eingerichtet hätte, am Eingang des Frankfurter Hauptbahnhofs. 17.30 Uhr, wenn die Pendler in die Züge strömten.

Die neue Identität war perfekt, ich war jetzt Jörg Heinrich Weber, geboren und gelebt in Krefeld, kam zurück als gescheiterter Aussteiger, niemand suchte oder vermisste mich, auch nicht die Polizei. Laut Personalausweis, Reisepass und Führerschein war er etwas jünger, aber das war kein Problem, ich hatte ja meine Verjüngungskur hinter mir und in Kathmandu hatte ich mir neue Passbilder in die noch gültigen Ausweise montieren lassen.

40

Die Feiertage standen vor der Tür und Herr Weber suchte sich für die nächsten Tage ein Hotelzimmer und danach für längere Zeit ein möbliertes Zimmer. Alles schön bescheiden und normal, also angemessen für eine gescheiterte, aber doch nicht ganz mittellose Existenz.

Im Hotel Mainufer fand der Finanzbuchhalter Weber ein Zimmer mit Blick auf den Fluss, das Ufer und die Bank. Alles war schon so lange her. Aber von Nachsicht und Vergessen nichts zu spüren und Erbarmen? Nur für die, die es wert sind.

Meine Aufgabe würde mir erlauben, den Hass abzuarbeiten, um die wirkliche Ruhe zu finden. Rache nehmen, oh verdammt, nur meine Aufgabe zu erfüllen, um endgültig für die nächsten Schritte und die Erhöhung meiner Kultivierungsfähigkeiten bereit zu sein.

Meine aktuelle Devise:

Entspannt am Ufer sitzen und gelassen zusehen, wie die Leichen der Gegner vorübertreiben.

Die Feiertage kamen und gingen. Möblierte Zimmer gab es genug.

Ich hatte ein Zimmer gefunden, das optimal für meinen Neueinstieg in die westliche Zivilisation geeignet war. Meine Vermieterin war eine kinder- und inzwischen auch ehemannlose ältere Dame, etwas naiv und gutgläubig, dafür fürsorglich und sauber. In unserem ersten Gespräch hatte sie mir etwas betrübt mitgeteilt, dass sie praktisch keine Verwandte oder Bekannte hier in Frankfurt habe und sich daher auch freue, wenn durch mich mal wieder etwas Leben in ihre Wohnung kommen würde. Wenn es mir recht sei, würde sie auch gern für mich die Wäsche und Einkäufe erledigen. Ich bräuchte aber keine Angst zu haben, dass sie mir zu sehr auf die Nerven gehen würde, sie wisse sehr wohl, dass junge Leute ihre geschützten und unbeobachteten Freiräume brauchen würden. Die Wohnung lag im ersten Stock, zu hoch also um problemlos einzusteigen und niedrig genug für eine schnelle Flucht.

Meine Vermieterin war wirklich etwas naiv, glaubte mir all meine Geschichten und übte sich tatsächlich in diskreter Zurückhaltung. Wichtig war zunächst, dass ich alle bürokratischen Formalitäten erledigte, eine ärztliche Routineuntersuchung wäre vielleicht auch nicht schlecht. Wenn man anfängt, soll man ja bekanntlich von vorne anfangen. Also Friseur, neue Kleidung, Passbilder, Einwohnermeldeamt, Augenarzt und Allgemeinmediziner als Privatpatient, neuen Personalausweis, Reisepass und Führerschein. Danach Arbeitsamt und Krankenkasse und Anschaffung eine gebrauchten Käfers. Alles schön durchschnittlich und unauffällig, wie meine lieben Mitbürger auch. Alles kein wirkliches Problem. Es war die Zeit der Aussteiger und der Ausstieg aus dem Ausstieg dauerte zwar einige Wochen, aber dann stand meine neue Identität.

Meine Vermieterin freute sich mit mir, wenn ich ihr beim gemeinsamen Frühstück von meinen Fortschritten beim Wiedereinstieg in die Zivilisation berichtete. Anfangs war es ihr sicherlich noch sehr fremd und exotisch vorgekommen, wenn ich morgens und abends meine Kultivierungsübungen machte oder meditierend vor meiner Kerze saß, dann begann sie sich selbst für den Buddhismus zu interessieren, las und fragte viel.

Ich aß wieder Fleisch, rauchte und trank wieder mein Pils. Es schmeckte alles nach neun Jahren nicht wirklich, aber ich hatte eine Rolle zu spiele.

Herr Weber war wieder da, besuchte sein Krefeld, die Straße in der er zuletzt gewohnt hatte, die Kneipen und Geschäfte, die er möglicherweise besucht hatte. Ich musste mich ja in seinem, meinem Leben zurechtfinden.

Die Welt ist groß und Menschen gibt es auch reichlich, aber einen dämlichen Nachbarn, den man schon immer verachtet hat oder einen Klassenkameraden, den man eigentlich noch nie leiden konnte, trifft man immer. Und für diese Treffen wollte ich vorbereitet sein.

Mein erstes Treffen mit Li stand an und ich war mehr als neugierig, wie es meinem Freund gehen würde und wie er sich in Frankfurt eingelebt hatte.

Ich war natürlich mal wieder überpünktlich. Li kannte mich und war ebenfalls überpünktlich. Wir umarmten uns und standen wohl minutenlang wortlos im Strom der Pendler, die nur schnell in ihre Züge und nach Hause wollten. Die menschlichen Ameisen umströmten uns wie Wasser den Felsen. Kein wirklicher Kontakt, kein böser Blick, wir waren kein Hindernis, sondern Teil des Bahnhofseinganges, den man einfach akzeptierte. Auch hier lief wieder alles glatt.

Früher hatte ich in solchen Situationen Angst gehabt, Angst vor dem Neid der Götter, die nicht ertragen konnten, wenn es den Erdenwürmern zu gut ging. Jetzt empfand ich es als Bestätigung der höheren Wesen, dass ich auf dem richtigen Weg war und sie nicht strafend oder korrigierend eingreifen mussten.

Wir lösten uns aus dem Strom der Koffer- und Aktentaschenträger und suchten uns einen freien Tisch im Bahnhofscafé, rauchten und erzählten.

Li hatte mit der in Hong Kong erworbenen neuen Identität - er war jetzt Staatsbürger des Vereinigten Königreiches - keine Einreiseprobleme gehabt. Kontakt zu Landsleuten hatte er bisher bewusst nicht gesucht. Er hatte sich eine möblierte Studentenbude gemietet, war beim Friseur und einem Schneider gewesen, hatte sich bei einem Deutschkurs angemeldet, das Umschreiben seines internationalen Führerscheins beantragt und sich ansonsten nur auf unser Wiedersehen gefreut und sah jetzt so unauffällig aus, wie ein gelber Engländer nun mal aussieht. Aber Frankfurt war ein internationales Finanz- und Wirtschaftszentrum und Exoten wie Li fielen hier weniger auf, als die gebürtigen Frankfurter selbst.

Ich erzählte ihm, dass auch bei mir alle Formalitäten erledigt seien und ich jetzt geduldig und entspannt auf eine Kontaktchance zum kriminellen Untergrund wartete.

Handeln und die Übernahme von Verantwortung sei zwar nicht von Übel, aber wenn man nicht wisse, wo die Fische im Wasser stehen, müsse man einfach abwarten, bis die trübe Brühe etwas klarer werde und was hatte Laotse noch gesagt:

Der Weise handelt, ohne zu handeln.

Musste ich mir immer wieder in Erinnerung rufen. Die von elendem Handlungsdrang besessene westliche Welt hatte schon wieder ihre Fangarme nach mir ausgestreckt.

Treffender als Georg Büchner in Dantons Tod konnte man es nicht formulieren:

Weil wir uns immer regen und schütteln müssen, um uns immer sagen zu können: *Wir sind!*

Wir erzählten noch ein bisschen, vereinbarten das nächste Treffen und trennten uns, nachdem ich ihn noch gebeten hatte Kontakte in Richtung Import/Export zu suchen, was für ihn eigentlich kein Problem sein dürfte. Er hatte ein seriöses Auftreten, war mutig und mehrsprachig und dabei unverkennbar Ausländer, also alles optimale Voraussetzungen für einen beruflichen Ein- und Aufstieg im wachsenden Außenhandel.

Ich kehrte zurück in meine kleine Welt und überlegte, was ich in den nächsten Tagen und Wochen tun könne oder lassen müsse.

Aktiv und offiziell einen Job suchen ging nicht, ich hatte ja keinerlei Zeugnisunterlagen und wusste nicht wo und was ich gearbeitet hatte.

Also abwarten und mal nachlesen, was in den letzten neun Jahren so auf der Welt und speziell in Deutschland passiert war. Als Aussteiger, der zwei Jahre weg war, aber über die letzten neun Jahre nicht Bescheid wusste, würde ich auffallen und auffallen war das Letzte was ich wollte.

Ich kaufte mir eine Spiegelsammlung ab den Jahrgängen 1977 für die leeren Abende und begann zu lesen. Gut, dass ich 1977 auf dem Weg in meine Fluchtburg gewesen war. Alles, was Rang und Namen hatte, war einfach so weggestorben, mit oder ohne fremde Hilfe. Schon im Januar hatte sich der deutsche Schriftsteller Carl Zuckmayer verabschiedet. Vor dem Zweiten Weltkrieg hatte er den Hauptmann von Köpenick und danach des Teufels General erschaffen. Konnte kein Zufall sein. Im Februar hatte eine bekannte Schauspielerin ihren Freund erschossen. Der Unternehmer Schickedanz war mit 82 eines natürlichen Todes gestorben, davon konnten die 575 Toten nur träumen, die bei einem Zusammenstoß, noch auf dem Boden, zweier Jumbos ihr Leben verloren hatten. Der Bundestrainer Sepp Herberger stirbt mit 80 und der Generalbundesanwalt wird mit zwei Begleitern auf offener Straße erschossen. Ein "Kommando Ulrike Meinhof – Rote Armee Fraktion" bekennt sich zur Tat.

Die Terroristen Baader, Ensslin und Raspe werden zu lebenslänglicher Haft verurteilt und der Bundestag schafft die Gewissensprüfung für Wehrdienstverweigerer ab.

Ludwig Erhard stirbt ganz normal im Alter von 80 Jahren, aber dann wird in Oberursel bei Frankfurt der Vorstandsprecher der Deutschen Bank durch die Nachfolgeorganisation der Roten-Armee-Fraktion erschossen, der Präsident des Bundesverbandes der Arbeitgeber wird entführt und dann nach Wochen auch erschossen und eine Lufthansamaschine wird nach Mogadischu entführt und von der GSG 9 befreit. Und ein paar Stunden nach dieser Befreiung begehen dann Frau Ensslin und die Herren Baader und Raspe Selbstmord, wie man so sagte. Deutschland im Ausnahmezustand!

Was für ein Jahr und was für ein Segen, dass ich längst in meiner Höhle in Tibet angekommen war. Und im Jahr darauf wird alles wieder schön flach und normal. Nichts los, ein paar Affären, ein paar Streiks und hier und da geht mal ein Schiff unter und ein paar Handelsabkommen werden abgeschlossen. Der letzte Käfer in der Bundesrepublik wird produziert Ein Papst stirbt und sein Nachfolger nach 33 Tagen auch. Wie gesagt, alles ganz normal. Auch der Flugzeugkonstrukteur Willi Messerschmitt stirbt mit 80 und in Italien wird der frühere Ministerpräsident Aldo Moro von den Roten Brigaden erschossen. Das erste Retortenbaby kommt in Großbritannien zur Welt und in Deutschland wird auf den Autobahnen eine Richtgeschwindigkeit von 130 km/h eingeführt. Unsere Fußballer besiegen Holland mal wieder mit 3 : 1, aber ansonsten wird nur leeres Stroh gedroschen.

Alle glauben und viele behaupten, man könne aus leerem Stroh Gold spinnen. Nein, das ist nur ein Märchen der Gebrüder Grimm. Aber Vorsicht vor kleinen bösartigen Männchen, die einem auf der angestrebten Karriereleiter weiterhelfen, der Preis wird immer höher. Keine Angst, zum Schluss siegt das Gute und die kleinen bösen Männchen zerreißen sich vor Wut selbst. Wie gesagt, alles nur ein Märchen.

Ich machte täglich meine Übungen, schlenderte durch die Straßen und wartete auf mein Zeichen.

Meine ewige Unzufriedenheit war weg, aus meinem Ahnen in der Vergangenheit war Wissen geworden. Ich stand an der Ampel und wusste, wann sie auf grün umspringen würde, ich bog um eine Ecke und wusste, ob mir jemand entgegenkam oder nicht. Meine Meister hatten mich gelehrt die vorhandenen Kultivierungsfähigkeiten zu perfektionieren. Ich wusste, wann jemand stolpern würde, ob er gerade Hunger oder Durst hatte, ob er krank war oder gerade log. Meine Meister hatten mich aber auch gelehrt, mit diesen

Fähigkeiten nicht unnötig oder gar aus Ruhm- oder Geldgier in das vorbestimmte Leben anderer einzugreifen.
Ich hatte meine Lektionen gelernt und auch gelernt, dass
das Lernen nichts anderes ist, als das Suchen nach dem
verlorenen Geist, der alles weiß und schon alles erlebt hat.
Ich wartete geduldig auf mein Zeichen.

V Der alte Kontakt

Und dann tauchte plötzlich die Frage in meinem Kopf auf,
was eigentlich aus meinem Oberbullen geworden war?
Mit dieser Frage war auch wieder der Hass auf die Organisation aufgetaucht. Die Liebe meines Lebens hatten sie
liquidiert, ich war geflohen und sie mussten doch vermuten,
dass er wissen würde, wo sie mich suchen und finden
könnten.
Wie in alten Zeiten setzte ich mich in meinen Käfer und
fuhr zu seiner Privatadresse.
Gut, hier wohnte er nicht mehr, also weiter zur Mordkommission. Es war Mittagspause, aber er tauchte nicht auf.
Ich ging ins Kino, dann in ein Café und war kurz vor Feierabend wieder vor der Mordkommission. Wartete zwei
Stunden, aber er tauchte nicht auf. Telefonzellen gab es
genug, hin und wieder sogar mit vollständigen Telefonbü-
chern und Gott sei Dank hatte er wenigstens ein Telefon,
ich notierte mir die Nummer und die Adresse. Am nächsten
Morgen stand ich dann vor einem heruntergekommenen
Wohnblock in einer Armeleutesiedlung am Südbahnhof.
Schmutz und Unrat auf dem Bürgersteig, verschmierte
Hauswände, schmutzige Fensterscheiben und die Müllton-
nen liefen über. Mein Zorn auch. Ich parkte meinen Käfer
mit Blick auf die Eingangstür und wartete. Und dann nach
Stunden sah ich im Rückspiegel einen kleinen unscheinbaren Streifenpolizisten, der sich meinem Käfer näherte. Er

klopfte vorsichtig an die Fensterscheibe auf der Beifahrerseite und wollte mich wohl darauf aufmerksam machen, dass ich hier im Parkverbot stehen würde. Vielleicht wollte er auch nur dienstbeflissen einen Strafzettel loswerden. Als ich ihn im Rückspiegel erblickt hatte, hatte ich gewusst, das war mein Mitstreiter aus vergangenen Tagen. In seiner schäbigen Uniform sah er noch kleiner aus, als ich ihn in Erinnerung hatte. Er war schmaler, faltiger und grauer geworden und in seine Augen spiegelten sich Jahre der Niederlagen und Erniedrigungen.

Ich war ausgestiegen und stand ihm gegenüber, empfand keine Freude über das Wiedersehen und keinen Schmerz darüber, was mit ihm passiert war.

Aber Barmherzigkeit für ihn, die er verdiente.

Ich gab mich zu erkennen und es dauerte und dauerte, bis er realisiert hatte, wer ich war. Er war wirklich alt geworden und alles war ja auch schon so lange her. Wir setzten uns in meinen Käfer, er hatte Tränen in den Augen und seine Hände zitterten. Ich erzählte ihm kurz, wo und wie ich die letzten neun Jahre verbracht hatte, von meiner neuen Identität und dass es mir materiell relativ gut gehe und ich jede Menge Zeit hätte. Wenn ich ihm also irgendwie mit irgendwas helfen könne, solle er mir das bitte sagen, da ich mich in seiner Schuld fühle und Schulden gern begleichen würde.

Er schaute mich an und etwas Leben blitzte ganz hinten in seinen Augen auf:

„Mein Mittagessen wartet und meine Frau würde sich sehr wundern, wenn ich jetzt nach Jahren mal nicht pünktlich zu Hause erscheinen würde. Lass uns heute Abend einen kleinen Spaziergang machen oder besser noch, lass uns wie in alten Zeiten ein paar Pils auf diese Zeiten trinken."

Natürlich war ich einverstanden und wir verabredeten uns für 19.00 Uhr vor seiner Hauseingangstür.

Ich war pünktlich, er war pünktlich und wir zogen los.

„Neun Jahre ist eine verdammt lange Zeit. Unsere oder besser gesagt, deine Stammkneipe gibt es nicht mehr. Gudrun hat ein paar Monate nach deinem Verschwinden wohl ein gutes Angebot bekommen, hat verkauft und ist abgetaucht. Keine Ahnung wohin, ist letztlich ja auch egal."

Auch Sachsenhausen war nicht mehr das, was es mal gewesen war. Cola und Burger waren auf dem Vormarsch und hatten Apfelwein, Pils und Bratwurst fast verdrängt. Wir fanden dann aber doch ein kleines uriges Restaurant und einen freien Tisch.

Da ich ja wieder Fleisch aß, Alkohol trank und Zigaretten rauchte, war praktisch alles so wie früher, wie damals, als die Welt, zumindest aus meiner Sicht, noch in Unordnung war. Die Bedienung war hübsch, jung und freundlich, aber doch nicht Gudrun. Auch egal, nichts war ja wie früher.

Seiner Frau hatte er gesagt, dass er sich mit einem Kollegen aus vergangenen Jahren verabredet habe und nicht wisse, wie lange der Abend und das Schwärmen von früher so dauern würde. Sie hatte sich zwar gewundert, dann aber doch gefreut, dass er nach Jahren mal wieder unter Leute kommen würde.

Wir aßen, tranken und tranken und rauchten und er begann zu erzählen:

„Das waren wirklich harte Jahre!"

Und ich erfuhr, wie man ihm mitgespielt hatte. Nach meinem Verschwinden hatten ihn zunächst die Vorgesetzten verhört, dann die Staatsanwaltschaft. Man hatte ihm mit einem Disziplinarverfahren, sogar mit Anklage wegen Mittäterschaft an dem Mord im Parkhaus gedroht. Unsere enge, auch sehr persönliche Bekanntschaft mit mir, dem offensichtlichen Mörder, war ja allgemein bekannt gewesen und Niemand wollte glauben, dass er von dem Mord absolut nichts gewusst und er auch keine Ahnung von meinem Fluchtweg oder gar dem Fluchtziel habe.

Nach Wochen habe man dann endlich aufgegeben und er hatte geglaubt nun alles überstanden zu haben. Und dann, praktisch aus heiterem Himmel, habe man plötzlich ein Disziplinarverfahren wegen privater Nutzung seines Dienstwagens gegen ihn in Gang gesetzt. Wie alle seine Kollegen habe er tatsächlich hin und wieder den Dienstwagen für kleinere Privatfahrten benutzt. Nur sein Fall sei in der Presse hochgespielt worden, mit dem Ergebnis, dass man an ihm ein Exempel statuiert habe. Degradierung, Versetzung und Verlust der Dienstwohnung.

„Wie und wo ich heute hause, hast Du ja gesehen."

Seine Frau und seine noch schulpflichtigen Kinder hatten sehr unter dieser Schande gelitten. Aus einem Abteilungsleiter der Mordkommission war ein Verteiler von Strafzetteln geworden. Keine Chance auf Rehabilitierung, beruflich und privat mit Schmutz überzogen bis ans Lebensende. Seine Kinder, die den Spott der lieben Klassenkameraden nicht mehr ertragen hätten, habe er trotz bester Noten vom Gymnasium nehmen müssen und seine Frau habe wieder angefangen zu arbeiten.

Beide Kinder hätten dann erfolgreich eine Lehre abgeschlossen, würden nach wie vor aber zu ihrem Vater stehen und ihn achten und respektieren. Gleiches gelte für seine Frau, die sich in den letzten Jahren allerdings damit abgefunden habe, in diesem tristen Umfeld leben zu müssen. Die Organisation hatte sich erfolgreich gerächt und außerdem stellte er mit seinem Wissen im Morddezernat eine permanente Bedrohung dar. Und eine Demonstration der Macht gegenüber dem korrupten Rest war es dann auch noch.

Ich bestellte noch zwei Pils, zwei Korn und ein neues Päckchen Zigaretten.

Und dann musste ich doch mit aller Gewalt meine Gefühle im Zaum halten, als er so nebenbei bemerkte, dass er natürlich in all den Jahren dafür gesorgt habe, dass ihr Grab immer ordentlich und gepflegt aussah.

Und noch ein Pils, noch ein Korn und mir schossen doch die Tränen in die Augen und ich schämte mich dieser Schwäche. Hatte ich denn nichts gelernt? Konnten mich diese verdammten Gefühle immer noch beherrschen? Ein paar endlose Augenblicke später und ich fragte und stellte fest:

„Nach neun Jahren stehst Du doch bestimmt nicht mehr unter Beobachtung? Außerdem kann man wohl davon ausgehen, dass sich personell und strukturell Einiges in der Organisation verändert hat und wir Beide schon lange nicht mehr auf der Liste stehen!"

Er nickte und sah mich fragend an.

Ich schaute auf meine Zigarette, dann auf das halbleere Pilsglas, hatte meine Gelassenheit wieder gefunden und knurrte:

„Ich kann und werde Dir helfen. Geld habe ich mehr als ich jemals brauchen werde.

Wenn es jemand verdient hat, dann bist Du das! Und letztlich bin ich ja auch schuld an Deiner Misere. Schulden müssen bezahlt werden."

Ich langte in die Innentasche meiner Jacke und gab ihm den Umschlag mit meiner Eisernen Reserve, die ich immer bei mir trug. Runde DM 25.000.

„Nur eine Anzahlung. Da, wo das herkommt, ist noch mehr. Es ist nicht wirklich mein Geld, also nimm es und finanziere Deinen Kindern ihre Selbständigkeit oder ihre Ausbildung, wenn sie das Abi nachholen und studieren wollen oder was auch immer."

Ohne ein Danke steckte er den Umschlag ein, saß plötzlich etwas aufrechter und schien auch einige Zentimeter gewachsen zu sein. Jetzt war er fast wieder der Bulle, den ich beim vermeintlichen Selbstmord meines Freundes kennengelernt hatte.

Seine Stimme war fester geworden:
„Was hast Du vor und wie kann ich Dir helfen?"
Obwohl ich volles Vertrauen zu ihm hatte, weihte ich ihn nur in meine nächsten Pläne ein:
„Ich suche einen Job, der mich in die Nähe der Organisation bringt. Irgendwas, das zu meiner neuen Identität passt, um dort auf meine, eine Chance zu warten. Und wenn Du etwas für mich tun willst, aktiviere ganz vorsichtig deine Kontakte in der Polizeigewerkschaft und versuche mal eine Verbindung zu Arbeitsgruppen aufzubauen, die sich mit der organisierten Kriminalität befassen. Aber bitte ganz diskret."
Er nickte, hatte verstanden und fragte nicht weiter.
Es war spät geworden. Wir hatten uns wieder gefunden und ich wusste, dass ich mich 100%ig auf ihn verlassen konnte.
In einer Woche würde ich ihn zur gleichen Zeit wieder abholen, mal sehen, ob er vielleicht doch noch der alte erfahrene Ermittler war.
Er machte sich auf den Heimweg und ich schlenderte noch durch das nächtliche Frankfurt und genoss das gute Gefühl etwas von meiner Schuld getilgt zu haben.
Trotz Pils und Korn war ich absolut nüchtern, kein Stolpern oder Schwanken. Die vereinzelten Nachtschwärmer, die mir begegneten, glitten an mir vorbei, als gehörten sie nicht zu meiner Welt. Vielleicht war das ja auch so.
In den kommenden Tagen passierte nichts, ich stockte meine eiserne Reserve wieder auf, machte meine Übungen, rauchte nicht, trank keinen Alkohol und las weiter in den Spiegelausgaben des Jahres 1979.
Vietnamesen und Kambodschaner hatten die Hauptstadt Pnom Penh erobert und der Schlächter Pol Pot hatte sein Land gerade noch verlassen können, nachdem seine Umerziehungskampagne die Bevölkerung halbiert hatte.

Der Ajatollah Khomeini war aus seinem Pariser Exil in den Iran zurückgekehrt und der Schah hatte mit seiner Familie das Land verlassen. Unsere Studenten jubelten und das große, blutige Schlachtfest der islamischen Volksgerichte konnte beginnen und unsere heranwachsende Intelligenz rieb sich verwundert die Augen. Mal wieder nichts gelernt von Mao oder seinem Pol Pot. Was bedeutet schon die Einschränkung der Frauenrechte oder die Zensur der Presse, wenn nur das Öl wieder fließt und man nicht zugeben muss, dass man die falsche Seite favorisiert hat. Ekelhaft!

Der Massenmörder und Staatschef von Uganda, Idi Amin, flieht nach Libyen, nachdem er noch mal schnell 300.000 Menschen, darunter auch ein paar deutsche Reporter, abgeschlachtet hat. Aber solange in Libyen mehr Öl als Blut fließt, ist man auch dort sicher.

In Europa befasst man sich mit der ersten Direktwahl zum Europäischen Parlament und der Papst besucht zunächst sein Heimatland Polen und dann die USA. Er reist halt gern und den gläubigen Katholiken gefällt es, wenn er überall nach der Landung die Betonpisten küsst. Reine Geschmackssache.

Die ersten Einheiten der Sowjetarmee verlassen die sogenannte DDR und konsequenterweise wird der Nato-Doppelbeschluss umgesetzt, der den Sowjetischen Rüstungsvorsprung ausgleichen soll.

Gut, dass es noch keine Zeitmaschine gibt, die es mir ermöglichen würde mal zurückzublicken, was in den nächsten 10 Jahren so auf mich zukommt. Brauchte ich eigentlich auch nicht, ich war ja schon heute von Elois umgeben und hatte gerade einiges über die Morlocks gelesen. Scheinbar sorglos und glücklich ruhen sich die verweichlichten Elois, die Gutmenschen, die Mao und Stalin Bewunderer, auf ihren Tagträumen aus und nachts ernten die Morlocks diese Tagträumer.

Herr Wells und der Volksmund haben es schon immer gewusst:
Nur die allerdümmsten Kälber wählen, lieben und verehren ihre Metzger selber.

Ich schlenderte entspannt durch mein Frankfurt, die Furt der Franken, hier hatte man Geschichte geschrieben. Im Dom waren Römisch-Deutsche Kaiser gekrönt worden und in der Paulskirche hatte das erste frei gewählte deutsche Parlament getagt. Die zentrale Lage hatte Frankfurt zu einem europäischen Verkehrsknotenpunkt gemacht und der Flughafen gehörte zu den weltweit größten Airports. 0 Grad C und es regnete mal wieder.

Die letzten Kriegsschäden, fast die komplette Alt- und Innenstadt war zerstört worden, hatte man beseitigt. Gut, Bundeshauptstadt waren wir nicht geworden, Bonn und das Rosengärtchen eines gewissen Herrn Konrad Adenauer hatten gewonnen, obwohl man in Frankfurt bereits das Parlamentsgebäude gebaut hatte.

Da saßen jetzt die Schwätzer des Hessischen Rundfunks drin. Auch gut, vielleicht sogar besser.

Na wenigstens gab es noch die Kleinmarkthalle, das Museumsufer und jeden Samstag einen riesigen Flohmarkt am Mainufer.

Die Stadt war eine der leistungsfähigsten Metropolen Europas und damit ein guter Standort für alle, die an das große Geld wollten. 250.000 Pendler strömten täglich nach Frankfurt und die umliegenden Gemeinden profitierten von den überdurchschnittlichen Steuerzahlungen ihrer in Frankfurt arbeitenden Gemeindemitglieder.

Ein Ort der Rekorde, ohne Hauptstadt zu sein, gab es hier über 100 Konsulate, allein das Generalkonsulat der USA hat über 1.000 Mitarbeiter und man fragte sich immer mal wieder, was die wohl so alles machten?

54

Dribbdebach, also in Sachsenhausen, schien die Welt noch in Ordnung zu sein, aber Hibbdebach, also in der Innenstadt, regierte bereits die Gier.

Einen weiteren Spitzenplatz belegte man regelmäßig in der Kriminalstatistik und man galt als das gefährlichste Pflaster Deutschlands. Bei Rauschgiftdelikten führten wir eindeutig, haben bei Mord- und Totschlag allerdings nur einen mittleren Rang, aber wir arbeiteten dran.

Vom Banken- zum Bahnhofsviertel, den beiden Schmelztiegeln der Kulturen, waren es nur ein paar Schritte. Reichtum, Kriminalität und Elend in direkter Nachbarschaft, passte doch irgendwie.

Ich hatte den kleinen Grünstreifen, der diese beiden Welten trennte, verlassen und bummelte jetzt durch das Rotlichtviertel. Bettler, Alkoholiker und Junkies bestimmten das Straßenbild und natürlich die fleißigen Nutten in ihrer Frühschicht. Überlaufende Mülleimer, defekte Parkuhren, schmutzige Schaufenster, volle Penner und leere Blicke.

Nichts von dem, was ich sah, berührte mich. Kein Zorn auf die Banker, kein Mitleid mit den hier Gestrandeten. Ich nahm alles nur zur Kenntnis und wusste, dass hier mein Revier war, hier würde alles beginnen. Niemand schien auch mich wirklich wahrzunehmen. Kein Bettler belästigt mich, keine Nutte quatschte mich an und selbst die Kleinkriminellen und die Zuhälter machten einen respektvollen Bogen um mich, wenn wir uns auf dem Bürgersteig begegneten. Die gleiche Erfahrung hatte ich schon bei meinen abendlichen Streifzügen durch die Bars und Bordelle gemacht. Kein Taschendieb kam in meine Nähe, die Bardamen sprachen mit mir, wie man mit einem vertrauten Jugendfreund spricht und die Getränkerechnungen waren immer korrekt. Barbesucher, Zuhälter und Kriminelle behandelten mich wie einen alten vertrauten Kumpel. War mir früher nie passiert, da waren mir alle zunächst immer mit einem gewissen Misstrauen begegnet.

VI Der erste Kontakt

Und dann stand ich vor dem Schaufenster eines An- und Verkaufsladens und sah mein Schild:
Wir suchen einen flexiblen und vertrauensvollen kaufmännischen Mitarbeiter. Weitere Informationen hier im Laden! Ich betrat das Geschäft. Eine kleine, oberhalb der Eingangstür angebrachte Glocke signalisierte mein Eintreten, ein etwa 55 Jahre alter kleinerer Glatzkopf schaute von seiner Zeitung auf, schlug den Sportteil zu und ich hatte seine volle Aufmerksamkeit, als habe er bereits den ganzen Tag auf mich gewartet.

Ich stellte mich kurz vor, zeigte auf das Schild im Schaufenster:

„Der Job würde mich interessieren. Ich bin auf der Suche nach einer neuen Aufgabe, die allerdings nicht zu eintönig sein sollte."

Er führte mich zu einer kleinen Sitzecke, schaute mich kurz an und ich wusste, dass ich in der Organisation war.

Ich erzählte von meinem Leben, meiner Ausbildung, meiner Unabhängigkeit und dem gescheiterten Versuch diesem eintönigen Dasein zu entkommen. Er lächelte verständnisvoll, erzählte jetzt von sich, seiner Ehefrau und seinem Sohn und natürlich, wenn auch nur andeutungsweise, von seiner Jugend in Nazideutschland.

Sprach dann von den beiden Juwelierläden, die er noch in Frankfurt habe, dass ihm das langsam alles zu viel werde und er letztlich eine Vertrauensperson suche, die ihm den Rücken freihalte und er sich so auf die wesentlichen Aufgaben konzentrieren könne. Und etwas mehr Freizeit, in der er sich dann um seine kranke Frau kümmern könne, sei auch nicht schlecht.

Natürlich müsse ich mich langsam in meine Aufgaben einarbeiten, müsse lernen mit dem speziellen Kundenkreis umzugehen, den er nun mal hier im Bahnhofsviertel habe und mit zunehmender Erfahrung würden dann auch meine

Aufgaben und mein Einkommen wachsen. Von Vertrauen und der sicherlich notwendigen Verschwiegenheit hatte er kein Wort gesagt, aber uns beiden war klar, dass das die Basis von allem war.

Wir gaben uns die Hand, wie das im Pferdehandel so üblich ist und am nächsten Tag, pünktlich um 09.00 Uhr, würde ich meinen Dienst beginnen. Alles Weitere würde sich dann finden.

Fünf Minuten vor der Zeit stand ich am nächsten Tag dann vor der Ladentür und wartete auf meinen neuen Chef, Herrn Samuel Gerschwien. Fünf Minuten nach der Zeit tauchte er auf und freute sich sichtlich, dass ich schon da war. Er entsicherte die Alarmanlage, schloss auf, führte mich durch den Verkaufsraum, zeigte mir den Tresor, die Lagerräume und die kleine Kaffeeküche. Er fragte, ob ich Kaffee trinke, ich nickte, er lächelte und sagte:

„Ich zeig ihnen mal, wie die Kaffeemaschine funktioniert, das ist wichtig, das wird nämlich ab sofort morgens ihre erste Tätigkeit sein."

Dann gab er mir in bar DM 500 als Anzahlung auf meinen Lohn, damit ich erstmal über die Runden käme. Kein Wort über die Höhe des Monatslohnes, die Anzahl der zu leistenden Stunden, freie Tage oder gar Urlaub und was so an Leistung von mir erwartet werde.

Wir lächelten und es war klar, dass die Chemie stimmte.

Und dann begann meine Lehrzeit. Grundsatz war, dass man nichts ankauft, von dem man nicht sicher war, dass man es nicht wieder verkaufen könne. Der Rest war, wie alles im Leben, ein reines Rechenexempel. Beim Ankauf beginnt man mit 30% des geschätzten Zeitwertes und lässt sich maximal auf 50% hoch handeln. Beim Verkauf schaut man sich den Kunden an, schätzt seine finanziellen Mittel und das Interesse am Kaufgegenstand ab und beginnt natürlich mit dem Preis, der am jeweiligen Gegenstand ausgezeichnet ist. Der Rest ist Erfahrung und Verhandlungsgeschick.

Kunden, die direkt nach ihm fragen würden, dürfe ich allerdings nicht bedienen, das sei die einzige Einschränkung meiner Tätigkeit, ansonsten habe er volles Vertrauen in mich und hoffe, dass ich ihn nicht enttäuschen werde. Mit dem Vertrauen ist das so eine Sache und es war nur zu klar und auch verständlich, dass er mich in den ersten Tagen, Wochen und Monaten auf die Probe stellen würde. Meine erste Aufgabe bestand darin, für eine saubere, tagaktuelle und nachvollziehbare Kassenabrechnung zu sorgen und Eingangs- und Ausgangsrechnungen für den Steuerberater vorzubereiten. Hin und wieder machte ich ein paar Botengänge und bediente ein paar Kunden. Herr Gerschwien beobachtete mich unauffällig und schien mit mir zufrieden zu sein. Er war Geschäftsmann und ich Betriebswirt. Er hatte gelernt das Chaos zu beherrschen und wollte nur Geld verdienen, ich als gelernter Betriebswirt wollte Ordnung und wissen, was gut und was schlecht lief und wie man etwas verbessern könne. Nach ein paar Wochen schlug ich ihm vor, die Produktpräsentation im Schaufenster und im Laden etwas übersichtlicher und kundenfreundlicher zu gestalten und wenn er mit meinen Vorschlägen einverstanden sei, könne ich ja gleichzeitig oder besser noch vorher, eine Inventur machen. Sein Tresor und dessen Inhalt würden natürlich unangetastet bleiben. Ich erläuterte ihm meine Ideen, zeigte ihm meine Skizzen und er war wirklich begeistert, da ich bei der Gestaltung natürlich Rücksicht auf seinen – wie er zu sagen pflegte – speziellen Kundenstamm genommen hatte. Die Inventur nahm einige Wochen Zeit in Anspruch, aber Zeit hatte ich ja, dann hatte ich alle Bestände im Lager und den Verkaufsräumen erfasst, sortiert und bewertet und konnte mit der Neugestaltung der Geschäftsfront, der Eingangstür und der beiden Schaufenster beginnen. Dann die Verkaufsräume und fast hatte ich vor lauter Begeisterung für die neue Aufgabe meinen Freund Li, meinen Oberbullen und meine eigentliche Aufgabe vergessen.

Aber mit Li hatte ich ja meine festen wöchentlichen Termine und mit meinem Streifenpolizisten traf ich mich spontan in größeren Abständen. Beiden ging es prima, Li hatte seinen Spaß an den Fremdsprachen und einer lockeren weiblichen Bekanntschaft aus dem Unterricht gefunden. Hatte den Schneider und Friseur gewechselt, liebte den Äppelwoi, den Handkäse mit Musik und sah auch nicht mehr so gelb aus. Er schätzte den Wohlstand, den Luxus, die Freiheit und die wöchentlichen Treffen mit mir. Mein Polizist, der mir bei meiner Aufgabe im Augenblick aber nicht weiterhelfen konnte, war regelrecht aufgeblüht, hatte seinen Stolz wiedergefunden. War nach langen und entbehrungsreichen Jahren mal wieder mit seiner Frau in Urlaub gewesen. Beide waren überglücklich ihren inzwischen erwachsenen Kindern dann doch noch unter die Arme greifen zu können. Wie junge Leute nun mal sind, hatten sie sich zunächst den Wunsch nach einem Auto erfüllt und dann auch eine Meisterausbildung begonnen. Dank meiner finanziellen Unterstützung konnten sie sich den Ganztagsunterricht leisten. Die Zwischenergebnisse waren erfreulich und das Ende der Ausbildung somit absehbar. Und wenn dann ein kleiner Handwerksbetrieb zum Verkauf anstehen würde, würde man zuschlagen. Geld war ja noch genug da.
Ich hatte meine Schuld bezahlt und musste nur aufpassen, dieses Glück nicht zu genießen. Meine Meister hatten mich gelehrt, Glück und Leid gleichmütig zu ertragen. Leid macht abhängig und Glück süchtig. Weder Lob noch Tadel durften meine Entscheidungen beeinflussen und die elende Sucht nach Anerkennung durch Dritte führt nur vom eigenen Weg ab.
Alles musste sich meiner Aufgabe unterordnen.

Herr Gerschwien war mehr als zufrieden mit dem Ergebnis meiner kleinen Veränderungen. Natürlich hatte er mich durch einen Privatdetektiv überwachen lassen. Kein Geschäftsmann übergibt einem neuen Mitarbeiter seinen Ladenschlüssel, damit dieser allein und in späten Abendstunden Schmuck, Uhren und sonstige Wertgegenstände katalogisieren kann. Ich hatte in seinen Augen lesen können, dass er ein schlechtes Gewissen hatte, diesen fleißigen, pünktlichen und überkorrekten Mitarbeiter überwachen zu lassen. Dann hatte er den Auftrag aber doch erteilt. Ich machte meinen Job weiter wie bisher, die Detektei machte ebenfalls einen guten Job. Kein Spaziergang, kein Restaurantbesuch ohne Begleitung. Natürlich musste ich in dieser Zeit meine Kontakte zu Li und dem Streifenpolizisten einstellen. Und als die Inventur fertig war, wurde auch die Beobachtung eingestellt und Herr Gerschwien war noch freundlicher und drängte mir eine Gehaltserhöhung auf.

Ich wiederhole es gern:

Samuel Gerschwien drängte mir eine Gehaltserhöhung auf. Seine Frau hatte ich bisher nicht kennengelernt und seinen Sohn kannte ich nur von kurzen Besuchen. Als Einzelkind war er natürlich sehr verwöhnt und wie sein Vater hin und wieder klagte, habe er nicht nur die Schule, sondern auch eine Ausbildungen im väterlichen Unternehmen abgebrochen. Vielleicht könne ich ja mal mit ihm reden, mir mache das Geschäft doch offensichtlich auch Spaß.

Inzwischen hatte ich mir angewöhnt Herrn Gerschwien am Wochenende immer eine schlichte Aufstellung über die getätigten Einkäufe und Verkäufe vorzulegen, damit er einen Überblick über die Geschäftsentwicklung habe. Wirklich nichts Tolles, aber er war begeistert, auch wenn diese Auflistung die von ihm persönlich getätigten Geschäfte nicht beinhaltete. Die Geschäfte liefen immer besser, die Kunden fühlten sich in unserer Besprechungsecke wohl, ein paar Kekse, ein Kaffee oder eine Cola verbesserten die

Marge bei den Preisverhandlungen. Mein Chef war zufrieden, sein Sohn auch, da ich sein Erbe offensichtlich gut verwaltete und seinen Vater durch meine diversen Aktivitäten von ihm ablenkte und er sich weiter seinen Weibergeschichten widmen konnte. Seine Laune besserte sich zusehends, der Erwartungsdruck war ja geringer geworden und sein Vater war glücklich, dass sein Sohn glücklich war.

Wochen waren ins Land gegangen, ich saß entspannt am Ufer des Tümpels und wartete geduldig, dass das Wasser noch etwas klarer werden würde.

Eines Morgens war Herr Gerschwien vor mir im Geschäft, begrüßte mich per Handschlag, hatte schon Kaffee gekocht und zog mich in unsere Besprechungsecke.

„Ich habe lange mit mir gerungen, ob ich Sie mit dieser Bitte behelligen darf, aber ich weiß nicht weiter. Sie kennen ja meine beiden Juwelierläden, beste Lage, beste Ware und erlesene Kundschaft. Beide Geschäfte werden seit Jahren von erfahrenen Fachleuten geführt und werfen einfach keinen ausreichenden Gewinn ab. Rundum boomt alles. Hauptwache und Konstablerwache sind die Geschäftslagen in Frankfurt und ich kann gerade mal die Gehälter bezahlen. Können Sie sich die Läden mal ansehen und die Geschäftsabläufe etwas transparenter machen?"

Ich lächelte geschmeichelt und bedankte mich für sein Vertrauen:

„Kein Problem, nur müssen Sie mich mit den notwendigen Vollmachten ausstatten und damit rechnen, dass ihre langjährigen Geschäftsführer sauer werden und Sie vielleicht die eine oder andere personelle Maßnahme treffen müssen."

Seine beiden kleinen, schweißfeuchten Patschhändchen langten über den Tisch, ergriffen meine Hände und er stammelte:

„Herr Weber, Sie haben mein volles Vertrauen. Helfen Sie mir, retten Sie meine Geschäfte und Sie werden es nicht bereuen. Ich brauche mehr Geld, für meine Frau und meinen Sohn."

Ich zog meine Hände wieder an mich und wischte sie diskret unter dem Tisch an meinen Hosenbeinen trocken:

„Herr Gerschwien, Sie haben mir beruflich wieder eine Chance gegeben und ich werde mich dafür revanchieren. Sie haben meine volle Loyalität und ich werde für Sie und ihre Familie tun, was ich kann. Lassen Sie uns gleich Morgen beginnen."

Das war ihm anscheinend zu schnell, aber er stimmte dann doch zu, griff zum Telefon und machte für den nächsten Tag einen Termin mit seinen Geschäftsführern an der Hauptwache aus.

Einfach nur so. Ich wusste, was ich zu tun hatte, stimmte meine Zielrichtung und die nächsten Schritte mit ihm ab und er wurde zusehends wieder entspannter:

„Kommen Sie, wir schließen einfach mal früher und ich lade Sie zum Essen ein."

Hatte er bisher noch nie gemacht und ich nahm dankend an.

Beim Essen besprachen wir nochmals und etwas ausführlicher meine Vorgehensweise. Seine einzige Bedingung war, dass, was immer sich auch ergeben würde, keinesfalls die Polizei eingeschaltet werden dürfe.

Mein Vorschlag war, nicht in der Vergangenheit zu wühlen, sondern dafür zu sorgen, dass zukünftig alles korrekt und ehrlich ablaufen würde. Entgegen allem, was man so auf der Uni lernt, dürften die Mitarbeiter und das bezog sich auch auf die beiden Geschäftsführer, nicht in die Neuorganisation einbezogen werden.

Ich antwortete auf seinen fragenden Blick:

„Wer den Sumpf trocken legen will, darf nicht die Frösche fragen."

Er hatte schon ein paar Gläser Wein getrunken, schaute mich verdutzt an und brach in ein lautes Gelächter aus.

Dann beruhigte er sich und ich versuchte wieder etwas Ernsthaftigkeit in unser Gespräch zu bringen: „Es kann hart werden, aber man darf nicht jeder Pfütze aus dem Weg gehen."

Er schaute mich lange an und sagte: „Herr Weber, Sie sind ein weiser Mann, ich bin froh und dankbar sie getroffen zu haben."

Wir plauderten noch etwas über seine Familie, seine kranke Frau, um die er sich in den letzten Wochen dank der Entlastung im Geschäft durch mich, jetzt intensiver kümmern könne und auch in seinem Sohn hätte ich einen stillen Bewunderer und vielleicht würde er ja doch noch Gefallen am Geschäftsleben finden. Alles habe er letztlich mir zu verdanken und ich musste wieder aufpassen nicht glücklich und zufrieden zu werden.

Es war fast Mitternacht und er bestand darauf, mich mit dem Taxi nach Hause zu bringen.

Am nächsten Morgen stand ich pünktlich um 09.00 Uhr vor seinem Juwelierladen an der Hauptwache. Er kam mit der üblichen kleinen Verspätung, die jedem Chef zusteht und wirkte etwas nervös.

Ich beruhigte ihn:

„Herr Gerschwien, glauben Sie mir, alles wird zu Ihrer vollen Zufriedenheit ablaufen."

Wir wurden bereits erwartet, die Mitarbeiter kannte ich ja alle schon von diversen Botengängen und der Geschäftsführer war mehr als erstaunt, als ihm sein Chef mitteilte, dass ich, der Bote, eigentlich ein studierter Diplom-Betriebswirt sei und mir in seinem Auftrag die organisatorischen Abläufe vor Ort mal ansehen solle. Ich dürfe mir alle Unterlagen ansehen und alle Fragen müssten beantwortet werden. Gemeinsam mit mir würde er dann entscheiden, ob und was sich verändern müsse.

Alle, außer dem Geschäftsführer und der Kassiererin, schauten sich betroffen an, denn allen war klar, dass diese Maßnahme eine gravierende Ursache haben müsse und vielleicht sogar personelle Konsequenzen nach sich ziehen könne. Herr Gerschwien schaute kurz in die Runde, nickte noch kürzer, ging und überließ mir das Schlachtfeld.

Um den Schein zu wahren zog ich mich in den nächsten Tagen mit den Einkaufslisten und den Kassenbücher in ein leeres Büro zurück, bat hin und wieder einen Mitarbeiter oder eine Mitarbeiterin zu einigen Frage herein, schaute mir nur der Form halber die letzten Inventurlisten an, telefonierte mit meinem Chef und bat ihn um einen kurzen Besuch, damit ich ihm meine Vorschläge erläutern und er die neuen Abläufe in Kraft setzen konnte.

Eigentlich war für die Geschäftsführer alles viel zu leicht gewesen und hätte wahrscheinlich auch loyalere und ehrlichere Mitarbeiter in Versuchung geführt. Schon nach meinem ersten kurzen Kontakt als Bote von Herrn Gerschwien hatte ich gewusst, dass der Geschäftsführer in seinem Bürotresor ein eigenes kleines Lager mit Hehlerware hatte, potente Kunden zur Beratung in sein Büro bat und Barverkäufe mit einem gesonderten Block quittierte. Gedanken lesen ist manchmal ganz nützlich.

Die Quittung wurde weitergegeben, tauchte aber in keiner Kassenabrechnung auf.

Die jährliche Inventur wurde ausschließlich von ihm und der Kassiererin durchgeführt. Die übrigen sechs Mitarbeiter hatten keine Ahnung und Geschäftsführer und Kassiererin zwar ein schlechtes Gewissen, aber die Versuchung war zu groß und der Betrug zu einfach und die Gier zu mächtig. Meine Meister hatten mich gelehrt die weiterentwickelten Kultivierungsfähigkeiten, denen ich auch in diesem Fall mein Wissen verdankte, nur für gute Zwecke und keinesfalls zum Geldverdienen einzusetzen. Und niemals dürfe die menschliche Gesellschaft von diesen Fähigkeiten erfahren. Sollte ich dieses oberste Gesetz verletzen, würde ich sofort alles verlieren und hätte mich vergeblich kultiviert.

Also hatte ich mir einige handfeste Beweise zurecht gelegt, die jeder Wirtschaftsprüfer auch gefunden hätte. Ansonsten konnte ich nur auf die Nachsicht meiner Meister hoffen und weiter davon ausgehen, dass das Schicksal mich mit einer größeren Aufgabe betraut hatte und ich zur Erfüllung dieser Aufgabe hin und wieder meine Fähigkeiten einsetzen durfte.

Ich steckte mir gerade die zweite Zigarette an, als Herr Gerschwien auftauchte, wieder kurz in die Runde grüßte und mich am Jackenärmel in mein Büro zog.

„Schießen Sie los, was haben Sie gefunden und was sollen wir tun?"

Die Beweise waren erdrückend, aber mein Chef schien schon froh zu sein, dass er nicht direkt bestohlen worden sei. Natürlich hatte man ihn betrogen und das schon seit Jahren, aber Diskretion war das oberste Gebot und die Tresore in den Büros seiner Geschäftsführer erinnerten mich stark an den Tresor in seinem Büro.

Aber was Jupiter erlaubt ist, ist dem Ochsen noch lange nicht erlaubt.

Gemeinsam mit Herrn Gerschwien wurden dann folgende Veränderungen verkündet und eingeführt:

- Zum nächsten Monatsende würde eine Inventur erfolgen, an der alle Mitarbeiter und auch meine Wenigkeit beteiligt sein würden. Ich würde dann festlegen, wer welche Tresore und Lager aufnimmt.

- Ab sofort würden alle Verkäufe verprovisioniert und täglich und dann kumuliert in einer namentlichen Rangliste in der Küche aushängen

- Täglich würde nach Geschäftsschluss mit allen Mitarbeitern eine kurze, vielleicht 10minütige Be-

65

sprechung über Erfolge und Misserfolge des Tages stattfinden

Während unser gemeinsamer Chef diese Schritte verkündete und betonte, dass mit der erhofften Ergebnisverbesserung auch die Arbeitsplätze sicherer würden und er meine Idee, die Mitarbeiter am Geschäftserfolg zu beteiligen, toll finde, schaute ich dem Geschäftsführer in die Augen und er wusste, dass es für mich ein Leichtes gewesen wäre, ihn zu vernichten. Alle Maßnahmen waren eigentlich nur ein Warnschuss für ihn und offensichtlich hatte er den Knall gehört. Er bedankte sich bei Herrn Gerschwien für die guten Ideen und schüttelte meine Hand etwas länger als unbedingt nötig und auch ich hatte verstanden. Auch die Kassiererin wirkte jetzt entspannter und die restlichen Mitarbeiter waren begeistert davon, dass alles so gut ausgegangen war, sie jetzt mehr in die Abläufe eingebunden würden und dann auch noch für ihre Umsätze eine kleine Zusatzprovision erhalten würden.

Mein Chef hatte zwar nichts verstanden, spürte aber, dass ein positiver Ruck durch die Truppe gegangen war und wollte sofort weiter zu seinem anderen Juwelierladen.

Ich bat ihn um etwas Geduld:

„Lassen Sie Ihre beiden Geschäftsführer doch erst in Ruhe miteinander telefonieren. Die beiden Herren haben so Einiges zu besprechen."

Normalerweise hätte er mich wieder fragend angeschaut, heute war er aber so gut drauf, dass er mich zu Kaffee und Kuchen ins Kranzler einlud.

Wir saßen an einem kleinen runden Ecktisch und er schwärmte von seiner kleinen loyalen Truppe, die jetzt noch mal einen richtigen Motivationsschub bekommen habe. Gleichgültig, was in der Vergangenheit gewesen sei, jetzt würde alles besser laufen und das Schönste sei, dass alles ohne schmerzvolle personelle Maßnahmen und Polizei abgelaufen sei. Einfach nur perfekt. Er konnte sich nicht beruhigen und ich schlug vor, jetzt doch den anderen Juwelierladen aufzusuchen, die Telefonate müssten inzwischen beendet sein.

Ein entspannter Geschäftsführer empfing uns, rief die Mitarbeiter zusammen, mein Chef war jetzt in seinem Element, stellte mich kurz vor, verkündete die Maßnahmen zur besseren Einbindung und Entlohnung der Mitarbeiter, bedankte sich für die langjährige vertrauensvolle Zusammenarbeit und schwebte glücklich von dannen.

Ich schüttelte einige Hände, auch dem Geschäftsführer und trottete hinter meinem Chef her, der inzwischen schon vor dem Schaufenster etwas ungeduldig auf mich wartete und auf die Auslagen deutete:

„Hier müssen Sie auch mal etwas tun! Herr Weber, Herr Weber, Sie sind ein Gottesgeschenk. Aber ich weiß, dass es keine Geschenke gibt, man muss für alles bezahlen. Also keine Angst, ich werde mich revanchieren."

Und wir hatten wieder etwas zu feiern, die beiden Juwelierläden würden endlich wieder einen angemessenen Gewinn abwerfen und er hatte eine Sorge weniger.

Vertraut wie alte Kumpels saßen wir wieder im Café Kranzler, hier gibt es den besten Kuchen und Kaffee in Frankfurt und die Aschenbecher sind auch groß genug.

Er erzählte wieder von seiner Frau, deren Gesundheitszustand sich in den letzten Wochen und Monaten gebessert habe und stolz von seinem Sohn, der jetzt das Abi nachholen wolle und dann:

„Herr Weber, wenn ich nicht ein rational denkender Geschäftsmann wäre, würde ich behaupten, dass sich mit oder durch Ihre Einstellung in meine Geschäfte alles in meinem Umfeld zum Besseren gewandelt hat."

Er schaute mich unsicher an, ob ich ihn jetzt vielleicht auslachen oder an seinem Verstand zweifeln würde, tief in seinen Augen war aber nur Angst, blanke Angst.

Das war der Moment, auf den ich gewartet hatte:

„Herr Gerschwien, bitte glauben Sie mir, dass ich Sie oder Ihre Familie nie täuschen oder enttäuschen werde. Sie haben meine volle Loyalität, aber ich bin kein Idiot und weiß schon länger, dass Sie persönlich eine zweite Kasse führen, die in keinem Jahresabschluss auftaucht. Ich will auch nicht wissen, für wen oder warum Sie diese Kasse führen. Durch einige Andeutungen von Kunden weiß ich aber auch, dass Sie seit Jahren sehr viel mehr Geld verspielen als Sie einnehmen. Der Schluss liegt natürlich nahe, dass Sie diese Gelder der schwarzen Kasse entnehmen."

Er saß wie ein verschrecktes Meerschweinchen vor der Boa, atmete kaum und der reine Angstschweiß lief ihm von der Stirn in die Augenwinkel. Kein Widerspruch, kein Schweißwegwischen, nichts. Nur Angst und Lähmung.

Ich fuhr fort:

„Bitte hören Sie damit auf, alles wendet sich doch wie Sie sagen, gerade zum Guten und Sie bestehlen einen übermächtigen und sicherlich auch brutalen Partner. Machen Sie alles flüssig, was Sie entbehren können und zahlen Sie wenigstens einen Teil des gestohlenen Geldes wieder in die Kasse zurück, vielleicht können Sie so noch etwas retten."

Und schon wieder langten zwei schweißnasse Patschhändchen über den kleinen Marmortisch und krallten sich in meinen Jackenärmeln fest:

„Ja, ja, Sie haben mit Allem recht, wollen Sie mir auch hier helfen? Bitte!"

Ich wollte natürlich, versicherte ihm mal wieder, dass ich loyal an seiner Seite stehen würde, gleichgültig, was da komme und dass wir in den nächsten Tagen schon einige Barbeträge zur Kassenauffüllung zusammenkratzen würden. Er beruhigte sich langsam, wischte sich den Restschweiß ab, bestellte mir zuliebe zwei Pils und zwei Korn und bot mir das DU an.

Es war ein heißer Frühsommertag, das Pils und der Korn waren erfrischend kühl und ich erklärte ihm, dass ich mich geschmeichelt fühle und das DU gerne annehmen würde, aber erst müssten alle Probleme aus der Welt geschafft werden, zumindest mal seine.

Es folgte eine kleine Verlegenheitspause, er lächelte und wir begannen schon mal kurz zu umreißen, was wir in den nächsten Tagen so alles zu Geld machen konnten. Da war aber nichts, was auch nur annähernd die Größenordnung seine Schwarzgeldunterschlagungen ausgleichen konnte. Da war nichts außer Zeitdruck und dem Wissen, dass sein Leben auf dem Spiel stand. Es gab nur einen Weg, er musste sofort zur Bank und sein komplettes Eigentum beleihen. Unabhängig davon, dass es offensichtlich keine andere Möglichkeit gab, hatte dieser Schritt den Vorteil, dass er sofort über die nötigen Barmittel verfügen konnte und die Organisation, die sicherlich schon länger über seine Unterschlagungen informiert war, über ihre Bankkontakte informiert wurde, dass er Haus und Hof verpfändet habe, nur um seine Schulden zu bezahlen. Wenn überhaupt, dann war dies der einzige Weg verlorenes Vertrauen wieder zu gewinnen.

Er zögerte und ich wartete.

Und dann hatte er sich entschieden:

„Ich bin in erster Linie Vater und Ehemann und erst dann Geschäftsmann. Ich muss am Leben bleiben, meine Familie benötigt mich."

Dann lächelte er mich vertraut an:

„Und außerdem möchte ich auch noch ein bisschen mein Leben genießen, wo sich jetzt doch alles zum Guten zu wenden scheint."

Noch ein schweißnasser Händedruck:

„Zahlen Sie bitte, ich muss zur Bank."

Und weg war er. Ich blieb noch etwas sitzen, ging meinen Gedanken nach, zahlte und traf mich zu einem kleinen Spaziergang mit meinem Polizisten.

Bei ihm lief alles bestens, seine Frau sei regelrecht aufgeblüht, er habe sich erneut in sie verliebt, am zweiten Frühling sei wohl doch etwas dran und er platzte vor Stolz über die Entwicklung seine beiden Söhne.

Super, eine Baustelle weniger und der Frühling und die Gärtner der Stadt Frankfurt hatten auch einen guten Job gemacht. Alles grünte und blühte perfekt. Der Rasen war gemäht, die Büsche beschnitten, die Wege gesäubert und die Papierkörbe leer. Kein Sonnenstrahl war hier verschwendet. Parks und Mainufer ließen vergessen, dass es noch schmutzige und dunkle Hinterhöfe, auch in den Gehirnen einiger Mitbürger, gab. Wir leben nun mal in einer dualen Welt, die ohne die ewige Rivalität zwischen Gut und Böse, zwischen Hell und Dunkel, zwischen Warm und Kalt keine Daseinsberechtigung hat. Und Schön und Hässlich ist ja letztlich auch nur eine Frage der Definition. Weiß der Himmel, was Ratten von Frauen denken, die bei ihrem Anblick schreiend auf Stühle springen? Alles war gut so, wie es war. Und an den paar kleinen Verbesserungsmöglichkeiten arbeitete ich ja.

Ich aß noch eine Kleinigkeit, ging zurück in meine Wohnung, machte meine Übungen und vertiefte mich wieder in meine Spiegelsammlung.

1980, wieder ein Jahr voller Irrsinn. Die Sommerzeit wird eingeführt und der Kosmos wundert sich. Das Bundesverfassungsgericht entscheidet, dass es mit dem Grundgesetz vereinbar ist, vom Schuld- auf das Zerrüttungsprinzip überzugehen und beim Versorgungsausgleich Härten auszuschalten. Und während der Papst auf einer Afrikareise ist, sterben Hitchcock, Sartre und Tito. Krawalle beim öffentlichen Rekrutengelöbnis, da man ja gegen überkommene Traditionspflege und Säbelrasseln ist. Pazifisten argumentieren dabei mit Molotow-Cocktails, Pflastersteinen und Schlagstöcken. Wenn der Zweck die Mittel heiligt, gehen alle Werte verloren. Der Schah hat Glück, er muss sich das nicht mehr länger ansehen, er stirbt in Kairo.

Weniger Glück haben die Amerikaner, denn der ehemalige Schauspieler Ronald Reagan wird zum Präsidentschaftskandidat der Republikaner ernannt. Der Erdnussfarmer kandidiert wieder für die Demokraten. 13 Tote beim Anschlag auf das Münchener Oktoberfest. Hausbesetzungen und blutige Schlachten der Friedensaktivisten und der Kernkraftgegner mit der Polizei. Und zum Jahresende wird in New York auch noch John Lennon erschossen.

Aber es gibt auch Lichtblicke, in Peking beginnt der Prozess gegen die "Viererbande" um die Mao-Witwe und Gründung der Gewerkschaft "Solidarität" in der Lenin Werft in Danzig. Die erste freie Gewerkschaft gegen das Organisationsmonopol der Kommunistischen Partei.

Es lebe das Chaos, auch im Folgejahr geht der Wahnsinn weiter. Die Mao-Witwe wird zum Tode verurteilt wegen Verstoß gegen Mao`s Lehren. Die Arbeitslosenzahl steigt und steigt und Griechenland wird das 10. Vollmitglied der Europäischen Gemeinschaft. Der Papst ist auf den Philippinen und in Deutschland geht es weiter mit den Hausbesetzungen und den Straßenschlachten gegen Kernkraftwerke. Ein erfolgloses Attentat gegen Reagan, Schüsse auf den Papst und mal wieder ein erfolgloses Gipfeltreffen der EG. Vor diesem Hintergrund überlegt der Verkehrsminister, ob man das Nichtanlegen des Sicherheitsgurtes nicht vielleicht doch unter Strafe stellen sollte. Und dann die Krönung von allem, der Evangelische Kirchentag unter dem Motto:

Fürchte Dich nicht!

Hallo, lesen die denn keine Zeitung? Schauen die kein Fernsehen? Hören die kein Radio? Hunger auf der Welt und die EG vernichtet Millionen Tonnen Obst und Gemüse, um die Preise stabil zu halten. Die Bundesluftwaffe verliert ihren 200. Starfighter, der Kanzlerspion wird an die DDR übergeben, in Polen ruft der Staats- und Parteichef das Kriegsrecht aus und Sadat, der Staatspräsident von Ägypten, wird von seinen eigenen Soldaten auf offener Ehrentribüne erschossen.

Und während es rundum kracht und knallt, demonstrieren 300.000 Elois auf der größten Friedensdemo in Bonn und die Morlocks kommen vor Lachen nicht in den Schlaf.

Nein, ich fürchte mich nicht, ich wundere mich nur etwas. Sonst nichts.

Ich nahm die Informationen auf, machte meine Übungen, meditiere und unterhielt mich beim Frühstück mit meiner Vermieterin.

Mein Chef wirkte etwas ausgeglichener und entspannter. Das war bei den meisten Menschen so, wenn sie endlich eine Entscheidung getroffen und mit der Umsetzung begonnen haben. Und das hatte er.

„Ich habe Ihren Rat befolgt. Kann Sie aber jetzt zu Ihrem eigenen Schutz noch nicht in die Details einweihen. Wir oder besser gesagt ich muss den nächsten Donnerstag und die Reaktion auf meine Zahlung abwarten."

Er wartete auf den Donnerstag und ich wartete ja sowieso. Der Donnerstag kam, der Geldbote auch und die beiden verschwanden für ein paar Minuten im Büro von Herrn Gerschwien. Beide tauchten wieder auf, mein Chef als Nervenbündel und der gepflegte Herr mit der Tasche voller gewaschenem Schwarzgeld ging wort- und grußlos an mir vorüber. Bei seinen bisherigen Besuchen hatte er mir zum Abschied zumindest ein kurzes, aber doch freundliches Kopfnicken zukommen lassen, diesmal nichts. Die Tage vergingen, nichts, kein Besuch, kein Telefonat, nichts. Mein

Chef wurde immer unruhiger. Wir öffneten und schlossen pünktlich, die Geschäfte liefen gut, auch die Geldwaschanlage brummte und selbst die beiden Juwelierläden erwirtschafteten schon mehr als nur erfreuliche Umsatz- und Ergebniszahlen. Alles bestens, nur nicht die Stimmung meines Chefs, obwohl ich ihn immer wieder beruhigte, dass schon alles glatt laufen würde.

VII Der nächste Kontakt

Und dann kam der nächste Donnerstag. Ich stand gerade in der Nähe der Eingangstür, als ein junger, gepflegter und gutaussehender Mann das Geschäft betrat und zielstrebig auf Herrn Gerschwien zuging. Der junge Mann zeigte meinem Chef seinen Ausweis, der erstarrte und beide verschwanden im Büro. Die Geldübergabe dauerte diesmal etwas länger und dann tauchten beide wieder auf. Man verabschiedete sich freundlich, mein Chef etwas überfreundlich und der junge Mann lässig, aber nicht überheblich.

Ich stand wieder in der Nähe der Eingangstür und als er sich auch von mir verabschieden wollte, bot ich ihm an, ihn noch bis zum Auto zu begleiten, natürlich nur, wenn es ihm recht sei. Wir schlenderten die paar Meter zu seinem silbergrauen Jaguar E. Er sah meinen leicht erstaunten Blick, lachte, wie eigentlich nur junge und unverdorbene Menschen lachen können und versicherte mir:

„Nein, ich bin kein Zuhälter, den Wagen habe ich mir auch nicht verdient, der ist nur ein Geschenk meines Vaters zum 18. Geburtstag."

Er warf die Tasche mit dem Geld achtlos in den Kofferraum, stieg ein und fuhr los. Kein rasanter Blitzstart, kein Winken und kein verstohlener Blick nach bewundernden Frauenaugen. Wirklich sehr sympathisch, wahrscheinlich das schwarze Schaf in der Familie. Und die Parkuhr hatte er auch noch gefüttert.

Ich ging zurück ins Geschäft und wunderte mich nicht, dass Herr Gerschwien eine Flasche Champagner geöffnet hatte. „Sie müssen jetzt das DU annehmen, Sie haben mir und meiner Familie das Leben gerettet. Das war der Junior, der Liebling der Familie, der bisher niemals in die operativen Geschäfte eingebunden worden ist. Im Namen seines Vaters hat er mir mitgeteilt, dass man selbstverständlich schon länger von meinen Unterschlagungen gewusst habe und meine Familie bereits auf der Liquidierungsliste gestanden habe.

Die freiwillige Entscheidung, mein ganzes Hab und Gut zu verpfänden, um die Schulden gegenüber der Organisation auszugleichen, habe seinen Vater, der ja im Herzen ein gutmütiger und vertrauensseliger Mensch sei, zum Umdenken veranlasst. Er habe jetzt wieder Vertrauen zu mir, nur dürfe ich ihn nie wieder enttäuschen."

Wir hatten das erste Glas geleert, mit dem zweiten Glas wurde das DU besiegelt und er erzählte weiter:

„Ob Du es glaubst oder nicht, in der Familie hat man schon von Dir gehört. Keine Ahnung woher, aber man weiß, was Du in der kurzen Zeit hier alles bewirkt hast. Und sicherlich ahnt man auch, dass Du die treibende Kraft hinter meiner Entscheidung warst, die Unterschlagungen einzugestehen und auszugleichen. Pass auf Dich auf und bleibe bei mir, solange es geht."

Die Tage vergingen, die Donnerstage kamen wöchentlich und der Juniorchef ebenfalls. Ich hatte mir angewöhnt zur Begrüßung in der Nähe der Tür zu stehen und ihn anschließen zum Auto zu begleiten, was ihm zunächst unangenehm war, als ich ihm aber versicherte, dass das nichts mit ihm zu tun habe, sondern, dass ich nur mal wieder seinen Jaguar sehen wolle, lachte er wieder in seiner erfri-

schenden Art, wurde mir noch sympathischer und genoss dann offensichtlich die Gespräche und meine Begleitung. Er fragte mich nach meinem bisherigen Leben, lachte sich schief über meinen Ausstieg vom Ausstieg, wunderte sich immer wieder über meine Gelassenheit und meinen geringen Ehrgeiz doch mal was zu werden und mal richtig zu Geld und Einfluss zu kommen. Mein Fleiß, meine Zuverlässigkeit und Disziplin müssten doch ein Ziel haben? Irgendwie sei ich komplett anders als alle Menschen, die er bisher kennengelernt habe.
Meistens konnte ich Situationen dieser Art mit einer Pseudoweisheit entspannen, wie z.B.:
Wenn die Sonne tief steht, werfen auch Zwerge große Schatten.
Dann lachte er wieder und ich konnte das Thema wechseln. Wir diskutierten über die Funktion der Banken, die Unfähigkeit der Politiker und die Frage, wo denn die soziale Marktwirtschaft geblieben sei. Die neuesten Filme und Automodelle, die Mode, die kleinen und großen Laster. Natürlich waren auch Frauen ein regelmäßiges Thema bei unseren immer länger werdenden "Ich begleite sie mal kurz zum Jaguar Gesprächen". Und wenn wir vor seinem Jaguar standen und noch eine Zigarette rauchten, gab es nur zwei Tabus, er durfte nicht meine persönlichen Verhältnisse zu Frauen ansprechen, da ich ihm in einem unserer ersten Gespräche gesagt hatte, dass ich hier eine sehr schmerzhafte Erfahrung hinter mir habe und ich sprach niemals seine Familie an. Beide hielten wir uns streng an diese Regeln und das funktionierte wunderbar.
Die Familie Gerschwien hatte mich inzwischen als neues Mitglied adoptiert, ich wurde regelmäßig zum Abendbrot eingeladen, wir quatschten und lachten entspannt über die ältesten Geschichten und bekanntesten Witze. Vater und Mutter waren überglücklich, dass sich Gerschwien-Junior immer häufiger und dann auch noch freiwillig zu uns gesell-

te und das gemeinsame Abendessen anscheinend sogar der Jagd nach neuen Frauen vorzog. Das Abi war nicht in Gefahr und nachmittags tauchte er immer öfter in einem der Geschäfte auf, stellte kluge Fragen und half, wo immer es nötig war. Und in einer schwachen Stunde beichtete mir der stolze Vater, dass sein Sohn ihm gesagt habe, wenn das Geschäft einem Typen wie mir Spaß mache, müsse doch mehr dran sein, als er bisher gedacht habe. Der Dämon Glück und Stolz grinste durch die beiden Schaufensterscheiben und freute sich auf den nächsten Abhängigen. Ich grinste zurück, erlaubte mir etwas Zufriedenheit, zeigte ihm den Mittelfinger und er verschwand, um mir neue Fallen zu stellen.

Mit Li hatte ich schon vor Wochen vereinbart, dass wir uns auf absehbare Zeit nicht mehr treffen durften, da ich garantiert überwacht und alle meine Kontakte überprüft würden. In dringenden Notfällen würde eine Kontaktanzeige in der Frankfurter Rundschau "Dackel sucht Frauchen oder Herrchen" das Trio – Infernale informieren, dass Informations- oder Kontaktbedarf besteht. Auch meinen Streifenpolizisten hatte ich entsprechend informiert und somit beide Mitstreiter zum absoluten Schläferdasein verdonnert.

Samuel hatte mich inzwischen und ganz sicherlich nur nach ausdrücklicher Zustimmung der Familie in alle Schwarzgeldgeschäfte für die Organisation eingeweiht. Eigentlich war alles ganz einfach und narrensicher. Ob Bordell, Spielcasino, Restaurant, Kneipe oder was auch immer, jeder, der auch nur die allerkleinste Schwachstelle hatte, musste Schutzgeld bezahlen. Und für alle, die den Ernst der Lage noch nicht erkannt hatten oder aus Geiz nicht erkennen wollten, gab es einen abgestuften Maß- nahmenkatalog und eine bundesweit agierende Truppe von Schlägern, Brandstiftern und Mördern, die man bei der Familie anfordern konnte, wie einen Handwerker beim Wasserrohrbruch. Sie kamen pünktlich, arbeiteten sauber und schnell und verschwanden wieder im Nirwana ohne die geringste Spur zum Auftraggeber zu hinterlassen. Perfekt.

Größere Kunden empfing Samuel persönlich, verschwand mit ihnen in seinem Büro, kassierte das Schutzgeld und deponierte es sofort in seinem Tresor. Keine Aufzeichnung, keine Quittung, nur hin und wieder, um den Schein zu wahren, die formelle Beleihung einer Uhr oder Kette, die dann beim nächsten Besuch eben wieder ausgelöst wurde. Alles basierte auf Vertrauen und der Garant für das Vertrauen war die Angst.

Die Vielzahl der kleineren Kunden wurde regelmäßig durch eine 3 Manntruppe von – wie Samuel grinsend zu sagen pflegte – Versicherungsvertretern im Außendienst besucht.

Alles lief bestens, ich war zufrieden und die Nornen, die permanent, aber irgendwie auch unentschlossen an den Schicksalsfäden hin und her zogen, hoffentlich auch.

Es war mal wieder nicht viel los, Samuel saß in der Kaffeeecke, war in den Sportteil vertieft und strahlte Ruhe und Gelassenheit aus. Warum auch nicht, er wusste ja nicht, was gleich geschehen würde.

Ich stand neben der halboffenen Ladeneingangstür und wartete auf unseren nächsten Besucher. Ich wusste was er wollte und würde ihn erkennen, wenn ich ihn sehen würde.

Die Kultivierungsfähigkeit der Vorschau ist eine wirklich hilfreiche Gabe, die man allerdings wieder leicht verliert, wenn man damit prahlt oder leichtfertig umgeht. Immer und immer wieder hatte mich mein Meister davor gewarnt, dass die Gesellschaft der gewöhnlichen Menschen von diesen Fähigkeiten erfahren würde:

„Was gibt es noch zu kultivieren, wenn auch der schlechteste Mensch das Tao erkennen muss?"

Ich stand also wartend neben der Tür, als diese verlorene Kreatur ungewaschen und mit einer blutbeschmierten Spritze bewaffnet den Laden betrat. Von mir hatte er keine Notiz genommen, sein wässriger verwirrter Blick war nur auf Samuel gerichtet, der immer noch den Sportteil in den Händen haltend, von der Situation völlig überfordert war. Ich trat hinter unseren Besucher, wählte den goldenen Halbbogen für die kurzfristige Lähmung, setzte Daumen und Zeigefinger in seinem Schulterbereich an, drückte kurz zu und unser ungebetener Gast war gelähmt, brach zusammen und verschmutzte uns auch noch den neuen Teppichboden. Wir warteten einige Sekunden, bis er wieder bei Bewusstsein war, führten ihn auf die belebte Straße und orientierungs- und erinnerungslos taumelte er zwischen den Passanten bis zur nächsten Straßenbahnhaltestelle, setzte sich und hatte keine Ahnung, was in den letzten paar Minuten mit ihm passiert war. Mit leichtem Zeitversatz bekam Samuel jetzt seinen Schock:

„Wie hast Du das nur gemacht, die Spritze war doch garantiert mit Aids infiziert. Gut, dass wir keine Polizei gerufen haben. Was war das für ein Griff? Hattest Du denn keine Angst? Wieso ging alles so schnell und wieso bist du so ruhig und entspannt?"

Fragen über Fragen, die ich ihm nicht wirklich und schon gar nicht ehrlich beantworten konnte:

„Das ist angewandte Kampfkunst, hab ich Dir doch erzählt, dass ich mich in Tibet damit beschäftigt habe. Sieht geheimnisvoller aus, als es ist."

Ich entsorgte die Spritze, reinigte den Teppichboden, kochte uns einen frischen Kaffee, reinigte auch noch den Aschenbecher, servierte den Kaffee in unserer Besprechungsecke, setzte mich zu ihm, bot ihm eine Zigarette und Feuer an.

Er schüttelt nur ablehnend den Kopf, schwitzte, zitterte und stammelte nur:

„Das gibt's doch nicht, das kann doch alles gar nicht sein."

„Samuel, wir sind hier im Frankfurter Bahnhofsviertel, da passieren diese Dinge täglich und wir hatten bisher nur

Glück. Entspann Dich, mach Feierabend, ich schließe pünktlich ab und morgen ist ein neuer Tag".

Samuel ging, der Feierabend kam, ich schloss ab und vergrub mich in meiner Spiegelsammlung.

Ich war inzwischen im Jahr 1982 angelangt, in dem mal wieder Gesetze zum Abbau der Sozialleistungen in Kraft gesetzt wurden, zum Ausgleich dafür hatte man die Tabak- und Branntweinsteuer erhöhte und die Ausbildungsförderung für Studenten wurde nur noch als Darlehen gewährt. Der Jubiläumsgipfel der EG endete – wie zu erwarten war – mit einer Reihe von Absichtserklärungen, natürlich hatte man keine Beschlüsse gefasst, war aber eigentlich gleichgültig, da sich bisher doch keiner an Beschlüsse gehalten hatte. Die DDR – Regierung forderte die Einführung eines sozialen Friedensdienstes und die ewig träumenden Elois skandierten *Schwerter zu Pflugscharen* und *Frieden schaffen ohne Waffen*.

Zeitgleich kapitulierte Argentinien im Falklandkrieg, Israel marschierte im Libanon ein und ein Herr Hussein befand sich jetzt in einem langwierigen Stellungskrieg. Der libysche Revolutionsführer und Drahtzieher der internationalen Terrorszene war gefeierter und willkommener Gast in Wien. Aber Gott sei Dank marschierten und demonstrierten in Bonn mal wieder 400.000 Friedenskämpfer. Die Arbeitslosigkeit stieg und stieg und die Zumutbarkeitsregelung für Arbeitslose wurde erweitert. Machte ja auch Sinn, wenn es bei rund Mio. 2 Arbeitslosen immer noch 130.000 offene Stellen gab. Romy Schneider starb im Alter von 43 Jahren und der 250. Starfighter stürzte ab. Aber der Papst und Goethe hatten Glück, der Eine entging einem Attentat und der Andere war schon seit 150 Jahren tot.

Auf der dünnen Schale unserer wunderbaren Erde nur Brandherde, Lug und Betrug.

Und darunter, wie auch bei mir, glühendes Höllenfeuer.

Mein Verstand und alles, was ich in Tibet gelernt hatte,

sagten mir, dass ich mich nicht von diesen Gefühlen beherrschen lassen dürfe, wenn ich mich wirklich kultivieren wollte. Aber, wenn ich dann am Mainufer auf unserer Bank saß, war der alte Hass wieder da und die Erfüllung der Aufgabe, die mir das Schicksal gestellt hatte, diente nur zur Befriedigung der Rachegelüste.

Ich hatte mein Netz gesponnen, Li hatte einen Job im Außendienst einer Import- Exportfirma gefunden und mein Oberbulle hatte über sein gewerkschaftliches Engagement Kontakt zu diversen polizeilichen Arbeitsgruppen aufgebaut, die sich mit der Vernetzung der organisierten Kriminalität befassten. Alles entwickelte sich perfekt. Nur jetzt keine Fehler machen und keine unangemessene Hektik betreiben.

Es war wieder Donnerstag, kein Kunde zu sehen, alles sauber und aufgeräumt. Die Kasse stimmte, auch die schwarze und das Geld lag zur Abholung bereit. Samuel war immer noch unsicher, ob ihm die Familie auch wirklich verziehen habe und entsprechend nervös. Wir saßen beide in unserer Kaffeeecke, schwatzten, rauchten und nippten an unseren Kaffeetassen. Alles lief für Samuel zu perfekt, er traute dem Frieden und dem Glück nicht.

Und immer wieder:

„Was ist nur los mit Dir? Seit Du in unser Leben getreten bist, läuft Alles rund und glatt. Schau Dir nur meinen Sohn an, ich bin so was von stolz auf seine Entwicklung und seit ich mich wieder etwas mehr um meine Frau kümmern kann, sind auch ihre gesundheitlichen Probleme verschwunden und wir führen wieder ein glückliches, zufriedenes und entspanntes Eheleben. Auch im Kreise der jüdischen Einzelhändler gilt meine Person, mein Wort wieder etwas und man hat mich, das muss man sich mal vorstellen, ausgerechnet mich, einstimmig zum Kassenwart gewählt. Einfach Wahnsinn!"

Die Türglocke klingelte und der Juniorchef trat ein. Wie immer, ein Bild von einem jungen Mann, der Traum aller Schwiegermütter. Wir standen beide sofort auf und gingen ihm ein paar Schritte entgegen, ich bescheiden hinter Samuel. Er begrüßte wie immer Samuel fast freundschaftlich, mich heute aber etwas distanzierter, vielleicht so, wie man einen guten, vertrauensvollen, aber strengen Lehrer begrüßt, den man nicht so ganz einschätzen kann.

Entgegen seinen sonstigen Gewohnheiten verschwand er nicht sofort mit Samuel im Büro, um das Geld in Empfang zu nehmen, sondern fragte uns, ob wir nicht auch für ihn eine Tasse Kaffee übrig hätten. Hatten wir natürlich und er setzte sich zu uns und begann ein Allerweltsgespräch über die Geschäfte, die Politik und das Wetter. Man konnte sich echt gut mit ihm unterhalten, er war interessiert und gebildet und man konnte ihm wirklich gut zuhören, nur war er ein schlechter Lügner. Samuel merkte wie so oft natürlich nichts, aber ich wusste, dass er nur einen etwas längeren Anlauf nahm, um zum Punkt zu kommen. Samuel hatte ihm oder wem auch immer, offensichtlich von dem Überfall erzählt und meine Heldentat wohl etwas ausgeschmückt.

Und der Junior erzählte von seiner Schulzeit, seinem Wirtschafts- und Jurastudium, welch ein Hohn, seinem Wehrdienst. Alles war geordnet und problem-, letztlich aber auch ereignislos verlaufen. Wenn er dagegen mein Leben – zumindest soweit ich ihm davon erzählt hätte – betrachte, welche Erlebnisse, welche Erfahrungen und Wissen ich alles hätte sammeln können. Er kam langsam zum Punkt und schaute mich fragend an. Und dann wurde er konkret: „Kann man diesen Weg gezielt und bewusst beschreiten oder muss man auf eine, wie hast Du das noch genannt, Schicksalsverbindung warten?"

Was sollte, was konnte ich ihm darauf antworten? Einerseits war er ein junger Mann, der Vertrauen zu mir gefasst hatte, ein ehrlicher und begabter Mensch, sauber wie

Quellwasser, andererseits war er ein Mitglied der Familie, deren Vernichtung mein einziges Ziel war. Hinzu kam, dass ich ihn wirklich mochte, ja mehr als das, ich begann ihn zu lieben. Wenn ich einen Sohn gehabt hätte, wenn ich ihn mir hätte schnitzen können, wäre er wie er geworden. Von dem vielen *hätte* wurde ich wieder sentimental. Hätte, hätte, Fahrradkette, ich war zurück in der Kaffeeecke.

Samuel und der Junior schauten mich erwartungsvoll an.

„Ja und nein, warte auf den Wink des Schicksals und handele dann richtig. Den Lebensweg kann man nicht buchen oder umbuchen wie eine Urlaubsreise. Und eine Reiserücktrittsversicherung gibt es schon garantiert nicht. Aber versuche zu verstehen, versuche zu lernen und deine Aufgabe zu finden. Mit Lernen meine ich nicht das Ansammeln von Faktenwissen, sonst endest Du als Lexikon. Sei also achtsam und verliere nicht den Blick auf das Große. Erfülle nicht die Erwartungen Anderer, sonst lebst Du deren Leben."

Betretenes Schweigen in unserer Kaffeeecke. Samuel schaute auf seine kleinen Patschhändchen und der Junior schaute mir offen, aber leicht verwirrt in die Augen.

„Das war etwas viel in diesen paar Worten. Gib mir Zeit."

Ich nickte, stand auf, leerte den Aschenbecher und holte uns frischen Kaffee. Der Kaffee dampfte, die Zigaretten qualmten und das Gespräch kehrte zurück zu den Dingen, die die Welt bewegen. Zu den Flugzeugen, die abstürzen und den Vulkanen, die ausbrechen. Es war einfach wohltuend und erfrischend ihm zuzuhören. Samuel schwieg und ich genoss die Gegenwart dieses sympathischen jungen Mannes. Und doch musste ich ihm und seiner Familie alles nehmen, sie hatten mir ja auch alles genommen. Da war er wieder der alles verzehrende Hass und die Aufgabe im Kampf gegen das Böse Karma zu vernichten und De, eine Art weißes Karma, zu produzieren.

Irgendwer hatte die Heizung abgestellt, es wurde plötzlich kalt in unserer gemütlichen Kaffeeecke, der Junior stand auf, schnappte sich seine Aktentasche und ging in Richtung Büro. Samuel wieselte hinterher, überholte ihn und öffnete die Bürotür, ließ den Juniorchef eintreten und schloss sorgfältig hinter ihm wieder die Tür. Ich wartete ein paar Minuten, leerte dann erneut den Aschenbecher, spülte die Kaffeetassen, trocknete sie ab und räumte sie ein. Wischte kurz über den Tisch, rückte die Stühle zurecht und stellte mich abmarschbereit neben die Eingangstür. Der nächste Schritt stand bevor und ich war bereit. Die Bürotür öffnete sich, mein Schützling durchquerte den Verkaufsraum, kam lächelnd auf mich zu und die Kälte im Raum und in der Zeit war verschwunden. Die Entscheidung war gefallen, nein, ihm würde und durfte nichts passieren, er war mein Schützling und Schüler geworden.

Wie immer gingen wir gemeinsam zum seinem Auto, lästerten über die Eintracht Frankfurt und die Spritpreise. Die Aktentasche mit Geld war für ihn nur ein Behältnis mit buntem Papier. Das sahen Andere anders. Ich blieb ein paar Schritte zurück und erwartete den Angriff. Drei unauffällig gekleidete Gestalten entstiegen einem grauen Ford, der mit laufendem Motor am Straßenrand parkte. Einer versperrte ihm mit vorgehaltener Pistole den Weg und die beiden anderen nahmen ihn von hinten in die Zange und versuchten ihm die Geldtasche, die er reflexartig festhielt, zu entreißen. Keine Frage, das waren Profis. Ich glitt am Junior vorbei und ein tödlicher Schlag in die Herzgegend des bewaffneten Gangsters war eine Sache von Sekundenbruchteilen, er brach einfach zusammen, blieb regungslos auf dem Bürgersteig liegen und ich bin bis heute unsicher, ob mein Schützling von dieser Aktion überhaupt etwas mitbekommen hatte. Die beiden anderen, offensichtlich unbewaffneten Gangster starrten mich verblüfft an, bevor ich ihnen mit zwei kurzen Griffen das Bewusstsein nahm. Jetzt lagen drei störende Kleiderbündel, gefüllt mit drei leb- und erfolglosen Räubern auf dem Bürgersteig im Frankfurter Bahnhofsviertel. Alles war sehr schnell gegangen, der Fahrer des grauen Fords hatte längst Gas gegeben und war mit quietschenden Reifen um die nächste Kurve verschwunden, einige Passanten waren stehen geblieben und fragten sich, was da eigentlich passiert war.

Mein Juniorchef hielt sich starr an seiner Aktentasche fest, starrte mich fassungslos an und war offensichtlich in des Wortes wahrster Bedeutung einfach nur sprachlos.

Ich schaute mich kurz um und nahm seine Aktentasche: „Komm, wir müssen Land gewinnen, bevor die Polizei kommt."

Hakte ihn unter und wir gingen auf einigen Umwegen, immer wieder kontrollierend, dass uns niemand folgte, zurück ins Geschäft. Samuel war erstaunt, als er uns wieder auftauchen sah, wurde mal wieder mehr als nervös, als er bemerkte dass der Lieblingssohn der Familie kreidebleich war und zitterte.

„Was ist los, was ist passiert, ist er krank, soll ich einen Arzt rufen?"

Ich schüttelte den Kopf, winkte ab und verfrachtete den Junior in unsere Kaffeeecke, bat Samuel die Ladentür abzuschließen und fühlte den Puls des jungen Mannes. Natürlich fühlte ich nicht seinen Puls, sondern ich schickte ihm Energie und Gelassenheit und nach wenigen Minuten hatte er sich wieder erholt, trank sein Glas Wasser aus und steckte sich ohne Zittern eine Zigarette an.

Wir waren ja irgendwie und offensichtlich auf Dauer beim vertrauten DU angelangt, also fragte ich ihn:

„Alles wieder OK? Sollen wir die Familie anrufen? Willst Du Dich abholen lassen oder sollen wir Dir ein Taxi rufen? In der Nähe deines Autos solltest Du dich in den nächsten Stunden und Tagen nicht blicken lassen, das waren Profis, das war kein spontaner oder zufälliger Überfall."

Nichts von dem, was ich gefragt oder gesagt hatte, war zu ihm durchgedrungen.

Er starrte mich an:

„Samuel hat mir erzählt, was Du vor ein paar Tagen für ihn getan hast und jetzt das! Wer bist Du und warum tust Du das?" Natürlich erwartete er keine Antwort und bekam auch keine. Samuel hatte inzwischen mitbekommen, was passiert war und drängte den Juniorchef seinen Vater zu informieren, der dann alles Weitere anordnen würde.

Junior nickte und Samuel telefonierte. 40 Minuten später klopfte es an der Tür, mein Chef öffnete, ein Bodyguard betrat den Verkaufsraum, einige Schritte später folgte ein seriöser, mittelgroßer Geschäftsmann im dunkelgrauen Maßanzug, gefolgt von zwei weiteren Bodyguards. Drei typische, nicht gerade graziöse Muskelmänner, da gab es keine hohe Stirn oder edle Nase, nur hängender Mundwinkel und trübe Augen, die schon zu viel gesehen hatten. Kurze Finger und derbe Hände, die trotz häufigen Waschens nicht sauber werden wollten. Ein wahrhaft imponierender und filmreifer Auftritt. Die Geschäftstür wurde wieder geschlossen, die drei Bodyguards nahmen ihre Positionen ein und Vater und Sohn umarmten sich, während ich in die kleine Küche ging, um frischen Kaffee aufzubrühen. Das Wasser kochte gerade, als der Senior neben mir auftauchte:

„Verschwinden Sie, gehen Sie raus zu meinem Sohn, den Kaffee mach ich!"

Also verschwand ich aus der kleinen Küche und setzte mich zu Samuel und meinem Schützling. Samuel und die drei Bodyguards waren starr vor Erstaunen, der Chef aller Chefs kochte Kaffee für eine dahergelaufene Hilfskraft?

Der Kaffee kam, Tassen, Zucker und Milch ebenfalls. Wie in alten Gangsterfilmen wurden Zigarren angeboten und geraucht. Und dann begann das Verhör und ich verstand, warum dieser Chef der anerkannte und gefürchtete Chef war. Lähmendes Schweigen, nur unterbrochen von kurzen Fragen und noch kürzeren Antworten.

Aber keine Fragen zu meiner Person.

„Ich habe schon Einiges von Ihnen gehört. Ich habe Sie natürlich beobachten lassen, da mein Sohn ganz vernarrt in sie ist und jetzt haben Sie ihm das Leben gerettet. Das war kein Überfall auf einen Geldtransporteur, das war ein Mordanschlag auf meinen Sohn, der als Überfall dargestellt werden sollte."

Seine Stimme wurde schneidend, die Augen kalt und leblos:

„Das waren, wie Sie richtig erkannt haben, Profis und ich will offen sein, das war ein Anschlag auf mich und meine Familie. In einigen Tagen werde ich wissen, wer dahinter steckt und zurückschlagen und gewinnen. Wenn ein Angreifer schon die erste Schlacht verliert, hat er auch alle Verbündete verloren und ist verloren. Und das verdanke ich Ihnen. Den Preis dafür kann ich zahlen, aber da Sie das Leben meines Sohnes gerettet haben, stehe ich ewig in Ihrer Schuld. Was kann ich also für Sie tun? Verlangen Sie was Sie wollen. Jeder Mensch hat Wünsche und ich würde sie gern erfüllen."

Eine lange und offene Rede für einen Chef, der gemeinhin als wortkarg galt.

Die drei Personenschützer machten routiniert ihren Job und beobachteten Fenster und Türen, Samuel schaute mal wieder verlegen auf seine Patschhändchen und der Sohn hatte wohl seit langem endlich mal wieder erfahren dürfen, wie sehr ihn sein Vater liebte.

Und alle warteten auf eine Antwort von mir.

„Danke für Ihre offenen Worte, aber wenn man etwas Gutes getan hat und lässt sich dafür belohnen, ist der Verdienst weg. Das ist, als ob man sein Sparkonto auflöst, um davon eine kurze Urlaubsreise zu machen. Lassen Sie mich einfach genießen, dass Sie in meiner Schuld stehen und glauben Sie mir einfach, dass ich das Gleiche immer wieder für ihren Sohn machen würde."

Er zögerte kurz, lächelte dann und das Eis war gebrochen. „Ich beginne meinen Sohn zu verstehen. Meine Dankbarkeit haben Sie. Wenn Sie noch mein Vertrauen gewinnen, stehen ihnen in meiner Organisation alle Wege offen. Aber seien Sie vorsichtig: Das Leben hat mich misstrauisch und hart werden lassen. Sie hören von mir."

Die Besprechung war zu ende, wir standen auf, die Schutztruppe bereitete den Abgang vor, ein Vater legte den Arm auf die Schulter seines Sohnes, man ging und der Spuk war vorbei. Mir war elend und ich verachtete mich, weil ich in Gegenwart des Juniors keinen Hass auf den Vater verspürt hatte.

Samuel und ich saßen noch eine Weile zusammen, besprachen dies und jenes, spekulierten, wie der Bandenkrieg hätte ausgehen können, wenn ich ihn nicht schon im Keim erstickt hätte, was die nächsten Schritte der Familie wohl sein könnten, um ihre Führungsrolle wieder zu stabilisieren, nach Möglichkeit auszubauen und was so alles auf mich noch zukommen würde. Zunächst kam der Feierabend, wir schlossen die Tür, schalteten die Alarmanlage ein und ein ereignisreicher Tag war zu Ende und ich war wieder einen Schritt weiter. Ich machte noch einen kleinen Spaziergang am Mainufer, besuchte unsere Bank und meine Aufgabe war wieder da. Ich aß noch eine Kleinigkeit, machte meine Kultivierungsübungen, meditierte noch etwas, stellte nur zur Sicherheit noch meinen Wecker und schlief dann tief, fest und traumlos.

Wie nicht anders zu erwarten war, kam der nächste Tag wieder zu früh. Ich lag im Bett und wartete, bis der Wecker endlich klingeln würde. Er klingelte, ich stand auf und die Routine griff mit gierigen Fingern wieder nach meinem Leben. Duschen, Zähne putzen, anziehen, frühstücken,

Auto suchen und finden, einsteigen und zur Arbeit fahren. Parkplatz suchen und finden, wie Millionen andere auch. Geschäft aufschließen, auf den Chef und die Kunden warten. Die Türglocke klingelte, der Junior kam mit einem verlegenen Lächeln in unsere Kaffeeecke, nahm Platz und war nicht sehr überrascht, mich mit zwei Kaffeetassen aus der Küche kommen zu sehen.

„Guten Morgen Du Lebensretter. Meinen Vater hast Du ja gestern kennengelernt. Und glaube mir, er ist nicht leicht zu beeindrucken. Das war gestern wahrscheinlich die längste Rede, die ich je von ihm gehört habe und dass er für dich Kaffee gekocht und ihn dann auch noch serviert hat, davon wird man sicher noch in Generationen erzählen."

Die Türglocke meldete sich wieder, Samuel betrat sein Geschäft, schaute uns leicht erstaunt an, grüßte, holte sich einen Kaffee und fragte, ob er sich zu uns setzen dürfe.

Durfte er natürlich und der Junior erzählte weiter:

„Normalerweise wird zu Hause nicht vom Geschäft gesprochen und niemals in Gegenwart meiner Mutter. Gestern hat mein Vater aber dieses eherne Gesetz gebrochen. Noch nie habe ich ihn so voller Zorn erlebt. Er hat Mutter alles ausführlich erzählt und war dann mit dem engsten Mitarbeiterkreis stundenlang unterwegs und kochte immer noch, als er lange nach Mitternacht wieder zurückkam. OK, wir werden sehen, wie es weitergeht."

Er war offen, eigentlich zu offen, aber sein Blick war auch offen. Ich schaute ihm in die Augen und sah nur Dankbarkeit und Anerkennung für das, was ich getan hatte.

VIII Der Kontakt

„Und noch eine Neuigkeit. Mutter hat Vater gebeten Dich am Sonntagmorgen zum Frühstück einzuladen, da sie Dich kennenlernen und Dir natürlich auch danken möchte. Und, Du kannst Dir nicht vorstellen, was das bedeutet, Vater hat ohne Zögern zugestimmt. Du musst wissen, dass dieses Frühstück nur dem engsten Familienkreis vorbehalten ist. Also sag ja, ich würde mich wirklich freuen, wenn Du meine Mutter kennenlernen würdest. Und nur so ganz nebenbei, eine Absage werde ich nicht akzeptieren."

Natürlich nahm ich die Einladung an, fragte nach der Uhrzeit, den Lieblingsblumen der Mutter, der Kleiderordnung und wer sonst noch am Frühstück teilnehmen würde. Und tatsächlich war es nur der wirklich engste Familienkreis. Die drei Schwestern mit Ehepartnern und dem Nachwuchs und sein älterer Bruder, ebenfalls mit Ehepartnerin und Nachwuchs. Und eben der Junior mit seinem Retter. Er freute sich über meine Zusage, gab mir die Adresse in Bad Homburg, verabschiedete sich per Handschlag und war verschwunden. Diesmal mit einem unauffälligen Mittelklassefahrzeug, das er auch noch direkt vor dem Geschäft geparkt hatte.

Er war noch jung und hatte noch eine Menge zu lernen. Würde er und ich würde ihm helfen. Und wenn der Schmerz zu groß würde, würde ich ihn trösten.

Nach dem gestrigen Erlebnis musste ich aber erst mal Kontakt mit meinem Oberbullen und Li aufnehmen, um sie über die aktuelle Entwicklung zu informieren und zu erfahren, ob irgendwelche Gerüchte über bevorstehende Bandenkriege im Umlauf seien.

Zeit für die vereinbarte Kontaktanzeige hatte ich nicht, direkt aufsuchen ging schon gar nicht, somit blieb nur der telefonische Kontakt. Also rief ich zunächst meinen Verkehrspolizisten an und wir verabredeten uns, so wie es mal Tradition gewesen war, zu einem abendlichen Spaziergang am Main und je nach Lage der Dinge, zu einigen Pils, Korn und Zigaretten in einer kleinen Bierkneipe.

Samuel-Junior hatte seinen Vater schon abgeholt, da ein Theaterbesuch an stand und man vorher noch die Mutter abholen und etwas essen wollte. Traumhaft, hier lief alles bestens, obwohl mein Chef offensichtlich und wahrscheinlich wieder übertrieben von meinen angeblichen Heldentaten erzählt hatte und ich so etwas in die Rolle eines Außenseiters gerutscht war.

Egal, ich schloss ab und machte mich auf in Richtung Mainufer. Obwohl ich wusste, dass ich nicht beobachtet oder verfolgt wurde, schlug ich gewohnheitsgemäß einige Kurven, betrat ein Kaufhaus und verließ es wieder durch einen Nebenausgang und kam dann doch pünktlich am Mainufer an. Mein Polizist wartete schon und versicherte mir, dass er garantiert nicht verfolgt worden sei. In diesen Dingen war er ein alter erfahrener Hase und ich glaubte ihm. Es gibt halt Dinge, die verlernt man nicht. Die Sonne war bereits am Untergehen, ein leichter Wind kam auf, die Laternen gingen an und wir spazierten ruhig und entspannt am Mainufer entlang, als ob auf dieser Welt endlich die Wahrheit, die Barmherzigkeit und auch der Frieden gesiegt hätten.

„Komm, erzähl mal, was es so an konkreten Informationen und Gerüchten in den Arbeitskreisen zum Thema Bandenkriminalität gibt. Dann erzähl ich Dir, was ich in den letzten Tagen erlebt habe und wir schauen mal, ob da was zusammenpasst und einen Sinn ergibt."

Wir suchten uns eine etwas abseits gelegene Bank, wischten sie kurz ab, setzten uns und er begann zu erzählen. In den Gewerkschaftskreisen habe man sich offensichtlich wirklich gefreut, dass er jetzt wieder aus der Versenkung, aus dem Schützenloch, aufgetaucht sein. Niemand habe so richtig verstanden und nachvollziehen können, warum man ihn wegen dieser Kleinigkeit so fertig gemacht habe, aber man habe ihm in dieser Situation einfach nicht helfen können. Gegen die Front der Medien und der Politiker sei man einfach macht- und hilflos gewesen und ein paar kleine Schwächen und Fehler habe ja jeder auf seinem Konto, sei also auch angreifbar gewesen. Das Wort Feigheit sei zwar nicht gefallen, aber etwas Scham war schon zu erkennen gewesen.

Umso mehr freue man sich, dass er jetzt wiederauferstanden sei und offensichtlich zu alter Form auflaufe. Man würde ihn unterstützen, ihm Starthilfe geben, wo immer dies nötig sei.

Es war jetzt endgültig dämmrig geworden und im Licht der Laternen sah ich seine Augen blitzen:

„Und das waren keine leeren Worte, es gibt noch genug wirkliche Kollegen und Kameraden. Meinem Wunsch, in den Arbeitskreis aufgenommen zu werden, der sich mit der wachsenden Bandenkriminalität befasst, wurde sofort entsprochen, da man zu wenige Erkenntnisse über das hatte, was sich so auf den Straßen abspielt. Denn im Schatten der Straße regiert die organisierte Kriminalität und versteckt sich hinter praktisch undurchdringlichen Mauern des Schweigens. Spitzel und Spinner zu unterscheiden sei die Kunst und dafür sei ich der richtige Mann am richtigen Ort. Nur Silberlinge verteilen würde keinen weiterbringen. Ich war also drin."

Er war gut vorangekommen, ich war mehr als zufrieden und er anscheinend auch.

Und er fuhr fort:

„Natürlich habe ich erst an einigen Besprechungen teilgenommen, habe daher noch keinen wirklichen Durchblick, aber allgemein glaubt man zu verspüren und eine Vielzahl glaubwürdigen und unglaubwürdiger Informationen deuten darauf hin, dass Einiges in Bewegung ist. Die in den Nachkriegsjahren aufgebaute, an Südeuropa orientierte, Struktur scheint jetzt bedroht. Die Gefahr kommt aus dem Osten und ist brutal. Einige regionale deutsche Organisationsstrukturen scheinen aus Gier oder Angst bereit sich neu zu orientieren. Um es mal vorsichtig zu formulieren: Fast unsichtbar ist diese Gefahr, unangreifbar, da sie in den jeweiligen Heimatländern von staatlichen Kontroll- und Parteiapparaten gedeckt und gesteuert wird, dies mit Schwerpunkt im Außenhandel. Letztes Ziel ist die Beschaffung von Devisen zur Beschaffung ausländischer Waren und Dienstleistungen. Diese Parteienmafia wird nicht von einem Paten, sondern vom Geheimdienst und seinen Unterabteilungen gesteuert. Im Schatten dieser stillen Übereinkunft mit den Staatsorganen hat die Russenmafia eine Schattenwirtschaft aufgebaut. Ohne auch nur den geringsten Beweis zu haben behaupte ich, dass diese Vernetzung mit der Politik weit in unsere Verfassungsorgane reicht. Drogen, Raub, Prostitution, aber auch Auftragsmorde gehören hier zum Tagesgeschäft."

Ich erzählte ihm kurz von dem Überfall im Bahnhofsviertel, von dem er natürlich gehört hatte. Auch in Frankfurt kann man einen toten und zwei bewusstlose Gangster auf dem Bürgersteig nicht einfach unter den Teppich kehren. Natürlich habe man sich und eine Vielzahl von Zeugen gefragt, was da eigentlich passiert sei. Alles sei aber so schnell gegangen, dass man von keinem der Zeugen eine auch nur halbwegs zufriedenstellende Täterbeschreibung bekommen habe. Die Gangster seien erkennungsdienstlich bearbeitet worden. Nichts, keine Ausweise, keine Papiere, keine bekannten Fingerabdrücke und die beiden überlebenden Gangster wären stumm wie die Fische, kämen aber – und das habe die Untersuchung der Zähne ergeben – aus dem Ostblock. Und schon am nächsten Tag habe sich ein prominenter Frankfurter Strafverteidiger gemeldet, der von der Unschuld dieser beiden Lämmer überzeugt war, aber seinen Auftraggeber nicht nennen konnte oder wollte. Er wolle nur diese beiden Touristen, die auch noch ihrer Papiere beraubt waren, leider die Landessprache nicht beherrschen würden und dann auch noch im Bahnhofsviertel brutal überfallen worden seien, aus den Klauen des deutschen Unrechtsstaates befreien und die Rückreise in ihre Heimat ermöglichen. Alles einfach nur absurd und lächerlich, passte aber ins Bild. Die gestellte Kaution auch. Wenn ich einen Brückenkopf in feindlichem Gebiet errichten will, muss ich zunächst vorsichtig die Loyalität der regionalen Fürsten erkunden, einen Verräter, einen Überläufer findet man immer und dann den Herrscher erfolgreich angreifen, um den Wankelmütigen und auch den Treuen zu zeigen, wie schwach und unfähig ihr bisheriger Chef ist und wie stark und brutal die neue Macht ist.

Diese schöne und sich in Jahrhunderten und Jahrtausenden immer wieder bewährte Strategie war schiefgegangen und würde böse Früchte tragen.

Das sah mein Polizist auch so, nickte, grinste und kommentierte:

„In der Haut der Überläufer möchte ich jetzt nicht stecken. Ich glaube, dass wir uns ein paar Bierchen und den einen oder anderen Korn verdient haben. Komm, mir wird kalt. Suchen wir uns eine gemütliche und warme Kneipe. Morgen ist ein neuer Tag und bei unserem nächsten Treffen kann ich Dir bestimmt mehr über die Organisationsstrukturen und vielleicht auch etwas über die langfristigen Ziele der Ost-Mafiosi erzählen."

Mein Polizist hätte Li gefallen. Leider durfte ich die beiden Freunde noch nicht zusammenbringen.

Es wurde mal wieder ein langer Abend, er hatte mir so viel über sein neues Leben, seine beiden Söhne und seine Frau zu erzählen. Man konnte fast Angst bekommen, dass die Götter wieder neidisch würden. Die Gefahr bestand aber nicht wirklich, er hatte seine Vorleistung an Schmerz und Leid erbracht und wenn es denn eine Gerechtigkeit im Kosmos gibt und die gibt es, dann würde man ihm eine längere Erholungspause zugestehen.

Der nächste Morgen war da und ich musste mich langsam auf meinen Frühstücksbesuch in Bad Homburg einstellen. Brötchen, Kaffee und die Tageszeitung. Und dann der Griff zur Zigarette. Gasexplosion im Sachsenhäuser Villenviertel. Sieben Tote. Bilder wie nach einem Bombenangriff. Tragisch auch die materiellen Schäden an den Nachbarvillen. Drei Kinder, Ehemann, Ehefrau und zwei Besucher hatten diese Welt verlassen. Wahrscheinlich technisches Versagen. Kein Hinweis auf Fremdverschulden. Sachverständige der Feuerwehr und der Polizei untersuchen den Unglücksort. Freunde, Nachbarn und Mitarbeiter sind erschüttert. Ich war es auch, na ja, eigentlich nicht wirklich. Das war jetzt aber verdammt schnell gegangen und irgendwer hatte brutal, schnell und gründlich gehandelt. Und auf mich wartete Bad Homburg v. d. Höhe im Hochtaunuskreis, eine Kur- und Kongressstadt mit rund 50.000 Einwohnern. Hier war alles sauber und solide und in der Spielbank wurde vielleicht sogar ehrlich gezockt. Na ja, ganz sicher war ich mir mit dieser Vermutung dann doch nicht. Wenn man sich auf einen Kampf einlässt, sollte man sich mit dem Gefechtsfeld vertraut machen. Also machte ich mich auf, um die Nachbarstadt meines geliebten Frankfurts näher zu erkunden. Zunächst die Pflichtbesuche im Casino, der Sommerresidenz von Kaiser Wilhelm II, der regelmäßig in diesem Schloss residierte. Dem Marktplatz mit den Fachwerkhäusern, dem Elisabethenbrunnen und einige der sonstigen zahlreich vorhandenen Heilquellen. Schlenderte dann über die Louisenstraße, die als Hauptgeschäftsstraße die Innenstadt durchquert, wunderte mich über die Preise in den Geschäften und dann nicht mehr darüber, dass Bad Homburg die höchsten Bodenpreise in der Bundesrepublik

94

hat. Reiche Pendler aus der benachbarten Finanzmetropole zahlten was verlangt wurde.

Und dann stand ich vor meiner Adresse an der Kaiser-Friedrich-Promenade. Hier strotzte alles vor Eleganz und Großzügigkeit und war mit viel Liebe zum Detail gestaltet. Die Allee, direkt gegenüber dem Kurpark im Herzen Bad Homburgs gelegen, war gefegt, die Bäume beschnitten, die Autos gewaschen und sauber und ordentlich am Straßenrand geparkt.

Ich stand gegenüber meiner Frühstücksadresse, bewunderte das schmiedeeiserne Eingangstor vor einer breiten, mit grauem Kies betreuten Auffahrt, die allerdings bereits nach wenigen Metern in eine Rechtskurve überging, die Mauer und den Metallzaun und besonders den hohen und dichten Baumbestand des Vorgartens, der eigentlich nur erahnen ließ, dass hinter ihm auch noch Menschen wohnten. Alles solide und sauber, nichts war protzig oder abschreckend.

Kein Stacheldraht, keine Video- oder Einbruchmeldeanlage, nichts, was auf besondere Schutzmaßnahmen hinwies. Ein kleines Warnschild zeigte allerdings freilaufende Schäferhunde an.

Ich hatte genug gesehen und machte mich wieder auf den Heimweg.

Der Sonntag war pünktlich gekommen. Ich auch. Es war Punkt 09.00 Uhr, ich stand vor dem Eisentor, gewaschen, rasiert und mit einem kleinen Blumenstrauß bewaffnet. Nach einem kurzen Kontrollblick auf die Uhr, verdammt, da war sie wieder, die Erinnerung, betätigte ich den bronzenen Klingelknopf. Nach einem leisen Surren öffnete sich das Tor fast geräuschlos. Ich trat hindurch und das Tor schloss sich leicht schnarrend wieder. Anscheinend nicht gut geölt und auch der Kies knirschte leicht unter meinen Schritten. Nach wenigen Metern hatte ich die Rechtskurve erreicht, durchschritt sie und hatte endlich einen freien Blick auf die

Villa, das Anwesen, die Festung oder wie immer man das Gebäude bezeichnen wollte. Der Rasen war frisch gemäht, die Büsche beschnitten, der weiße Holzpavillon strahlte in bescheidenem Weiß und von den angedrohten Schäferhunden war nichts zu sehen oder zu hören. Auf der obersten Stufe der Marmortreppe erwartete mich eine freundliche ältere Dame, zwei Schritte dahinter der Junior und daneben der stolze Vater, der Zufriedenheit, Sicherheit und Autorität ausstrahlte. Kein Wunder, Gasexplosionen gibt es ja nur in dem verdorbenen und verkommenen Frankfurt, aber doch nicht hier in diesem beschaulichen Paradies. Meine Gastgeber lächelten, der Junior hob schon mal leicht grüßend die Hand, ich begann ebenfalls zu lächeln, entfernte das Papier an dem Blumensträußchen und hatte dann endlich die Treppe erreicht. Die Mama kam mir ein paar Schritte entgegen, freute sich sichtlich und ehrlich den Lebensretter ihres Lieblings kennenzulernen.

„Ich freue mich ja so, dass Sie unsere Einladung angenommen haben und ich Ihnen persönlich für alles danken kann, was Sie für unseren Sohn, unsere Familie, getan haben. Darf ich Sie umarmen?"

Bevor ich noch antworten konnte, hatte sie die Blumen ihrem Sohn gegeben, mich an den Schultern nach unten gezogen und mir einen dezenten mütterlichen Kuss auf die Wange gedrückt. Der Sohn lächelte verlegen und der Vater blickte erstaunt. Kam wohl nicht so häufig vor, dass die Hausherrin wildfremde Gäste mit einer Umarmung und einem Kuss begrüßte. Kaum hatte ich den beiden Herren zur Begrüßung die Hand gegeben, schon hatte sich die Dame des Hauses bei mir untergehakt und zog mich liebevoll durch den Flur in einen riesigen Speisesaal. Hier war bereits alles versammelt, was zum inneren Kreis der Familie gehörte und alle, bis auf die Kinder, starrten den Wunderknaben, von dem man ja schon die seltsamsten und erstaunlichsten Dinge gehört hatte, neugierig an. Mama stellte mich reihum der Großfamilie vor und der Vater knurrte kurz, dass man mich nicht so anstarren solle, schließlich sei ich ein lieber Gast, dem man eine Menge zu verdanken habe. Junior machte einen kleinen Witz über meine Bescheidenheit und meinen Käfer, den ich aus Scham wohl weit weg von ihrem Anwesen und ihrem Fuhrpark abgestellt hätte.

Die Spannung löste sich, aber Mama rief ihn doch leicht zur Ordnung:

„Wenn unser Gast uns das nächste Mal besucht, sorg doch bitte für einen freien Parkplatz vor unserer Eingangstür, es hätte ja auch regnen können. Was soll er denn von uns denken?"

Papa und Junior lächelten nachsichtig. Das Frühstück wurde eröffnet und bot alles, was das Herz begehrte. Ich saß natürlich zwischen Mama und dem Junior und wusste nach ein paar Minuten nicht mehr, wie ich mich vor der Fürsorge und den vielen Fragen noch retten sollte. Gott sei Dank griff Papa ein.

„Hallo, das ist hier eine Frühstücksrunde und kein polizeiliches Verhör."

Und tatsächlich, es gab noch andere Themen. Die Schule, der Kindergarten, der letzte Zahnarztbesuch, das neue Rezept der Köchin für das wirklich leckere Rührei, das undisziplinierte Verhalten der übrigen Verkehrsteilnehmer, der neueste Modetrend, das letzte Schmuckstück und auf allem ruhte der fürsorgliche und stolze Blick der Mutter und Großmutter. Ein ganz normales Familientreffen halt.

Ich hatte mir einen kleinen Freiraum geschaffen, stand am Fenster, genoss und bewunderte die Gartenanlage. Unbemerkt hatte sich der ältere Bruder neben mich gestellt, schaute ebenfalls aus dem Fenster und murmelte:

„Ich liebe meinen kleinen Bruder. Ich schulde Ihnen was."

Ein idealer Nachfolger, ein starker Mensch, der rücksichtslos und unerbittlich werden kann, der aber seine Familie

liebt und den Vater verehrt. Sein Leben ist das Schlachtfeld, er ist bereit zum Kampf und der Nächste ist nur der
Feind, über dessen Leiche man dem nächsten Feind ent-
gegengeht. Aufgeben und kapitulieren kennt er nicht, dafür
liebt er aber die Herrschaft über die anderen. Seine vielfältigen Talente und seine Kaltblütigkeit machen ihn praktisch
unbesiegbar.

Er wandte sich um und ging zurück zum Frühstückstisch,
holte sich einen frischen Kaffee, setzte sich seinen jüngsten Sohn auf den Schoß und war dann nur noch Vater und
liebevoller Ehemann. Nein, Janus war ein anderer, aber
zusammen hatten sie vier Gesichter. Die Rollen in dieser
Familie waren klar verteilt, der Vater war der unumstrittene
Chef und die Mutter die graue Eminenz. Der ältere Bruder
war der erklärte Kronprinz und der Junior der Liebling von
allen.

Die Schwestern waren die Schwestern und ihre Ehemänner irgendwo im mittleren Management der Organisation
untergekommen.

Jetzt stand der Chef neben mir:

„Ich liebe meine Familie und werde sie immer und vor Jedem mit allen Mitteln schützen. Sie rauchen doch? Kommen Sie bitte mit in unser Besprechungszimmer, da gibt es
genug Aschenbecher und ich lasse uns noch einen Kaffee
bringen."

Wir gingen ein paar Schritte durch einen dunklen Gang, er
öffnete eine massive Holztür und wir landeten in einem
riesigen Raum mit einem wahrhaft gigantischen Kamin,
einem angemessen großen Besprechungstisch und 20
Lederstühlen, die jetzt in irgendeinem englischen Schloss
fehlen würden. Neben dem Kamin eine kleine Besprechungsecke mit zwei massiven Ledersesseln und einem
vergleichsweise winzigen Tischchen, das gerade genug
Platz für einen überdimensionierten Aschenbecher und
zwei Kaffeetassen bot. Auf dem Kaminsims stand ein zier-

liche Holzkiste, der er zwei Kubaner entnahm und ihnen die Spitzen abschnitt. Er schaute mich fragend an, ich nickte und bekam auch Feuer. Der Kaffee kam, die Zigarren dufteten und er begann:

„Junger Mann, ich möchte Ihnen einen Vorschlag machen und betonen, dass Sie wirklich frei in Ihrer Entscheidung sind. Nichts wird sich an meiner Wertschätzung und Dankbarkeit ändern, wenn Sie ihn ablehnen. Wie Sie bereits wissen, habe ich Sie natürlich durchleuchten lassen. Sie haben, erlauben Sie mir die deutlichen Worte, ihrem biederen Leben ein Ende gemacht und sind ausgestiegen und als ein anderer Mensch wiedergekommen. Sie verfügen über Fähigkeiten, wie ich sie noch bei keinem anderen Menschen gesehen habe und das Glück scheinen sie auch noch gepachtet zu haben. Sie haben, soweit ich das eruieren konnte, keine familiären oder sonstigen persönlichen Bindungen. Irgendwer oder Irgendwas hat Sie in meine Organisation gespült. Jede Aufgabe haben Sie angenommen, diskret und erfolgreich gelöst.

Sie kommen gut und überzeugend bei allen Menschen an, wie ich auch heute wieder feststellen konnte, sind ehrlich, loyal und bescheiden."

Er machte eine längere Pause, schaute aus dem Fenster, zog an seiner Zigarre, trank noch einen Schluck Kaffee und fuhr fort:

„Ich wäre ein Narr, wenn ich nicht versuchen würde, Sie für unsere Aufgabe zu gewinnen. Mein älterer Sohn wird natürlich mein Nachfolger, aber Sie möchte ich als Berater, als Joker gewinnen und garantiere Ihnen, dass ich Sie niemals mit dem leider hin und wieder etwas schmutzigen Teil unseres Geschäftes in Verbindung bringen werde.

Dafür habe ich zuverlässiges Fußvolk, wie gelangweilte Hausfrauen, die nur auf unsere Befehle warten, aber nie wirklich eingeweiht werden.

Seien Sie nur unser Berater und Beschützer!"

Der blanke Hohn grinste durch das Fenster.

Man sagt, dass der Mensch ein vielschichtiges und komplexes Wesen sei, was wir aber direkt sehen, ist nur Wasser, Fett, Eiweiß, Phosphor, Eisen und so weiter, im Gesamtwert von vielleicht 10 oder 12 Mark, also nicht der Rede wert. Hier dozierte aber ein Löwe, der klassische Typ des Führers, der nicht zögert und keine Angst kennt. Eine Autorität, die souverän richtet und abfertigt, überzeugt von der Richtigkeit seines Tuns. Ein Meister des Delegierens und Dezentralisierens, der dabei aber das Zentrum bleibt, um das sich alles dreht, der aber wirkliche Größe bei anderen erkennt und honoriert. Seine Handbewegungen, sein Gang und selbst die Form seiner Nase, klassisch römisch, leicht gebogen, mit einer harmonischen Fortsetzung zur Stirn, erlaubten einen zuverlässigen Blick in seine Persönlichkeit, seinen Charakter. Vertrauenswürdig, zuverlässig und belastbar. Vielleicht war aber die Nase doch etwas zu spitz, die Kopfform zu schmal und die Ohrläppchen zu lang, alles eindeutige Merkmale für Gefühlsarmut und Misstrauen. Viel Lehrgeld für ungeprüftes Vertrauen hatte er in seinem Leben wahrscheinlich nicht bezahlt. Ein klassisches Doppelwesen. Yin und Yang. Wir alle haben zwei unterschiedliche Körperhälften, zwei Gesichts- und Gehirnhälften und natürlich auch zwei unterschiedliche Wesenshälften, die sich im ewigen Kampf miteinander befinden und der Ausgang ist immer wieder ungewiss. Wir leben halt in einer dualen Welt und seine Bügelfalten waren perfekt.

Der Form halber zögerte ich noch etwas und er setzte nach:

„Glauben Sie mir und wie gesagt, für die Schmutzarbeit habe ich genügend Mitarbeiter und wenn Sie zusagen, haben Sie weitestgehend freie Hand und alle Mittel stehen Ihnen zur Verfügung."

Ich stand auf, er stand auf, wir gaben uns die Hand und ich hatte meine Seele verkauft, na ja, nicht wirklich, eher dann doch nur vorübergehend verliehen.

„Kommen Sie, wir gehen noch ein paar Schritte durch den Garten, bevor ich meine Familie über ihre Zusage und unseren Zuwachs informiere."

Ein leichter Nieselregen hatte eingesetzt, der Kies knirschte unter unseren Füßen und die beiden Schäferhunde tauchten auf, schauten zu unserem Chef auf, als wollten sie sich erkundigen, ob dieser Fremde Freund oder Futter sei. Sie nahmen meinen Geruch auf, wieselten, falls dieser Ausdruck bei Schäferhunden gebraucht werden darf, um meine Beine und ihr Herrchen wunderte sich:

„So schnell haben sie noch keinen akzeptiert. Hunde haben doch einen sehr guten Instinkt."

Na ja, auch deutsche Schäferhunde können irren.

Die Familie war natürlich schon im Vorfeld unseres Gesprächs über Inhalt und Ziel unserer Raucherpause informiert worden und natürlich neugierig, wie ich mich wohl entschieden hätte.

Der Chef war wieder der Chef:

„Er bekommt die beiden Gästezimmer mit Bad im zweiten Stock. Warum dauert das mit dem Champagner so lange?"

Die Spannung löste sich und es wurde noch ein entspannter und fröhlicher Familiennachmittag, bei dem ich dann doch tausende von Fragen zu beantworten hatte.

Was hätte ich eigentlich in Tibet gesucht? Wie sei das mit der Sprache, dem Essen, dem Trinken und der Eintönigkeit gewesen? Und vor allem, wie wäre das mit den Kampfkünsten, der wahnsinnig kurzen Reaktionszeit? Sei ich denn unverletzlich? Und warum sei ich wieder zurückgekehrt?

Bei dem Thema Kampfkünste waren selbst die Kinder fasziniert von meinen Halbwahrheiten und erlogenen Erzählungen. Natürlich reduzierte ich alles auf das unerbittliche

Training, die dauernde Übung und die Schärfung des Konzentrationsvermögens. War ja nicht direkt gelogen, war aber auch nicht die ganze Wahrheit. Kein Wort fiel über die Kultivierungsfähigkeiten und kein wahres Wort über meine Vergangenheit.

Es wurde langsam dunkel und ich verabschiedete mich. Mein neuer Chef begleitete mich zur Tür: „Lagebesprechung um 09.00 Uhr. Seien Sie bitte pünktlich. Beide Söhne werden auch anwesend sein. Thema ist die Risikominimierung. Vielleicht haben Sie ein paar Ideen. Ihren Job in Frankfurt werde ich telefonisch kündigen" Klar, er war der Chef und sein jüngerer Sohn begleitete mich noch zum Auto.

Am nächsten Morgen stand ich mit meinem Käfer 10 Minuten vor dem Termin und vor dem Eisentor in Bad Homburg. Ich stieg aus, klingelte, das Tor öffnete sich, ich fuhr durch und suchte mir einen Parkplatz in der Nähe der Eingangstür. Mama und Junior hatten mich schon erwartet. „Schön, dass Sie so pünktlich sind, mein Mann wartet schon. Wir frühstücken nachher."

2 Minuten vor der Zeit standen wir dann vor der offenen Tür des Besprechungsraumes und traten ein. Der Chef saß natürlich am Kopfende und sein Thronfolger zu seiner Rechten. Ich reichte zunächst meinem Arbeitgeber die Hand, verneigte mich kurz und begrüßte dann den älteren Bruder. Junior hatte sich schon gesetzt, ich setzte mich demonstrativ neben ihn und wartete auf die Einleitung, die Gesprächseröffnung durch den Chef. Ich war neugierig.

Folgte jetzt eine längere, dem Problem angemessene Einleitung zur Ideenfindung? Er hatte ja gefragt, ob ich ein paar Ideen hätte. Oder würde es nur eine kurze, knappe Befehlsausgabe ohne große Diskussion geben?

IX Die Reihen schließen

„Gut Herr Weber, ich weiß Pünktlichkeit zu schätzen. Es darf geraucht werden und wenn Sie Kaffee möchten, bedienen Sie sich bitte. Beginnen wir also. Über die Ausgangslage sind wir uns hoffentlich einig. Die Bedrohung kommt aus dem Osten und unsere Reihen sind bereits schwankend. Die notwendigen Stabilisierungsmaßnahmen haben hier erstmal wieder Ruhe und Sicherheit gebracht, aber die latente Bedrohung aus dem Osten bleibt. Hat Jemand eine Idee, was wir hier langfristig tun können ohne einen größeren oder permanenten Krieg zu riskieren? Zeitgleich muss unser persönliches Risiko minimiert werden? Unser neuer Freund bitte zuerst!"

Alle Augen und Ohren wandten sich mir zu.

Im Fußball würde man das eine Steilvorlage nennen. Ich tat etwas überrascht und begann zögernd:

„Über die aktuelle Lageeinschätzung sind wir ja einig. Die derzeitige Bedrohung ist auch gestoppt. Da wir aber nie sicher sein können, wann, wie oder wo der nächste Anschlag erfolgen wird, müssen wir die Initiative ergreifen. Da wir auch nicht wissen oder sicher sein können, ob oder wo der Feind bereits Brückenköpfe errichtet hat und wir zur Zeit noch nicht abschätzen können, welchen politischen Einfluss er schon hat, müssen wir uns einen starken, fremden und neuen Verbündeten suchen, dessen Interessen auch langfristig nicht mit unseren Geschäften kollidieren werden. Unser Feind im Osten wird sich einer neuen Situation gegenüber sehen, die er nicht einschätzen kann, die aber zumindest eine neue und unbekannte Bedrohung für ihn darstellt. Sie und ihre Familie sind damit zunächst aus der Schusslinie. Wir gewinnen auf jeden Fall aber die notwendige Zeit, um unsere Reihen zu stabilisieren. Die nächsten Schritte hängen dann von der Reaktion unserer Gegner ab. Nur, wie gesagt, wir sind jetzt die, die agieren und er kann nur reagieren. Wir legen die Spielregeln fest."

Ich steckte mir eine neue Zigarette an, rührte im Kaffee rum und wartete.

Minutenlanges Schweigen in der kleinen Runde. Ein leichtes Räuspern des Chefs, Junior stand auf, öffnete ein Fenster, schaute kurz nach, ob sein Vater noch genügend Kaffee hatte und setzte sich wieder. Auch der ältere Bruder schwieg.

Der Chef trat ans offene Fenster, atmete tief durch, drehte sich um und fragte seinen Nachwuchs:

„Irgendwelche Kommentare oder andere und bessere Ideen? Nein, gut, dann machen wir eine kleine Pause und sagt bitte alle eventuellen Termine für heute ab. Es wird offensichtlich länger dauern. Wir frühstücken kurz und verlassen diesen Raum erst dann wieder, wenn der Plan steht."

Erdrückendes Schweigen beim kurzen Frühstück.

Der Name Rasputin, Grigori Rasputin, schoss mir durch den Kopf. Vor über 60 Jahren hatte man ihn tot aus einem Fluss gefischt, die Autopsie hatte Tod durch Ertrinken ergeben. Dieser russische Wanderprediger, Wunderheiler, Hellseher und Ratgeber des Zaren Nikolaus II hatte durch seinen positiven Einfluss auf den bluterkranken Sohn größten Einfluss auf die ganze Familie gewonnen. Auch die später ermordete Zarenfamilie hatte sich isoliert, wie auch meine neue Familie. Wegen des großen Einflusses wurde er dann von Adligen erschossen und vorsichtshalber noch ertränkt. Sicher ist sicher. Was auch immer er war, ein Hellseher konnte er nicht gewesen sein und ich würde sein Schicksal nicht teilen, da war ich mir ganz sicher.

Ich verscheuchte diese trüben Gedanken und konzentrierte mich wieder auf die anstehende Besprechung.

Wir saßen wieder im Besprechungsraum, gleiche Sitzordnung und das Fenster war auch wieder geschlossen.

Der Chef erteilte mir wieder das Wort:

„Ihren Vorschlag, Ihre Idee, jetzt bitte im Detail und mit Umsetzungsmaßnahmen."

Ich begann:

„Wir müssen mehrgleisig vorgehen. Zunächst müssen wir das umsetzen, was der Gegner erwartet, wie man normalerweise reagieren würde. Also die Sicherheitsanlagen um das Anwesen erneuern und ausbauen. D.h., abschreckende Videokameras am Tor und rund um das Grundstück. Bewegungsmelder, Glasbruchmelder, Brandmelder und was so zu einer Rundumabsicherung gehört.

Um die Ernsthaftigkeit der Absicherung zu unterstreichen, würde ich noch einen Fluchttunnel zum Pavillon anlegen und einen gepanzerten Pkw anschaffen. Der Gegner sieht, dass wir uns einigeln, also passiv reagieren und wird weiter glauben, dass er das Heft des Handelns in der Hand hat.

Parallel, aber streng geheim, sollten wir – nur zur absoluten Sicherheit und als letzte Zuflucht für Familie – einen sogenannten Panikraum einrichten. Mit armierten Wänden, Stahltüren, Waffen, Sauerstoffversorgung für 24 Stunden, Essen und Trinken für 10 Personen.

Die äußeren Baumaßnahmen dürften von diesem Projekt ablenken und wenn nicht, auch kein wirkliches Problem, da diese Aktivitäten nur unsere Vorsicht und Passivität unterstreichen."

Ich machte eine kleine Kunstpause, schenkte mir frischen Kaffee ein und steckte mir die nächste Zigarette an.

Der Chef strahlte – zumindest äußerlich – Ruhe und Gelassenheit aus:

„Wie wäre es, wenn Sie jetzt auf den Punkt kämen?"

Auch sein Nachwuchs wurde sichtlich ungeduldig und ich fuhr fort:

„Sicherheitshalber sollten wir noch ein zusätzliches Ablenkungsmanöver starten. In zwei Wochen hat Ihr jüngster Sohn Geburtstag. Nehmen Sie diesen Tag zum Anlass die Familienoberhäupter der Unterorganisationen einzuladen, man wird diese Einladung sicherlich als ein Signal deuten, dass Sie Ihre führende Position stabilisieren wollen und beabsichtigen, erneut Loyalität einzufordern. Um ihr nach wie vor mangelndes Vertrauen in die Treue der Geburtstagsgäste deutlich zu machen, sollte Ihr ältester Sohn nicht an diesem Treffen teilnehmen. Er hat dann, wie man so sagt, Stallwache."

Und wieder eine kleine verbale und intellektuelle Verdauungspause, wir hatten ja noch den ganzen Tag vor uns und letztlich ging es ja auch um das nackte Überleben der ganzen Familie. Bevor mich mein Chef aber wieder antreiben konnte, ergriff ich wieder das Wort:

„Da ja hier in Ihrem Anwesen – Ihre Zustimmung vorausgesetzt – bereits die ersten Baumaßnahmen anlaufen, schlage ich als Treffpunkt ein elegantes Salonschiff vor. Wir machen also eine kleine Kreuzfahrt den Main abwärts in Richtung Rhein. Abfahrt direkt am Mainkai, am Eisernen Steg. Schiffe haben den Vorteil, dass man sich eingesperrt fühlt, man kann nicht einfach verschwinden. Sie bieten Ihren Gästen großzügige und saubere Außenkabinen, erlesene Getränke und ein umfangreiches Buffet. Der Eine oder Andere wird den Wink verstehen, es geht dir gut, der Chef sorgt für dich, aber einfach verschwinden, das geht nicht."

Es geschehen noch Zeichen und Wunder, der Chef hatte sich bewegt, er hatte zustimmend leicht den Kopf gesenkt. Junior und Thronfolger räusperten sich ebenfalls zustimmend und ich fuhr fort:

„Gift bekämpft man mit einem Gegengift. Ohne ein Gegenmittel, einen Verbündeten, wird unsere Struktur immer angreifbar sein. Was wir brauchen, ist ein starker, für unseren Gegner nicht einschätzbarer Verbündeter, von dem wir auf absehbare Zeit keine territorialen Ansprüche zu erwarten haben, dem wir aber wirtschaftliche Vorteile bieten müssen. Südeuropäische Syndikate haben bereits ihren festen Platz, ihre stabile Organisation und stellen langfristig betrachtet natürlich auch eine Bedrohung dar, ihnen können wir aber nichts Interessantes bieten, was sie zu einem Verbündeten machen könnte. Wer könnte also unser zukünftiger Partner sein?"

Ich lehnte mich kurz zurück, atmete tief durch und kam zum Punkt:

„Wie Sie wissen, war ich einige Jahre im chinesisch besetzten Tibet, habe dort einen sehr fähigen, mutigen und loyalen Chinesen kennengelernt, mit dem ich dann gemeinsam nach Deutschland zurückgekehrt bin und zu dem ich auch noch heute lockeren Kontakt habe.

Während unseres etwas längeren Aufenthaltes in Hong Kong musste ich erfahren, dass er offensichtlich beste Kontakte zu den chinesischen Verbrechersyndikaten hat. Dieser Mann schuldet mir noch was und kennt sich bestens in der gelben Mafia aus. Als jüngster Bruder eines großen Bruders, der an der Spitze einer Bruderschaft steht, konnte ich, bei aller Verschwiegenheit, die er mit einem kleinen Blutopfer besiegelt hatte, doch einiges über Ziele, Struktur und ethische Grundsätze dieser Triaden von ihm erfahren. Wenn man die Kooperation mit ihnen sucht, muss man wissen, dass das Eindringen in jegliche chinesische Gemeinde für weiße Teufel fast unmöglich ist. Ihre Kultur, ihr introvertierter und in sich geschlossener Charakter ist eine unüberwindbare Mauer. Auch hier verlagert sich das Geschäft immer mehr in Richtung scheinbar seriöser öffentlicher Unternehmen. Ihre Macht und auch ihr politischer Einfluss ist in dieser Stadt unermesslich groß, sie kontrollieren die wichtigsten Polizeiposten und niemand ist vor der Gewalt der schätzungsweise 100.000 Triadenmitglieder sicher und weiß das auch. Es stellt sich die Frage: Was können wir dieser Organisation an wirtschaftlichen Vorteilen bieten?"

Ich ließ sie mit dieser Frage für ein paar Minuten allein, ging aufs Klo, wusch mir die Hände, kam zurück, setzte mich wieder und las in ihren Gesichtern und Gedanken.

Was ich erkennen konnte, war zunächst große Verwirrung und Unsicherheit, aber irgendwie und ganz tief drinnen die Zuversicht, dass hier jemand eine realisierbare Idee ausgebreitet hatte, wie man gegen den Sturm kreuzen oder ihm gänzlich entgehen konnte.

Aber unser Kapitän hatte den Überblick behalten und stellte die entscheidende Frage:

„Was können wir denen anbieten, ohne unsere eigenen Interessen zu gefährden?"

Langsam kam ich mir etwas blöd vor. Musste ich diesen Profis denn alles erklären?

OK, ich musste anscheinend:

„Neben der Schutzgelderpressung, der Prostitution usw, sucht die Bruderschaft immer wieder neue Absatzmärkte für gefälschte Produkte, für Kunstgegenstände und Drogen. Ich vermute mal, dass wir Einfluss auf einige Import- und Exportfirmen haben, die für den Fernen Osten das nahe Europa erschließen könnten? Wir haben doch sicherlich genügend Kontakte zu und Einfluss auf Import- und Exportfirmen. So, das war es in groben Zügen. Chef, ich habe jetzt lange und ausführlich meine Gedanken und Vorstellungen ausgebreitet, kein Kommentar von Ihnen, nicht mal Kritik, bin ich jetzt am zweiten Arbeitstag schon gefeuert?"

Die jetzt folgende Stille war fast erdrückend und ich wartete geduldig auf die Antwort, die ich schon kannte.

„Nein, natürlich nicht. Das war aber genug für heute. Hört sich alles kreativ und durchdacht an, ist aber für eine alte Kaufmannsfamilie ziemlich revolutionär. Wir Hansens sind traditionell eher Kaufleute und weniger militärische Strategen. Nehmen Sie es bitte nicht persönlich, aber ich möchte Ihre Vorschläge zunächst mit meinen beiden Söhnen diskutieren. Morgen um 09.00 Uhr sehen wir uns wieder. Frank, bring Herrn Weber bitte zum Auto."

Frank ging schweigend neben mir zum Auto, waren ja auch nur ein paar Schritte. Ich spürte, dass er nicht wusste, ob oder was er sagen sollte. Er gab mir schweigend die Hand und auch die beiden Schäferhunde wedelten wortlos mit ihren Schwänzen.

Trotzdem, alles war gut gelaufen und ich freute mich, dass Li schon beste Kontakte zu Import- und Exportfirmen in den nahen und fernen Osten aufgebaut hatte. Herr Li war eben Spitze und hatte auch noch das Glück des Tüchtigen. Es war wie beim Schachspielen: Wenn man seine Figuren richtig in Position gebracht hat, hat man schon halb gewonnen.

Zufrieden stieg ich in mein Auto, wendete, steuerte über den Kies, schaute in den Rückspiegel. Frank winkte. Ich winkte zurück und fuhr durch das Tor.

Jetzt wurden meine Schritte sicherlich wieder von allen möglichen Seiten beobachtet.

Wenn ich wirklich etwas bewirken wollte, musste ich raus aus dem Auge des Tornados, die Gästezimmer in der Villa würden leer bleiben. Das musste ich morgen klarstellen.

Raus musste ich aber auch aus der Anziehungskraft des Bösen. Ich durfte mich nicht von diesen Janusköpfen blenden lassen, die nicht ohne Grund für die Zwiespältigkeit stehen. Da Herr Janus aber auch zuständig für Schutz und Unterstützung von Unternehmungen ist, musste ich wohl noch einige Zeit mit ihm leben.

Und meine Unternehmung war blutige und erbarmungslose Rache an denen, die mir das Liebste genommen hatten.

Wenn ich die Antike richtig einschätzte, hatte er hier bestimmt umfangreiche Erfahrungen.

Dieses Ziel, diese Aufgabe würde ich nie aus den Augen verlieren, eher würde die Hölle einfrieren.

Kein Hass, keine Gnade, keine Gefühle, keine Gefangenen, nur die Aufgabe.

Ein Blick auf die Benzinanzeige und die Realität hatte mich wieder, ich musste tanken, etwas essen und mich möglichst bald mit Li treffen.

Nachdem ich getankt, eine kleine Pralinenschachtel für meine Zimmerwirtin gekauft und eine Kleinigkeit gegessen hatte, fuhr ich zurück nach Frankfurt, überreichte die Pralinen, schwätzte etwas mit meiner Wirtin und zog mich dann auf mein Zimmer zurück. Ich machte meine Übungen, meditierte und schnappte mir dann zur Entspannung die nächsten Spiegelausgaben.

Alles nur positive Nachrichten: Der Buddhismus wurde in Österreich als offizielle Religion anerkannt und das Bundesverfassungsgericht unserer Republik stoppte mit einer einstweiligen Verfügung die geplante Volkszählung. Noch erfreulicher war, dass das erste schwarze Loch, das man entdeckte, beruhigende 150tausend Lichtjahre entfernt war. Die erste Tempo 30 Zone wurde in Buxtehude eingeführt und das erste Motorola-Handy wog 800 g. Aids trat in das breite Bewusstsein der deutschen Bevölkerung und es wurden mal wieder feierliche Deklarationen zur Europäischen Union unterzeichnet. Gegen beide Krankheiten würde man wohl noch lange und ohne Erfolg ankämpfen.

Und irgendwann am Ende des Jahres demonstrierten wieder – und natürlich wieder vergeblich – 1 Mio. Menschen für Frieden und Abrüstung.

Ich hatte mich fest darauf verlassen und wurde Gott sei Dank auch nicht enttäuscht: Der nächste Tag war gekommen und die Sonne war mal wieder pünktlich am Himmel aufgetaucht. Sehr zuverlässig.

Ich fuhr rechtzeitig los, frühstückte unterwegs noch eine Kleinigkeit und stand dann pünktlich, wie ich es gelernt hatte, 5 Minuten vor der Zeit vor der Eingangstür und klingelte.

Junior öffnete, wirkte sehr entspannt, lächelte und führte mich in das Besprechungszimmer. Unterwegs lauerte mir noch Mama auf, strahlte, umarmte mich und schob mich aber sofort weiter:

„Man wartet schon auf Dich."

Und das tat man auch. Gleiche Besetzung, gleiche Sitzordnung, alles schon Routine.

Und die Versuchung der Vergebung war auch wieder da, hatte aber keine Chance, da der Chef nach kurzer Begrüßung sofort an die gestrigen Punkte anknüpfte:

„Wir haben gestern den kompletten Tag mit der Diskussion über deine Vorschläge verbracht. Alles klang so logisch, umsetzbar und fast zwangsläufig. Das Leben hat mich aber gelehrt, dass es immer dann angebracht ist vorsichtig zu sein, wenn alles so ruhig, glatt und sauber aussieht. Und der von Dir vereitelte Anschlag auf meinen Sohn war hier nur ein weiterer Beweis für diese Erfahrung, da seit Jahren alles zu problemlos gelaufen war. Misstrauisch, wie uns das Leben nun mal gemacht hat, haben wir Deinen Vorschlag nach allen Regeln der Kunst auseinander genommen und versucht Schwachstellen zu finden."

Anscheinend stand uns wieder eine längere Rede bevor. Beide Söhne hörten aufmerksam zu und hatten sich wohl schon daran gewöhnt, dass ihr Vater in letzter Zeit nur auf Umwegen zum Ziel kam und seine Ausführungen immer ausführlicher wurden. Und beim DU war er auch angelangt, ich würde ihn aber vorsichtshalber erstmal weiter *Siezen*.

„Dein Plan ist perfekt und wird uns, falls er gelingt – und davon sind wir überzeugt – für die nächsten Jahre Ruhe, Sicherheit und die alten Machtstrukturen wieder bringen. Möchtest Du noch etwas ergänzen, bevor wir in die Umsetzungsdetails gehen?"

Wollte ich:

„Um eine zusätzliche Unbekannte ins Spiel zu bringen, denn alles was den Gegner verwirrt, nützt der eigenen Position, schlage ich vor, mich als As verdeckt im Ärmel zu halten und Ihren jüngsten Sohn zunächst aus dem operativen Geschäft rauszunehmen. Der Eine oder Andere wird vielleicht Familienstreitigkeiten vermuten und versuchen diese vermeintliche Schwachstelle auszunutzen. Konkret bedeutet das, dass Sie und Ihr ältester Sohn das Anwesen zu einer kleinen Festung ausbauen und Einladung zur Schiffstour organisieren. Die Einladung dann bitte mit Ehefrau und großzügigem Begrüßungsgeschenk. Ich tauche hier die nächsten Wochen nicht mehr auf, bleibe in meinem möblierten Zimmer und begebe mich in den nächsten Tagen mit Ihrem jüngsten Sohn auf eine kleine Rundreise im Norden der Republik zu einigen Import- und Exportfirmen, zu denen Sie Kontakt und auf die Sie Einfluss haben. Dies natürlich nach Information und in Abstimmung mit den regionalen Familienoberhäuptern. Als Ziel dieser Aktion können wir ja angeben, dass ihr jüngster Sohn Erfahrungen sammeln soll und gleichzeitig vielleicht die eine oder andere Koordinierung der Abläufe für alle zu besseren, sicheren und ertragreicheren Geschäften der regionalen Einheiten führt. Den Rest wird die Gerüchteküche erledigen.

Diese offene Besuchsreise Ihres jüngsten Sohnes steht natürlich im Gegensatz zur Einbunkerungsaktion, die Sie und Ihr ältester Sohn parallel dazu gerade durchführen, dürfte unsere Gegner aber zusätzlich verunsichern. Unsere eigentliche Aufgabe ist es aber den Geschäftsvorschlag, den wir dem Fernen Osten zur Abwehr des ganz Nahen Ostens machen wollen zu erkunden und vielleicht hier und da schon mal die ersten zarten Informationspflänzchen zu setzen.

Und noch ein paar Kleinigkeiten: Als Panikraum schlage ich den kleinen Frühstücksraum neben der Küche vor, der wohl in früheren Zeiten der Speise- und Aufenthaltsraum des Gesindes war. Für die beiden Fenster empfehle ich beschusshemmendes Panzerglas, die sonstige Armierung wie bereits vorgeschlagen. Für den Besprechungsraum empfehle ich ebenfalls Panzerglas, Scharfschützen gibt es ja genug. Und unter dem Besprechungstisch selbst würde ich vor Ihrem Platz und vor dem Ihrer beiden Söhne Geheimfächer mit Handfeuerwaffen anbringen lassen."

Die Hansens schauten sich kurz an, nickten und dann wurden ausführlich alle Details und die jeweilige Zuständigkeit besprochen.

Die Stunden vergingen und am späten Nachmittag waren die Maßnahmen und die Verantwortlichkeiten festgezurrt.

Der Kronprinz würde den Festungsausbau übernehmen, der Chef die Besuchskontakte in ausgesuchten Regionen organisieren und die Einladungen zur Schiffstour übernehmen. Der Junior und ich würden nur als unbedeutende Statisten agieren. Er als gelernter Diplomkaufmann und Jurist würde sich als unerfahrener Theoretiker etwas Praxiserfahrung in den befreundeten Familien aneignen und ich würde ihn als Fahrer und Personenschützer begleiten. Herr Li würde nach Hongkong fliegen, um erste, vorsichtige und unverbindliche Kontakte zu knüpfen.

Da die Zeit knapp war und wir ja auch beschlossen hatten die Initiative an uns zu ziehen, würden Frank und ich bereits Übermorgen mit unserer Rundreise beginnen und dabei auch, wie man so in der Jägersprache sagt, *auf den Busch zu klopfen*, um Verborgenes aufzuscheuchen oder zumindest zu verunsichern.

Morgen würde ich mich mit Li treffen, um ihn über seine Aufgabe und im Groben auch über unsere Strategie und Ziele zu informieren. Die Besprechung war zu Ende, wir tranken noch gemeinsam einen Kaffee und rauchten noch eine Zigarette. Der Chef wurde ungeduldig und wollte wohl endlich mit seinen Telefonaten beginnen. Die gute Stimmung war verflogen, man wollte mit dem Rachefeldzug beginnen. Konnte gerade ich sehr gut verstehen. Ich machte mich also vom Acker und rief von der nächsten Telefonzelle Li an, um mich mit ihm zum Mittagessen am nächsten Tag zu verabreden. Li hatte natürlich Zeit und ich nun auch. Die Sonne ging gerade unter, der Himmel verlor unmerklich sein strahlendes Blau, die Natur strotzte vor Kraft und Gesundheit und es wäre einfach zu schade gewesen, mich jetzt in Frankfurt in einem möblierten Zimmer zu verkriechen. Ich schlenderte also durch den Kurpark und die Innenstadt von Bad Homburg, genoss mein Leben und wunderte mich kaum, dass meine lieben und gehetzten Mitbürger diese Pracht offensichtlich nicht wahrnahmen. Ihre Probleme waren ja auch zu groß: Wo fahren wir im Urlaub hin, was wollte oder sollte ich noch einkaufen, wird meine Tochter versetzt und was hat der seltsame Blick meines Vorgesetzten zu bedeuten?

Ich dagegen saß entspannt in einem Straßencafé, gönnte mir ein Stück Obsttorte mit Schlagsahne und grübelte, was ich denn so alles noch über Sprengstoff wusste.

Li würde ja in den nächsten Tagen in China sein, wo man bereits vor 1.000 Jahren das Schießpulver erfunden hatte. Ob als Feuerwerksraketen zur Belustigung der Bevölkerung oder zur Abschreckung der Feinde, die Einsatzmöglichkeiten von Salpeter, Holzkohle und Schwefel waren vielfältig.

Und vor rund 150Jahren hatte dann ein deutscher Chemiker das hochexplosive TNT und ein Herr Nobel das Dynamit erfunden. Beide Materialien mit hoher Sprengwirkung, die man unterstützend zum Bau von Kanälen oder Tunneln nutzen, mit denen man aber auch alles wieder zerstören konnte. Es kommt halt darauf an, was man draus macht, nur darf man sich im Zweifelsfall nicht erwischen lassen.

Wenn man ein Sprengstoffattentat vorbereitet, wie das auf König und Parlament von England, muss man wissen und sich immer vor Augen halten, dass Mut und Entschlossenheit allein nicht genügt. Beide Tugenden hatte der als Soldat ausgezeichnete Attentäter, ein Herr Guy Fawkes, sicherlich in ausreichendem Maße, nur hatte er den falschen Menschen vertraut, da einer seiner Mitverschwörer einen

Warnbrief schrieb und dann bei einer der zwangsläufig folgenden Inspektionen der Sprengstoff entdeckt wurde. Er wurde verhaftet, gefoltert und gestand. Er wurde verurteilt zum Tod durch Erhängen, Ausweiden und Vierteilen, verschaffte sich aber noch eine letzte kleine Genugtuung, indem er mit der Schlinge um den Hals vom Podest sprang und sich das Genick brach. Alles schnell, kurz und vermutlich schmerzlos, aber mit Langzeitwirkung, denn die Angst sitzt bis heute tief und das Kellergewölbe wird auch heute noch, nach fast 400 Jahren, bei der jährlichen Parlamentseröffnung untersucht.

Was bleibt als Lehre für spätere Attentäter?

Vertraue keinem und mach am besten alles selber.

Die Sonne hatte sich für heute verabschiedet, die Straßenlaternen waren angegangen, es war doch etwas kühler geworden und ich machte mich auf in Richtung Auto. Genug Kaffee, Zigaretten und Gedanken für heute. Morgen kam ja vermutlich wieder ein neuer Tag und ich freute mich auf das Treffen mit Li.

Ich machte noch einen kleinen Schwatz mit meiner Vermieterin, anschließend meine Kultivierungsübungen, meditierte und der Tümpel, in dem ich in den letzten Tagen gerührt hatte, wurde wieder klar. Meine Aufgabe ebenso, eine tiefe Ruhe und innere Zufriedenheit mit dem bisher Geschafften kam über mich und ich schlief den Schlaf des Gerechten. Aber Vorsicht, keine Freude aufkommen lassen. Keine Gefühle durften mich und mein Handeln beherrschen. Und außerdem war ja bekanntlich mit des Geschickes Mächten eh kein ewger Bund zu flechten.

Am späten Vormittag wachte ich auf, ausgeschlafen und entspannt, duschte, rasierte mich, frühstückte gemütlich und machte mich auf zu einem kleinen Spaziergang. Die Sonne stand hoch am blauen Himmel, keine Wolke zu sehen und kaum Spaziergänger am Mainufer. Die Hundebesitzer hatten ihren ersten Gang schon hinter sich und die

Angestellten saßen noch in ihren stickigen Büros. Ein leichter Wind kräuselte das Wasser des Mains und unsere Bank war noch frei. Ich setzte mich und genoss die Wärme des Tages und den glühenden Hass, der wieder in mir hoch kam. Verdammt, da waren sie wieder, die alles beherrschenden Gefühle. Wann würde ich sie denn endgültig besiegen können? Die Basis war zwar gelegt, der Weg noch lang, aber ich hatte ja Zeit.

Ich schaute auf ihren Chronometer und stellte fest, dass es langsam Zeit wurde mich in Richtung des Fischrestaurants am Domplatz zu bewegen, in dem ich mich mit Li verabredet hatte. Niemand verfolgte mich. Ich war pünktlich, Li mal wieder überpünktlich. Wir begrüßten uns wie echte Männer per Handschlag, obwohl ich ihn gerne umarmt hätte. Aber Chinesen mögen das nun mal nicht und schwul waren wir ja auch nicht. Also setzen, bestellen und die Gegenwart des Anderen genießen.

Die Getränke kamen und ich begann zu erzählen, was der aktuelle Stand der Dinge war und welche Rolle ich für ihn in diesem Drama vorgesehen hatte. Hin und wieder nickte er kurz bestätigend und zustimmend, strahlte ansonsten aber Ruhe und Gelassenheit aus, als ob er sich nicht im Klaren über die Gefährlichkeit seiner Aufgabe sei.

Dann schaute er mir lange in die Augen und begann in fast perfektem Deutsch:

„Kein Problem, ich mache mich in den nächsten Tagen auf den Weg. Kontakte in Hong Kong habe ich noch genug von meinen diversen Projekten in Tibet, Geld haben wir doch wahrscheinlich auch noch genug, also, wie gesagt, alles kein Problem. Schön, dass sich alles so schnell und positiv entwickelt, denn es wird Zeit, dass wir unsere Aufgabe hier beenden. Deine Kultivierung muss noch weitergeführt werden und meine verschiedenen Projekte in Tibet bedürfen, wie ich aus vertraulichen Kanälen erfahren durfte, meiner Anwesenheit und Unterstützung".

Wir schwätzten noch etwas, er erzählte mir, wie schnell er sich in dieses wunderschöne Land eingelebt und seine Sprache gelernt habe, wie freundlich und aufgeschlossen die Menschen doch seien. Ist halt alles relativ. Und dann: "Wenn unser Weg, unsere Aufgaben, wo oder wann auch immer, beendet sind, würde ich gern mit Dir wieder nach Deutschland zurückkehren und eine Familie gründen, ich habe mich nämlich unsterblich verliebt." Ein wahrer Gefühlsausbruch für einen normalerweise doch sehr introvertierten Chinesen. Wie hätte ich ihm in diesem Moment sagen können, dass ich sah, dass seine Chancen nicht besonders gut standen. Ich nickte aber und gab ihm noch ein paar Tipps, was er seinen chinesischen Kontaktleuten an Geschäftsmöglichkeiten anbieten konnte, wir tranken noch einen Kaffee, auch er war inzwischen auf Kaffee umgestiegen, verabredeten unseren nächsten Kontakttermin, zahlten und verließen das Restaurant. Li ging vorweg, ich einige Meter hinter ihm. Niemand beobachtete oder verfolgte uns. An der nächsten Kreuzung trennten sich unsere Wege und ich war wieder allein.

X Bremen
Wie abgesprochen besorgte ich für unsere Fahrt nach Bremen einen unauffälligen und bescheidenen Mietwagen und stand am nächsten Morgen pünktlich kurz vor 09.00 Uhr an der Villa meines Arbeitgebers. Mama stand schon an der Tür, begrüßte mich wieder mit einer kleinen Umarmung, hakte sich bei mir unter und führte mich zu einer kurzen Lagebesprechung zu ihren Männern. Bevor ich den Raum betreten konnte, zog sie mich kurz runter und flüsterte mir ins Ohr:
„Ich weiß, wir leben in gefährlichen Zeiten, pass auf meinen Jungen auf."

117

Sie drückte mir kurz die Hand, wischte sich etwas Schweiß aus den Augenwinkeln, drehte sich um und verschwand. Auch Wolfsmütter lieben ihre Jungen abgöttisch.

Man wartete schon auf mich, obwohl ich ja mal wieder überpünktlich war. Den Zigaretten im Aschenbecher nach zu urteilen, saß man schon eine ganze Weile zusammen. Die Stimmung war bestens, man strotzte vor Zuversicht in das Gelingen unseres Planes. Die ersten Maßnahmen waren bereits angelaufen, ein vertrauter Architekt saß bereits an der Planung und der Chef hatte den Besuch seines jüngsten Sohnes im Norden und Osten der Republik bereits angekündigt. Man freue sich, wie er sagte, auf diesen Besuch und habe ihm versichert, dass man für sein Wohl und seine Sicherheit sorgen werde.

Er schaute mich kurz an: "Ich vertraue Dir meinen Sohn an, enttäusche mich nicht."

Frank war diese Fürsorge offensichtlich peinlich und er drängte zum Aufbruch:

„Es ist ein wunderschöner Reisetag, gepackt habe ich auch schon, also lass uns fahren."

Ich berichtete noch kurz, dass der Kontakt zur britischen Kronkolonie und dem bescheidenen Hinterland China wie geplant aufgebaut werde.

Und dann, das macht man halt so vor einer Schlacht, noch einen kernigen Motivationsspruch:

„Die haben den Krieg angefangen, aber wir werden ihn beenden."

Das war nach dem Geschmack des Chefs und seines Kronprinzen und ich hätte mich nicht gewundert, wenn die ehrbaren Kaufleute jetzt einen Kriegstanz aufgeführt hätten.

Frank wollte nur weg. Er verabschiedete sich von seiner Familie, schnappte sich seinen Koffer, bestätigte immer wieder seiner Mutter, dass er wirklich alles habe und man ja notfalls alles Fehlende kaufen könne und er, wie versprochen, jeden Abend anrufen werde.

Es wurde Zeit, dass er erwachsen würde. Ich würde ihm helfen.

Wir gingen zum Mietwagen, verstauten seinen Koffer, winkten kurz und es konnte endlich losgehen. Ich saß natürlich am Steuer und als wir auf die Autobahn kamen, entspannte sich Frank langsam, schaute mich leicht verlegen von der Seite an und murmelte:

„Ich liebe meine Eltern wirklich, aber sie müssen mal das Loslassen lernen."

Ich nickte zustimmend und langsam verbreitete sich eine Stimmung wie auf einem Klassenausflug. Der Wagen schnurrte zufrieden in Richtung Norden, wenn man einmal die richtige Autobahn erwischt hat, kann man Bremen nicht verfehlen. Junior war neugierig, was so in den nächsten Tagen auf uns zukommen werde und wir plauderten über Dieses und Jenes.

Was denn wohl so von der Hanse, dem Interessenverband für seefahrende Kaufleute nach fast 1.000 Jahren noch übrig geblieben sei und wie sie sich damals ihre Macht wohl erkauft und abgesichert hätten. Könige, Fürsten und jede Menge Beamter waren sicherlich bestochen worden und doch war sie als Organisation vor 500 Jahren untergegangen. Aber die Macht des Geldes war geblieben.

Nach zwei Stunden, also etwa auf halber Strecke, machten wir eine Pause. Wir waren schließlich Herr unserer Zeit und der Besuch war erst für abends angekündigt. Sicherheitshalber tankte ich noch, dann ging es weiter, auch mit unserem Gespräch über die Moral der ehrenwerten Kaufleute und so gegen 18.00 Uhr kamen wir am Hotel an.

Wir bezogen unsere Zimmer. Frank meldete sich telefonisch bei unserem heutigen Gastgeber und kündigte unseren Besuch für 19.30 Uhr an.

Der Portier rief uns ein Taxi, das schon nach wenigen Minuten vorfuhr. Ich gab dem Fahrer die Adresse. Nach einer guten Viertelstunde hatten wir unser Ziel erreicht und der Wagen hielt vor einer pompösen Villa in einem Vorort von Bremen. Alles wie in Bad Homburg. Ein großes und nicht einsehbares Grundstück, ein massives Eisentor und eine schmucklose Klingel mit einem unscheinbaren Namensschild.

Wir klingelten, das Tor öffnete sich und nach einem kleinen Fußmarsch hatten wir die Eingangstür erreicht. Wie es sich für einen Lakaien gehört, stand ich zwei Schritt hinter meinem Juniorchef, der freundlich, ja fast herzlich, begrüßt wurde. Man kannte sich ja aus einigen Treffen der vergangenen Jahre. Frank stellte mich kurz, aber namentlich, vor und damit war klar, dass man mich als Fahrer und Begleiter nicht einfach zu den übrigen Bediensteten in die Küche verfrachten konnte. Ich wurde also mit in den Speiseraum gebeten und fand meinen Platz am unteren Ende des Tisches, was mir sehr recht war. Das Essen war vorzüglich, Getränke gab es auch und Aschenbecher sowieso. Das Gespräch verlief locker und vertraut, man lachte immer wieder über Ereignisse und gemeinsame Erlebnisse der Vergangenheit, erkundigte sich nach dem Wohlergehen von Vater und Mutter und was der große Bruder so mache. Alles sehr familiär und vertrauensvoll. Am späten Abend zogen sich die Damen zurück, wünschten Frank noch einen schönen Aufenthalt in der Hansestadt, nickten kurz und kühl zu mir rüber - ein Mindestmaß an Höflichkeit muss sein - und der nächste Tag konnte besprochen werden.

Was Frank denn so speziell interessiere, die Lieferanten, die Schiffe, die Waren, die Zollformalitäten, die Lagerung, der Weitertransport, der Verkauf oder die Kunden?

Die Möglichkeiten waren vielfältig. Mein Juniorchef hatte schon etwas getrunken, vielleicht sogar etwas zu viel, lächelte sein gewinnendes Lächeln und sagte:

„Eigentlich interessiert mich alles, die komplette Strecke des Geschäftes und wenn die geplanten zwei Tage nicht ausreichen, dann verlängere ich eben, falls es ihnen recht ist. Die übrigen Besuchstermine sind zwar angekündigt, aber terminlich nicht fixiert."

Man nickte zustimmend, lächelte wohlwollend, aber auch etwas nachsichtig über den jungen Mann, der wohl etwas arg naiv an diese Aufgabe rangegangen war.

Man vereinbarte, dass wir uns am nächsten Tag, so gegen 10.00 Uhr wieder hier treffen würden und dann gemeinsam mit dem Familienoberhaupt, das, wie es sagte, sich die Ehre nicht nehmen lassen wolle, zunächst den Hafen aufsuchen würden. Zum Abschied noch einen Küstennebel, einen Kaffee und eine Zigarette. Das Taxi stand schon bereit und Frank wurde herzlich verabschiedet. Ich ging schon mal zum Taxi und setzte mich standesgemäß neben den Fahrer. Eine nächtliche Taxifahrt durch eine Hafenstadt hat ihren eigenen Reiz. Man sieht, riecht und spürt das geschäftige Treiben von Jahrhunderten und Jahrtausenden. Der Fahrer setzte uns vor dem Hotel ab und Frank wollte nach diesem letztlich doch anstrengenden Abend noch einen kleinen Entspannungsspaziergang durch den Teil der Hafenstadt machen, der bereits schlief. Wir bummelten durch die leeren Gässchen der Altstadt und blieben hin und wieder vor einem Schaufenster stehen, um die Auslagen zu bewundern. Vielleicht würde er ja ein kleines Präsent für seine Mutter entdecken, das wir ihr dann schon von unterwegs schicken könnten. Aber es war aber nicht der Tag für Geschenke.

Dann sah ich den abgedunkelten Wagen mit laufendem Motor auf der anderen Straßenseite stehen. 20 Meter weiter auf unserer Straßenseite bewunderte noch ein Nachtschwärmer die Ringe, Uhren und Ketten eines Juwelierladens.

Ich zog Frank kurz am Ärmel und flüsterte:

„Geh einfach weiter, bleib nicht stehen und dreh dich nicht um."

Ich verdrückte mich in einen Türeingang und ließ ihm einen kleinen Vorsprung. Er schlenderte locker an dem nächtlichen Spaziergänger vorbei. Als dieser sich dann von dem Schaufenster abwandte, meinem Juniorchef folgte und in die Manteltasche langte, stand ich hinter ihm und er würde am nächsten Tag nicht wissen, warum er plötzlich ohnmächtig geworden war. Er lag zu meinen Füßen, ich langte in seine Manteltasche, zog die Pistole mit Schalldämpfer hervor, zerschoss ihm mit jeweils zwei Schüssen, sicher ist sicher, beide Kniegelenke, wischte die Fingerabdrücke ab und steckte ihm die Pistole wieder in die Tasche. Ich durchsuchte noch kurz die übrigen Taschen. Wie zu erwarten, keine Papiere. Nichts, nur ein typisches blasses Ostblockgesicht. Frank hatte die vier Plopps gehört, kam zurückgeeilt und konnte gerade noch dem Fluchtwagen ausweichen, der jetzt mit überklebten Nummernschildern in die nächste Hauptstraße einbog.

Niemand war zu sehen, kein Licht ging an. Ich hakte Frank unter und wir schlenderten weiter, als sei nichts geschehen. Die frische Nachtluft und der kleine Spaziergang hatten ihn wieder halbwegs nüchtern gemacht, aber der Restalkohol machte ihn wütend und laut:

„Was war das jetzt wieder? Spinnen die jetzt total? Dafür werden Sie zahlen!"

Ich beruhigte ihn mit der Versicherung:

„Glaub mir, das war mit Sicherheit erstmal ihr letzter Versuch, jetzt sind wir an der Reihe. Wir hören uns morgen mal die Nachrichten an, suchen unsere Gastgeber wie vereinbart auf, bringen das Gespräch auf das gefährliche nächtliche Bremen und schauen uns dann mal die Gesichter an und genießen die Angst dieser liebenswerten Menschen. Und wenn Dich die Vergnügungssucht übermannt, kannst Du ja noch hinzufügen, dass der nächste Schritt, der sicherlich brutaler und härter sein und auf Frauen und Kinder keine Rücksicht nehmen wird, bestimmt nicht auf sich warten lässt. Die Telefone werden klingeln, man wird in die Schützenlöcher gehen, Du wirst nicht mehr der harmlose Gast, der nette junge Mann sein, aber wir ziehen unser Programm durch und ich halte Dir den Rücken frei. Deinen Vater müssen wir natürlich informieren, die Nachrichten werden es sowieso bringen."

Es war schon spät, aber die Hotelbar hatte noch geöffnet, wir tranken noch einen Absacker und gingen ins Bett. Die alte Hansestadt erwachte, wir auch. Beim Frühstück unterhielten wir uns über Dies und Jenes, speziell aber über die Reaktion des Chefs, den Frank telefonisch über den Vorfall informiert hatte. Wir lauschten den Nachrichten, die wirre Spekulationen über das seltsame Verbrechen in der Altstadt anstellten, schauten uns wissend an und freuten uns auf unseren Besuch bei der Familie Deschner, einer erfolgreichen Kaufmannsfamilie aus dem Ostseeraum, die seit Generationen in Bremen ansässig war. Man hatte in Jahrhunderten viel gewonnen, ein Vermögen angehäuft und heute viel zu verlieren, im Zweifelsfall auch das Leben.

Ein Taxi brachte uns wieder zu der bekannten Adresse. Ich klingelte, das Tor öffnete sich, Frank ging vor, ich drei Schritte hinterher. Die komplette Familie stand an der Eingangstür zum Empfang bereit. Die Gesichter lächelten freundlich und devot. In den Augen, ganz tief unten, aber lag Unsicherheit und Angst. Im Gegensatz zu gestern nahm man heute sogar wahr, dass da ja noch ein Begleiter vorhanden war und der Hausherr kam mir ein paar Schritte entgegen, gab mir zur Begrüßung die Hand und zog mich die vier Treppenstufen hoch zur Tür. Jetzt kamen auch die Kinder, gaben uns brav die Hand und verschwanden wieder.

Es war Sommer und es war kalt, Frank lehnte kurz und knapp - wie abgesprochen - den angebotenen Kaffee ab und es wurde noch kälter.

Unsere Besichtigungstour begann und Deschner Senior fuhr selbst und zeigte uns auf dem Weg zum Hafen einige Sehenswürdigkeiten dieser traditionsreichen Stadt. Als wir an der Altstadt vorbei kamen, konnte der Junior es sich nicht verkneifen das Verbrechen der gestrigen Nacht anzusprechen:

„Weiß man denn schon Genaueres über diesen Vorfall? Ein Raubüberfall war es doch anscheinend nicht. Ein Eifersuchtsdrama doch wohl auch nicht? Wer war der Angeschossene und in wessen Auftrag hat er wohl gehandelt?"

Seine Stimme war ruhig und trocken, die Stimme unseres Fahrers zitterte und seine Hände und die Stirn waren von Angstschweiß bedeckt, als er kurz antwortete:

„Bisher weiß ich auch nicht mehr, als in den Nachrichten kam, aber wenn Sie an Details interessiert sind, kann ich mich ja mal ein paar Erkundigungen einziehen, die nötigen Kontakte zu Politik und Polizei habe ich."

Wir näherten uns dem Hafen, der Lkw-Verkehr nahm zu und endlich hatten wir den Chefparkplatz erreicht. Herr Deschner hatte seine Ruhe wieder gefunden und übernahm souverän die Rolle des Gastgebers und Fremdenführers, der zu recht stolz auf sein Werk und das seiner Vorfahren ist. Er führte uns zunächst durch den kleinen Glaspalast des Verwaltungsgebäudes, dann zum Lkw-Parkplatz und den Lagerräumen. Alles sehr modern und zeitgemäß, aber auch funktional und nicht protzig. Nach dem kurzen Rundgang, der uns nur einen groben Überblick verschaffen sollte, landeten wir in einem kleinen Besprechungsraum mit viel Tradition und modernster Technik. Alles, wie es sein soll. Ausgerichtet auf die Zukunft, ohne die Vergangenheit zu vergessen. Hanseatische Kaufleute halt und das seit Generationen.

Als Einstieg bekamen wir einen längeren Folienvortrag zu sehen, mit dem er sicherlich schon einige Lieferanten und Kunden beeindruckt hatte. War auch wirklich beeindruckend. Namhafte Lieferanten und Kunden im Inland, Ausland und in Übersee. Was oder wo auch immer etwas hergestellt oder benötigt wird, Deschner lieferte pünktlich und zu fairen Preisen. Mündlich ergänzt wurde diese Unternehmenspräsentation um Andeutungen über beste persönliche Kontakte zu Zoll, Polizei und Politik. Frank als Diplomkaufmann stellte natürlich eine Menge Fragen, die auch geduldig und ausführlich beantwortet wurden. Da Junior die richtigen Fragen stellte, saß ich als Diplombetriebswirt ziemlich arbeitslos am Fußende des kleinen Besprechungstisches und ging so meinen Gedanken nach. Ich aß ein paar Kekse, trank ein paar Tassen Kaffee, rauchte ein paar Zigaretten und ging hin und wieder aufs Klo.

Die Stunden vergingen, eine Mittagspause ließ Frank nicht zu, er war gerade so richtig in Fahrt, seine Neugier und Detailversessenheit machten mir wirklich Spaß und zermürbten langsam unseren Gesprächspartner.

Während der Autofahrt hatten wir uns natürlich auch darüber unterhalten, wie sich unsere zukünftigen Gastgeber und Gesprächspartner verhalten und präsentieren würden. Ich hatte Frank erläutert, dass man, bevor man Menschen in seinem Umfeld beurteilen will, zunächst sich selbst prüfen, mit sich selbst im Klaren sein muss, da man sonst nur das sieht, was man sehen will und dass das nicht immer der Realität entspricht. Täuschen und sich selbst enttäuschen sei das Ziel. Enttäuscht werden sei also etwas positives, da ja eine Täuschung entfernt werde. Wenn also der Gesprächspartner den Blick nach unten senkt, stellt sich die Frage, wo ist er jetzt mit seinen Gedanken? Ist er in der Vergangenheit oder weicht er mir aus, ist er noch beim Thema? Blickt er nach oben, ist er nur erstaunt oder will er mich bewusst täuschen? Ich war sicher, dass mein Schützling intuitiv das Richtige erfassen würde und das tat er offensichtlich auch und beherrschte somit das Gespräch.

Am späten Nachmittag kam dann die erste Gegenfrage: „Sag mal Frank, kannst Du darüber sprechen, was Dein Vater vorhat?"

Kaum war die Frage ausgesprochen, schon bereute er sie: „Bitte versteh mich nicht falsch, die Pläne Deines Vaters gehen mich natürlich nichts an, aber vielleicht kann ich euch hilfreich sein, wenn ich ein paar Details wüsste. Nur soweit, wie sie nicht vertraulich sind. Ich weiß doch, was ich Deinem Vater alles zu verdanken habe und würde mich gern revanchieren. So sind hanseatische Kaufleute nun mal."

Er stammelte und stammelte und es wurde nicht besser und er merkte es selber und es wurde schlimmer: „Du weißt doch, dass unsere Beziehungen seit Generationen weit über das rein Geschäftliche hinausgehen." Und dann fast flehend: "Wir sind doch eine Familie."

Er brach ab, hatte eingesehen, dass er aus dieser Kurve nicht mehr rauskam. Und in seinen Gedanken hatte ich lesen können, wie sehr er es schon jetzt bereute der anderen Seite Informationen zugespielt zu haben, die den Attentatsversuch auf den Junior in seiner Stadt erst ermöglichten. Er hatte dem Chef versprochen für die Sicherheit seines Sohnes zu sorgen und wusste, dass der Chef inzwischen wusste, was passiert war und sicherlich zwei und zwei zusammenzählen konnte. Die Spielregeln waren seit Jahrhunderten bekannt und die Folgen des Verrats somit klar. Einen Mord auf unterer Ebene kann man noch irgendwie ausbügeln, aber ein Mordversuch an einem Familienmitglied hatte bisher immer noch ein kleines Erdbeben ausgelöst. Mitglieder des innersten Zirkels waren tabu, auch das war eine bewährte Tradition.

Auch er konnte rechnen, aber manchmal siegt das Prinzip Hoffnung über die Regeln der Mathematik. War schon immer so, auch in der Schule und wird wohl auch immer so sein. Aber Hoffnung beseitigt nicht. Sie verdrängt nur und die Angst hat sich längst in der Seele festgefressen.

Frank war auch nur ein Mensch und die väterlichen Gene verlangten ihr Recht und ließen ihn die Macht über seinen Gesprächspartner und dessen Angst genießen. Er war dabei sich zu verändern und ich musste aufpassen, dass er mir nicht entglitt. Sein Vater würde sich auf jeden Fall wundern, was diese wenigen Tage an der Persönlichkeit seines Jüngsten bewirkt hatten. Er war gereift, zielstrebiger und selbstsicher geworden. Natürlich war er es nicht geworden, es war als Anlage schon immer da gewesen. Nur war er nie gefordert, sondern immer nur behütet worden. Als Vater würde er stolz sein und meine Aufgabe würde es sein, die guten Anlagen meines Schützlings zu fördern und die schlechten zu vernichten.

Die Stille im Raum war lähmend, ich war ans Fenster getreten, der Hafen kam auch langsam zur Ruhe. Es wurde dunkel und die ersten Lichter gingen an.

Insgesamt gesehen war es ein informativer und somit erfolgreicher Tag gewesen, Frank hatte seinen Spaß gehabt und auf den Busch hatten wir auch noch geklopft.

Wir vereinbarten, dass wir morgen bezüglich Zoll, Import und Absatzkanälen nochmals und noch tiefer ins Detail gehen wollten. Unser Gastgeber war natürlich einverstanden und lud uns zum Abendessen ein. Wir lehnten ab mit der Begründung, dass wir noch einen anderen Termin hätten. Hatten wir natürlich nicht, war aber eine kleine Denksportaufgabe für unseren Verräter. Er wollte uns natürlich zurück ins Hotel bringen, aber auch das lehnten wir ab, da wir noch einen kleinen Spaziergang durch den abendlichen Hafen machen wollten. Wollten wir wirklich und essen mussten wir ja auch was. Ein kurzer Abschied und wir schlenderten wie die anderen tausend Touristen auch, staunend, bewundernd und ehrfürchtig an den Giganten des Ozeans vorbei, genossen entspannt das rege Treiben der menschlichen Ameisen, die nie genug bekommen können, nie zufrieden sind und somit ewig Getriebene, die immer nur die Erwartungshaltung der Anderen erfüllen wollen. Nie leben sie ihr eigenes Leben.

Die noch warme Abendluft war erfüllt von unzähligen Düften und Geschichten und etwas Sauerstoff war vielleicht auch noch dabei. In einem Fischrestaurant waren noch einige Außentische frei. Mit der Selbstverständlichkeit und Vertrautheit eines alten Ehepaares steuerten wir einen freien Tisch an, bestellten die Speisekarte und zwei Bier.

Frank war wieder der nette, ehrliche und anständige Junge. Das Bier kam, die Essenbestellungen wurden aufgenommen und wir tranken das erste Glas ex auf diesen erfolgreichen Tag. Wir alberten rum wie zwei kleine Jungs und lästerten über unsere Mitmenschen und die Phantasie und Kreativität Gottes, der dies ja wohl alles zu seiner Unterhaltung geschaffen habe.

Und dann fragte er mich plötzlich:

„Und, Manöverkritik, alles OK heute aus Deiner Sicht?"

Was sollte ich sagen außer:

„Ja, wirklich perfekt, Dein Vater wird sehr zufrieden sein mit Dir und ich bin es auch."

Da war er wieder der nette Junge von nebenan, er lehnte sich in seinem Korbstuhl zurück, streckte sich, bestellte in dieser Haltung zwei neue Pils und war einfach nur zufrieden und glücklich:

„Morgen kauf ich meiner Mutter eine silberne Statue der Bremer Stadtmusikanten als kleines Dankeschön dafür, dass sie mich in die Welt gesetzt hat. Du solltest ihr auch ein Geschenk machen, denn ohne sie hättest Du ja nicht das Vergnügen gehabt, mich kennen zu lernen."

Verdammt, ich mochte diesen jungen Mann mehr als es für meine Aufgabe und mich gut war.

Unser Essen war gekommen und neues Bier auch. Wir aßen, tranken und beschlossen noch ein kleines Spielchen mit unseren Bremer Freunden zu machen, die uns auch in diesem Augenblick sicherlich beobachten ließen.

Wir würden ins Hotel zurückfahren, das Hotel dann durch den Hinterausgang verlassen, die nächste Straßenbahn nehmen, dann die übernächste nach irgendwo in einen einsamen Vorort, dann sofort zurück und für zwei Stunden in irgendeinem Kino verschwinden. Dann mit der Bahn zurück in die Nähe des Hotels und zu Fuß die letzten paar Meter zurücklegen. Ein riesiger Spaß für uns Beide, nur nicht für den oder die, der oder die mit der Verfolgung und Beobachtung beauftragt waren. Er oder sie mussten dem Auftraggeber kleinlaut mitteilen, dass man die Zielpersonen, die dann bestens gelaunt kurz nach Mitternacht wieder am Hotel aufgetaucht sein, irgendwo in Bremen verloren habe und man nicht die geringste Ahnung habe, wo oder bei wem sie inzwischen gewesen seien.

Da war ein mittelprächtiger Anschiss fällig und Frank konnte sich bei diesem Gedanken nicht einkriegen und lachte sich den halben Abend schief und krumm. Er äffte die betretenen Gesichter und die Demutshaltung der Beobachtungsprofis nach und bekam wieder einen Lachkrampf.

Seine Mimik war einfach göttlich und sein Lachen ansteckend. Wir führten uns wieder auf wie zwei Schuljungen, die gerade ihrem Lehrer einen nassen Schwamm unter das Sitzkissen gesteckt hatten. Hatte ich schon erwähnt, dass ich diesen Kerl mochte?

Selbst mitten in der Kinovorstellung fing er plötzlich an zu kichern und ich wusste, wo er mal wieder mit seinen Gedanken war.

Zur Belohnung für unsere Heldentaten und zur Entspannung nahmen wir noch einen letzten Absacker an der Hotelbar, prosteten gut gelaunt dem letzten anderen Gast zu, der noch mit uns an der Bar saß, aber aus unerfindlichen Gründen schien er nicht bester Laune zu sein.

Vielleicht war sein Tag ja auch nicht so schön und erfolgreich gewesen wie der unsrige und vielleicht wusste er ja auch schon, dass der morgige oder besser gesagt heutige Tag noch schlechter für ihn verlaufen würde. War aber sein Problem. Hätte er was Ordentliches gelernt, hätte er jetzt nicht diese Probleme.

Beim Frühstück hatte uns die Realität wieder eingeholt und wir besprachen kurz die heutige Taktik. Frank sollte bei Informationen weiter mauern, was einerseits zur weiteren Verunsicherung beitragen und andererseits zum Festungsausbau in Bad Homburg, der ja nicht verheimlicht werden konnte und sollte, passen würde. Sollte - und davon gingen wir aus – wieder eine Einladung zum Abendessen ausgesprochen werden, würden wir sie annehmen, um im Kreise der Familie noch etwas auf den Busch zu klopfen.

Wir saßen noch am Frühstückstisch, als Frank ans Telefon gerufen wurde. Unser Gastgeber fragte höflich, ob er uns abholen dürfe, das Hotel läge ja praktisch auf dem Weg zum Hafen. Lag es zwar nicht, aber Frank nahm das Angebot dankend an und eine halbe Stunde später wurden wir wieder in Richtung Firma kutschiert.

Es wurde ein langweiliger Tag, zumindest für mich. Aber Frank hatte Blut geleckt, wollte auch in die kleinsten und schmutzigsten Ecken schauen. Die Besichtigung des Frachtschiffes und die Erläuterung der Zollformalitäten nahm kein Ende. Seine Wünsche wurden umgehend erfüllt und seine Fragen geduldig und die Nachfragen erschöpfend beantwortet. Und obwohl er sich natürlich keine Notizen gemacht hatte, waren ihm am späten Nachmittag alle Abläufe und Zuständigkeiten klar, ich war wirklich beeindruckt, unser Fremdenführer auch und unser Job in Bremen war erledigt, Berlin wartete.

Das – wie erwartet – angebotene abendliche Bremer-Abschiedsessen nahmen wir dankend an und unser Gastgeber sicherte uns zu, dass er uns pünktlich und persönlich um 19.00 Uhr am Hotel abholen werde.

Wir machten noch einen kleinen Entspannungsspaziergang durch die Bremer Altstadt, fanden einen pompösen Juwelierladen, der tatsächlich eine silberne Statue der Bremer Stadtmusikanten im Angebot hatte. Frank war begeistert und der Verkäufer dann auch, da der horrende Preis ohne Zucken und Murren bezahlt wurde. Gegen ein kleines Aufgeld erklärte man sich bereit, den sofortigen Express-Versand nach Bad Homburg vorzunehmen und noch eine entsprechende Grußkarte an seine Mutter beizufügen. Der brave Sohn bestand darauf, dass auch ich noch einen Gruß anfügte. Sein Vater wurde nicht erwähnt, auch ein Zeichen für den schon beginnenden Abnabelungsprozess, außerdem telefonierten sie ja täglich miteinander.

Mein Juniorchef war bester Stimmung:

„Ich fühle mich wie neugeboren, was ist nur in den letzten Tagen mit mir passiert? Wir haben jede Menge Probleme, aber ich habe einfach keine Angst. Ehrlich, ich unterschätze die Gefahr nicht und ich weiß auch nicht, was in nächster Zeit noch so auf uns zukommen wird, aber ich bin einfach glücklich und zufrieden und könnte die ganze Welt umarmen."

Ich schaute ihn von der Seite an:

„Fang bloß nicht jetzt und mit mir damit an, wir werden bestimmt beobachtet."

Er stutzte kurz, grinste laut und sein offenes, ehrliches, frisches und jugendliches Lachen steckte mich wieder an. Hanseaten sind meist mehr oder weniger unterkühlt und so war es nicht überraschend, dass uns einige verwunderte Blicke der Passanten trafen, die nicht verstehen konnten, wie zwei seriös aussehende und gut gekleidete erwachsene Männer kichernd und bei hellem Tageslicht durch die würdige Altstadt schlenderten.

Wir waren am Hotel angekommen und diskutierten noch lachend, wer von uns Hahn, Katze, Hund oder Esel war und welche Rolle er bei der Vertreibung der Räuber und Dämonen zu spielen hatte, als unser Abholdienst schon vorfuhr und wir natürlich das Thema wechseln mussten.

Der Abend verlief harmonisch und unser Gastgeber fragte immer wieder nach, ob Frank denn mit dem Ergebnis seines Besuches in der Freien Hansestadt Bremen zufrieden sei?

Und aus der Antwort:

„Doch, sehr informativ", mochte man lesen, was man wollte.

Wie im Vorfeld vereinbart, wurden Punkte angesprochen und Stichworte geliefert, von denen wir sicher waren, dass sie noch vor unserer Ankunft in Berlin als Warnsignale angekommen sein würden. Scheinheilig und durchsichtig sprachen wir zum Beispiel von der Gefährdung der Berliner Freunde durch die Russenmafia und der Schwierigkeit, gerade in dieser von unterschiedlichsten politischen Interessen beherrschten Stadt nützliche Kontakte aufzubauen und zu erhalten. Frank spielte seine Rolle mal wieder perfekt, unsere Gastgeber wurden entsprechend verunsichert und die Telefone würden glühen.

Meine Rolle in dem ganzen Spiel konnte man offensichtlich nicht richtig einschätzen, vorsichtshalber behandelte man mich aber respektvoll, ohne mich natürlich direkt in das Gespräch einzubinden.

Unser Magazin war leer, nachladen wollten und brauchten wir nicht und auch der Hausherr hatte sein Pulver verschossen. Zeit also, den Besuch zu beenden und uns für die Gastfreundschaft zu bedanken. Im Hotel angekommen, nahmen wir wie gewohnt noch einen Absacker zu uns und baten den Portier, für morgen einen schlichten Mietwagen zu besorgen. Wir gingen zu Bett und schliefen tief und selig, bis der Weckdienst uns informierte, dass es 09.00 Uhr sei und das Frühstücksbuffet bis 11.00 Uhr bereit stehe. Die Koffer waren schnell gepackt, der Mietwagen stand vollgetankt vor dem Hotel und wir machten uns auf, um noch vor der 750 Jahrfeier, die für die nächsten Jahre anstand, in Berlin anzukommen.

XI Berlin
Waffen hatten wir keine dabei und die Pässe waren auch in Ordnung, somit passierten wir zwar mit dem einkalkulierten Zeitverlust die erste westdeutsche, dann die ostdeutsche Kontrollstelle und befanden uns auf dem Gebiet der sowjetischen Besatzungszone, die von gutgläubigen Zeitgeistlern auch „DDR", von Kompromisslern „sog. DDR "genannt wurde. Die Transitstrecke, gesponsert von der BRD, war bestens in Schuss, was man von dem Geschirr und dem Kaffee auf den Raststätten nicht gerade behaupten konnte. Fürsorglich waren aber die vielen kleinen Trabirampen auf den Parkplätzen für die Werktätigen des Bauern- und Arbeiterstaates, falls mal wieder etwas an ihren Luxusfahrzeugen nicht funktionieren würde. Sehr ungewohnt und sehr lächerlich.
Wir näherten uns der Hauptstadt des zentralistisch geführten Dritten Reiches und wunderten uns mal wieder über die Kreativität der Geschichte. Im Westen war jetzt Bonn die provisorische Hauptstadt und im Osten war Ostberlin die zuständige – für was oder für wie wenig auch immer – Hauptstadt für rund 17 Mio. Einwohner der sogenannten Deutschen Demokratischen Republik, davon 185.000 NVA-Soldaten, unzählige Betriebskampfgruppen etc. etc. Hinzu kamen noch hunderttausende von russischen Soldaten, die hier abgeschottet vom Rest der Bevölkerung ihren Frie-

densdienst in der glorreichen und siegreichen vaterländischen Armee der UdSSR verrichteten und sich sicherlich immer mal wieder wunderten, warum gerade der russische Bär das Wappen auch von West-Berlin war. Seit dem Mauerbau im August 1961 war Berlin eine sterbende Stadt geworden, interessant nur für Rentner und Wehrdienstverweigerer, die hier einen Sonderstatus genossen. Und wieder eine Kontrolle und noch eine Kontrolle. Es war später Nachmittag geworden, als wir endlich in unserem Hotel am Kurfürstendamm angekommen waren. Leicht entnervt suchten wir uns einen freien Parkplatz in der Tiefgarage des Kempinski, dann den Aufzug zur Rezeption. Ein Page begleitete uns auf die Zimmer im vierten Stock, schleppte die zwei kleinen Koffer und zog unter mehrfacher Verbeugung mit zwei großen Trinkgeldern ab.

Wir waren im Auge des Tornados angekommen. Das Schicksal hatte dieser Stadt am Ende des 1.000jährigen Reiches arg mitgespielt. Was die Bombergeschwader der Alliierten übrig gelassen hatten, hatten die russischen Kanonen zertrümmert. Kein Stein war auf dem anderen geblieben. Und als der Führer dann seinen Heldentod gefunden hatte, der Krieg beendet und alles geplündert und vergewaltigt war, kamen die Ratten und Menschen wieder aus ihren Kellern. Die Ratten wunderten sich ob der Ruhe, trauten dieser aber nicht und verschwanden wieder in ihren Kellerlöchern. Die Menschen staunten ebenfalls kurz über die ungewohnte Ruhe, trauten dieser aber und begannen mit dem Wiederaufbau. Der Großteil der männlichen Bevölkerung war allerdings tot, verwundet oder noch in Kriegsgefangenschaft und durfte in Sibirien oder wo auch immer, für die Siegermächte schuften. Auf dieser Welt darf man halt alles, nur nicht verlieren und schon die alten Römer wussten: Wehe den Besiegten.

Es kam die Stunde der Trümmerfrauen und nach knapp zwei Generationen war das Werk vollendet und Berlin war wieder vorzeigbar und lächelte mild über die provisorische Hauptstadt Bonn. Ein Witz machte die Runde: Bevor wir Bonn ernst nehmen, sollen sie erstmal den Wettbewerb "Unser Dorf soll schöner werden" gewinnen. Und, wie gesagt, seit dem Mauerbau lag Berlin auf der Intensivstation und musste künstlich ernährt werden. Aber damit hatte man ja seit der Blockade ausreichend Erfahrung. Berlin war keine Stadt mehr, Berlin war ein Politikum, ein Zankapfel der Siegermächte geworden. Irgendwie war alles absurd und widersprüchlich. Die Siegessäule ragte in voller Pracht und alter Höhe über der Stadt, das Brandenburger Tor war geschlossen und die zerstörte Kaiser-Wilhelm-Gedächtniskirche hatte man um einen neuen, sprich hässlichen, Anbau erweitert.

Mit der zweiten Tasse Kaffee tauchte auch Frank an der Hotelbar auf und erlöste mich aus meinen halbtrüben Tagträumereien.

Er war fit und zu allen Schandtaten bereit. Hatte gerade mit seinem Vater telefoniert und sich grünes Licht für unsere nächsten Schritte geholt:

„Vater lässt dich grüßen und ist sehr zufrieden mit unseren bisherigen Aktivitäten. Der Festungsumbau in Bad Homburg geht zügig voran und die Planung für die Schiffsfahrt mit den übrigen Familien liegt auch in den letzten Zügen. Mutter hat sich sehr über unser Geschenk, die Bremer Stadtmusikanten, gefreut und lässt dich auch grüßen. Also, alles bestens. Wir haben freie Fahrt. Wie gehen wir jetzt weiter vor?"

Nach der langen und ermüdenden Autofahrt musste ich mich etwas bewegen und schlug ihm einen kleinen Spaziergang auf dem Kurfürstendamm vor. Bei der nächsten Imbissbude könnten wir dann ja zur Überbrückung eine original Berliner Currywurst essen und uns danach von einem Taxi in die Nähe der Zieladresse bringen lassen, um ein Gefühl für den Kriegsschauplatz zu bekommen. Auch dort einen kleinen Orientierungsspaziergang machen und dann zurück zum Ku-Damm, zu Eisbein und Berliner Weiße mit Schuss. Er war einverstanden, wir ließen den Kaffee aufs Zimmer schreiben, verließen das Hotel und schlenderten gemütlich vorbei an Bordsteinschwalben, Hütchenspielern, Restaurants und Geschäften zur nächsten Currywurst-Bude. Man hatte uns nicht zu viel versprochen, wirklich lecker.

Ein Taxi brachte uns dann in den Grunewald. Einige hundert Meter vor der Zieladresse stiegen wir aus, zahlten und machten erneut einen kleinen Abendspaziergang in dem Villenviertel an der Grunewald-Seenkette. Wir hüteten uns natürlich, dem Grundstück zu nahe zu kommen, da ich sicher war, dass hier alles von Videokameras überwacht würde. Leere und ruhige Straßen. Wer hier wohnte, hatte seinen Fuhrpark in Garagen oder Parkplätzen auf dem Grundstück versteckt. Alles war hier sehr bescheiden und diskret, auch die hohen Zäune und dichten Hecken. Schweigend marschierten wir durch die einsamen Straßen. Die Sonne war inzwischen unter- und die Laternen angegangen. Nur leere Bürgersteige, von uns Beiden mal abgesehen, nicht mal Hundespaziergänger, aber alles sauber und gepflegt, wie die Gewissen der Villenbesitzer, die ihren Reichtum sicherlich ehrlich geerbt oder sauer im Schweiße ihres Angesichtes verdient hatten. Vielleicht aber auch nicht, vielleicht war es nur der Angstschweiß der Geschäftspartner gewesen. Auf jeden Fall aber hatten die Gärtner und Architekten saubere Arbeit geleistet.

Was es zu sehen gab, hatten wir gesehen und machten kehrt in Richtung Innenstadt.

Nach einigen Minuten Fußmarsch begegneten uns wieder die ersten Lebewesen auf dem Bürgersteig und auf den Straßen gab es wieder Autos und Taxen. Ein freies Taxi nahm uns auf, brachte uns zurück in das normale Leben und setzte uns vor einem gutbürgerlichen Lokal mit Berliner

Spezialitäten ab. Bier mit Waldmeistergeschmack und Eisbein mit Kraut und Kartoffelbrei, das konnte doch nicht schmecken. Tat es aber doch. Wir aßen, tranken und legten unsere Strategie für den nächsten Tag fest. Wenn die Verräter irgendwo saßen, dann hier in Berlin. Berlin war der ideale Brückenkopf für jede Organisation aus dem Ostblock. Politiker und Militärs der vier Siegermächte hatten hier ein unsichtbares Netz gesponnen und nach den blutigen und brutalen 50er und 60er Jahren galt jetzt das ungeschriebene Gesetz, dass die organisierte Kriminalität Berlin als Ruheraum, als Trainings- und Planungszentrum nutzte und keiner diesen Frieden stören durfte. Eine direkte Gefahr für Leib und Leben bestand also nicht, aber vielleicht konnten oder sollten wir ja mal ein Zeichen setzen. Ein angedrohter Rundumschlag, aus Angst und Panik geboren und dann mal sehen, wie unsere Freunde reagieren würden. Frank war sofort Feuer und Flamme und freute sich wie ein kleines Kind auf den Moment, in dem er – natürlich nur so ganz nebenbei - den seltsamen Überfall aus Bremen ins Gespräch einflechten konnte.

Nach dem Essen hatten wir noch Zeit für einen kleinen Barbesuch. Der nächste Tag kam ja erst morgen und ein paar entspannende Gespräche mit jungen, hübschen und willigen, wenn auch nicht gerade billigen, Damen. Aber Geld spielte nun wirklich keine Rolle.

Wie befürchtet kam der nächste Morgen etwas zu früh, aber der Weckdienst hatte funktioniert und so hielt unser Taxi pünktlich 5 Minuten vor 10.00 Uhr vor dem Villeneingang im Grunewald. Wir klingelten und das Eingangstor öffnete sich automatisch und auch geräuschlos. Offensichtlich alles frisch geölt, sollten wir in Bad Homburg auch mal wieder machen.

Ein kleiner Fußmarsch und ein paar tiefe ungefilterte Atemzüge und wir standen vor dem imposanten Wohnsitz. Vielleicht nicht ganz so pompös wie das Schloss Bellevue, aber doch sehr beeindruckend, fast einschüchternd. Auch hier hatten Architekten und Gärtner einen perfekten Job gemacht. Die Eingangstür stand weit offen und die komplette Familie war zum Empfang angetreten. Das Familienoberhaupt kam uns auf der Treppe einige Stufen entgegen, strahlte erfreut und umarmte den Juniorchef herzlich und wiederholte immer wieder, wie er sich freue, ihn endlich mal als Gast in seinem bescheidenen Heim begrüßen zu können. Ein Händedruck und ein Lächeln fiel auch für mich ab. Und dann die komplette Begrüßungstour: Die Ehefrau, die Kinder mit Ehepartnern und natürlich die Enkelkinder.

Freundliches und betont familiäres Stimmengewirr begleitet uns bis in den Besprechungsraum, aber über allem lag Angst und Unsicherheit wie Mehltau. Der Besprechungstisch war natürlich nur für unseren Gastgeber, seine drei Söhne und uns gedeckt. Der Rest seiner Sippe verabschiedete sich mit dem freundlichen Hinweis, dass man sich ja sicher zum gemeinsamen Abendessen noch sehen werde.

Die Begrüßungsfloskeln wurden ausgetauscht.

Ja, wir hätten eine gute Anreise gehabt und das Hotel sei auch sehr schön und einen kleinen Bummel durch Berlin hätten wir auch schon gemacht. Die drei Söhne hielten sich zurück und ihr Vater umkreiste unser eigentliches Anliegen wie die Indianer eine Wagenburg mit weißen Siedlern. Frank wurde schon leicht ungeduldig. Und dann kam unser Gastgeber endlich zum Punkt:

„Wie war denn Dein Besuch in Bremen und was können wir für Dich tun?"

Ein leichtes Zittern in seiner Stimme war zu spüren und sein Nachwuchs sah betreten zu Boden und knetete die Hände, rieb sich die Nase oder griff zur Zigarette. Gute Idee das mit der Zigarette. Ich steckte mir ebenfalls eine an, schenkte mir Kaffee nach, beobachtete das Trio-Infernale und ihren Vater. Vielleicht waren sie ja gute Verbrecher und Geschäftsleute, aber gute Schauspieler waren sie garantiert nicht. Frank dagegen spielte seine Rolle perfekt, erzählte von den Anschlägen in Frankfurt und Bremen auf seine Person und wie sein Vater vor Wut koche. Und das alles gerade jetzt, wo er doch eine gute Idee habe, die Familien noch erfolgreicher zu machen. Seit Jahrzehnten sei doch alles perfekt gelaufen, die Grenzen und Zuständigkeiten seien klar und immer respektiert worden. Sein Vater sei außer sich vor Zorn über diesen Tabubruch. Über alles könne man reden und verhandeln, aber nicht über einen Mordversuch an seinem Sohn. Wenn dem Gegner nichts mehr heilig sei, dann habe er genügend Mittel und Wege, blutig zurück zu schlagen.

Und dann, Frank war einfach ein Genie, wechselte er urplötzlich das Thema, ohne unseren Gastgebern auch nur die kleinste Chance zu einer Loyalitätserklärung zu geben und sprach den eigentlichen Zweck unseres Besuchs an: „Leider darf ich im Augenblick noch keine Andeutung über die Geschäftsidee meines Vaters machen, aber ich kann Euch versichern, dass es eine langfristig angelegte, sehr lukrative und weitestgehend legale Sache ist, in die jede Familie mit ihren speziellen Kontakten und Fähigkeiten eingebunden sein wird. Daher auch meine Rundreise, in der ich zusammentragen soll, wie das Netz am besten zu knüpfen ist. Hier in Berlin interessieren mich in erster Linie die Kontakte und konkreten Geschäftsverbindungen zu Politikern und Militär und natürlich die Wege, Waren aus dem Ostblock zu importieren und in den Ostblock zu exportieren. Legal oder illegal. Alles natürlich in dieser Phase ohne konkrete Namensnennung."

Und dann schob er so ganz locker nach:

„Gibt es schon irgendwelche Erfahrungen mit der Ostblockmafia? Können und werden die uns hier im Wege stehen?"

Natürlich gab es Kontakte und gewisse Geschäftsverbindungen mit den Ostblocklern, das wusste jeder, aber was konnte man ihm jetzt auf diese allgemeine Frage schon antworten, nachdem er gerade erzählt hatte, dass zwei erfolglose Mordanschläge auf ihn verübt worden seien? Das Thema Inforeise war wieder untergegangen und man würgte an der Antwort bezüglich der Ostkontakte.

Und ich las auf ihrer Stirn und in ihren Gedanken, dass man auch hier schon bereute, sich mit diesen Russen auf das Projekt Umsturz eingelassen zu haben.

Und Frank setzte noch einen drauf und wechselte wieder das Thema:

„Aber lassen wir das mit der Ostblockmafia erstmal und kommen zurück auf die Punkte meiner Informationsreise."

Er gab ihnen einfach keine Gelegenheit die glühenden Kohlen zu löschen, sollten sie sich doch den Hintern verbrennen. Und Angst ist immer ein schlechter Ratgeber. Ihre Gesichter waren langsam rot geworden, an der Zimmertemperatur lag das ganz sicher nicht, Frank wurde eiskalt und ich saß als Gast halt so dabei. Schade, dass sein Vater das nicht miterleben konnte, er wäre wieder stolz auf seinen Sohn gewesen.

Neue Erfrischungsgetränke und neuer Kaffee wurden gebracht, die Aschenbecher geleert und die Fenster kurz geöffnet. Ich stand auf, fragte nach dem Weg zur Toilette, hielt kurz am Fenster: Strahlend blauer Himmel, keine Wolke zu sehen und doch war die Luft elektrisch geladen. Als ich zurückkam, spulten unsere Gastgeber gerade die handschriftlich vorbereitete Präsentation ab und mein Juniorchef war voll konzentriert bei der Sache. Ein Reißwolf stand bereit und sobald ein Punkt abgearbeitet war, wurden die entsprechenden Unterlagen sofort vernichtet. Die Stunden vergingen, Frank stellte Fragen, neue Skizzen wurden erstellt, besprochen und anschließend eben wieder vernichtet.

Ich saß so dabei und stellte mir die Frage, was aus diesem jungen Mann noch werden konnte und sollte. Wo war der junge Mann geblieben, der noch vor wenigen Wochen und Monaten einfache und harmlose Botendienste für seinen Vater verrichtet hatte? Er musste und würde seine Chance bekommen, das war sein Schicksal und ich würde ihm weiter den Weg zeigen, obwohl ich spürte, dass meine Fähigkeiten nachließen. Die Welt der gewöhnlichen Menschen hatte mich zu sehr in Beschlag genommen. Ich hatte meine Kultivierung vernachlässigt. Nach unserer Rundreise würde ich mich wieder konsequent kultivieren und meditieren, ich durfte meine Fähigkeiten, die ich mir in neun Jahren schwer erarbeitet hatte, nicht verlieren, nicht für menschliche Gefühle und Begierden aufs Spiel setzen.

Und so setzte ich mich wieder ans Ufer und schaute gelassen zu, wie Frank im Morast rührte, die Gesprächspartner verunsicherte und mit einer Kettensäge ihre geheimen Pläne filetierte. Sein zusätzliches Jurastudium machte sich langsam bezahlt. Die Luft war zum Schneiden dick, ich stand kurz auf, öffnete das Fenster und Frank nutzte die Unterbrechung für einen Toilettengang. Ich hatte wieder Platz genommen, schaute aus dem Fenster und wartete auf die nächste Runde.

Frank kam zurück, wirkte entspannt und war wieder der nette, freundliche und etwas naive junge Mann, der nur Erfahrung, Wissen, Hilfe und Kontakte suchte:

„Ich muss gestehen, dass ich noch viel zu lernen habe. Gerade hier in Berlin, wo doch die sehr unterschiedlichen Interessen aus Ost und West aufeinander treffen, wo Politik und Wirtschaft auf engstem Raum, auf einer winzigen Insel, mit den unterschiedlichsten Zielsetzungen agieren, möchte ich versuchen die Welt etwas besser zu verstehen. Wir wollen und müssen uns auf die bevorstehende Globalisierung einstellen. Bitte helfen Sie mir dabei.“

Das war einfach wieder genial, wie er mit ein paar dürren Worten gleichzeitig einen Hilferuf und eine Warnung abgeschickt hatte.

Da waren sie wieder, die Gegensätze, ohne die man eine Einheit nicht verstehen kann, die zwei Seiten einer Münze, das Prinzip der Polarität. Ohne Gut kein Böse, ohne Verzicht keine Entlohnung und handeln ohne zu handeln, d.h. nur das zu tun, was zu tun ist und nichts dem Eigensinn zu unterwerfen.

Das Gespräch und die Stimmung entspannte sich zusehends und der Gastgeber ergriff dankbar die Chance uns seine Hilfe und Unterstützung anzubieten:

„Ja, das ist sehr treffend formuliert, nirgends auf der Welt ist die Situation wohl so kompliziert und vielschichtig wie in dieser Stadt. Gerne würde ich Dich mit dem stellvertretenden Bürgermeister, einem erfahrenen und auch mit allen Wassern gewaschenem Politiker, bekannt machen, der uns verpflichtet ist und dem wir aber auch einiges zu verdanken haben. Wenn es Dir recht ist, lade ich ihn heute zum Abendessen ein. OK?"

Frank war natürlich einverstanden und wir nutzten die kleine Unterbrechung uns zu verabschieden. Ein Taxi brachte uns zurück in die Innenstadt, die Sonne schien, der Himmel war blau, Frank war noch ziemlich aufgedreht und bestand wie immer auf einer Manöverkritik.

Ein kleiner Spaziergang, etwas Bewegung und frische Luft und das nächste Cafe gehörte uns. Ein freier Tisch, ein leerer Aschenbecher, ein duftender Kaffee, ein Stück Obstkuchen mit Sahne und die Welt war in Ordnung.

Mein Schützling sah mich erwartungsvoll an:

"Und, zufrieden?"

Natürlich war ich mehr als zufrieden, wollte ihn aber nicht nur loben, sondern ihm klar machen, warum ich so zufrieden mit dem Gesprächsverlauf war:

„Frank, Du hast es geschafft zunächst die Initiative zu ergreifen, den Gegner zu verwirren und zu verunsichern, um dann kurzfristig in das Nichterzwingungsprinzip umzuschalten und Dich dann dem Lauf der Dinge, dem Angebot unserer Gesprächspartner, anzupassen. Sie haben Dir jetzt eine Tür geöffnet, die sie nicht mehr schließen können. Ich bin neugierig und gespannt, wie der Abend so verlaufen wird.

Lass uns mal ausnahmsweise keine Gesprächsstrategie festlegen, Du machst das schon und notfalls bin ich ja auch noch da."

Der Tag war noch jung und Frank ja auch, also beschlossen wir einen kleinen Tabubruch, betrachteten und kommentierten die Damenwelt. Frank erzählte von seinen kurzen und unverbindlichen Abenteuern, dem Wunsch seiner Eltern, dass er sich doch endlich mal binden möge, aber dass er bisher die Richtige noch nicht getroffen habe und dass er sich noch nicht reif genug fühle, seinen Weg noch nicht gefunden habe, um im Familiengrab zu verschwinden. Wie ich ja täglich miterlebe, könne er ja auch in der derzeitigen Situation keine Verantwortung für Frau und Kinder übernehmen, aber wenn alles in ruhigen und auch sicheren Bahnen verlaufe, könne er sich schon sehr gut als treusorgenden und liebevollen Familienvater vorstellen.

Ich hatte interessiert zugehört und er spürte wohl, dass er in die Nähe eines Punktes gekommen war, den ich tief in meinem Innern vergraben hatte, der nach wie vor schmerzte und der nicht ans Tageslicht kommen sollte und durfte.

Er wechselte schnell das Thema:

„Was hältst Du davon, wenn wir morgen eine klassische Touristentour mit einem doppelstöckigen Bus durch Berlin, auch Ostberlin, machen? Das Wetter ist gut und eine kleine Belohnung haben wir uns doch verdient. Und mal sehen, ob das, was uns der stellvertretende Bürgermeister heute Abend so erzählen wird, mit der Realität übereinstimmt."

Die kleinen grauen Wolken hatten sich schnell verzogen, wir alberten wieder rum wie Touristen, die sich ein paar entspannende Tage in der Reichshauptstadt machen wollten. Spielten dann durch, was die Politiker alles für ein Unsinn erzählten, was das Fernsehen und die Presse daraus machte, was das Wählervolk so verstand und im Zweifelsfall, falls es etwas verstanden haben sollte, dann wieder vergaß und ob die Damen und Herren Berufspolitiker im Laufe der Jahre nicht irgendwann anfingen ihre eigenen Geschichten zu glauben. Eigentlich hatte ich mich ja noch ein paar Stunden aufs Ohr legen wollen, aber die Phantasie ging mit uns beiden durch und ein Stichwort lieferte das nächste. Von den Elois kamen wir auf Massentierhaltung und dass die Wähler langsam auch mal einen Wählerschutzverein bräuchten, vom Baumsterben kamen wir auf den sich sehr gesund entwickelnden Schilderwald, die Gesetze und Verordnungen, das tägliche Brot der Anwälte und Steuerberater. Früher benötigte man zum Überleben einen Bäcker und Metzger, heute eine Rechtsschutzversicherung und eine Lupe, um die chemischen Dreingaben auf den Speise- und Getränkekarten zu entziffern.

Ein schöner Tag, zumindest bisher, aber wir mussten noch ein paar bescheidene Geschenke besorgen und uns dann langsam auf den Weg machen, denn Pünktlichkeit ist ja bekanntlich die Höflichkeit der Könige und so fühlten wir uns auch.

Mal sehen, wann uns die Realität wieder einholte.

Alles lief glatt, wir hatten gerade noch Zeit, die Hemden zu wechseln. Das Taxi lieferte uns pünktlich ab, wir wurden freundlich empfangen, übergaben unsere Geschenke, wurden in den Speiseraum geführt und dem schon wartenden stellvertretenden Bürgermeister vorgestellt, der sich überschwänglich freute, endlich die Bekanntschaft von Frank machen zu dürfen und ihn herzlich in seiner Stadt willkommen hieß.

Auch für mich fiel ein kurzer Händedruck ab, immerhin. Wir nahmen Platz, es gab zwar keine feste Sitzordnung, aber irgendwie war ich doch wieder am unteren Ende der Tafel zwischen den Ehefrauen und Kindern gelandet. Passte mir eigentlich ganz gut, da man aus einer gewissen Distanz die Lage besser beurteilen kann. Wie sagt man in China:
Ein Schritt zurück und der Horizont wird weiter und der Himmel höher.

Und wenn man zwischen den Zeilen hören kann, erfährt man von Ehefrauen und Kindern mehr als von den leeren Phrasen der hier dominierenden Ehemänner.

Das Essen wurde aufgetragen und im allgemeinen Stimmgewirr hörte ich immer wieder die sonore Stimme des Berufspolitikers, der sich unbändig über die spontane Einladung gefreut und natürlich alle anderen Termine abgesagt habe, nur um endlich mal wieder einen gemütlichen Abend bei Freunden verbringen zu dürfen. Dass man das doch öfter machen solle, aber die Pflicht, die Pflicht und die Verantwortung und die Erwartungshaltung der Bürger, der Presse etc. etc.

Er spielte seine Rolle gut und spulte die Texte gekonnt runter, wie ein routinierter Schauspieler.

Gott sei Dank erbarmte sich meine Tischnachbarin und fragte mich, ob ich denn schon etwas von der Stadt gesehen habe, ob sie mir noch ein paar Tipps geben dürfe, was für Interessen ich denn so habe und ob mir mein Job gefalle. Ich würde doch sicherlich Vieles sehen und erleben?

So ist das mit den zufälligen Sitzordnungen, ich wollte diskret zwischen den Zeilen hören und sie fragte mich direkt aus. Alles aber besser als ein plattes und inhaltloses Tischgespräch über Schauspieler, Sänger oder die neueste Mode. Außerdem sah sie gut aus, war offensichtlich belesen und lachte ehrlich und offen über meine kleinen eingestreuten Witzchen. Humor hatte sie also auch.

145

Das Abendessen war relativ schnell beendet. Die Kinder mussten ins Bett, die Tafel wurde abgeräumt, Alkohol und Aschenbecher kamen und die Ehefrauen zogen sich zurück.

Die Herren der Schöpfung waren jetzt unter sich und der stellvertretende Bürgermeister legte eine künstlerische Pause ein. Vielleicht fehlte ihm ein Teil des Publikums oder er war nur erschöpft von des Tages Müh und Plag und sammelte Kräfte für den nächsten Akt.

So war es dann auch. Noch ein Schlückchen Champus, noch ein Zug an der Havanna und er begann: „Wenn ich alles richtig verstanden habe, sind sie zu recht fasziniert von unserer kleinen Multi- / Kulti-Insel, einem, wie ich es gern nenne, Modellbaukasten der weltweiten Globalisierung. Was hier funktioniert, funktioniert überall und was hier nicht funktioniert, funktioniert nirgends. Diese Stadt und ihre Bürger haben viel erlebt, überlebt und immer einen Weg gefunden das Beste aus der jeweiligen Situation zu machen."

Und dann schwadronierte er weiter von seinem Studium, er sei ja ein alter 68er und habe den beschwerlichen Weg durch die Instanzen hinter sich, sei kein Seiteneinsteiger, sondern kenne alle Ecken und gerade auch die, in denen man gern den Schmutz versteckt. Habe sich auf dem Weg nach oben manche Schramme geholt, aber daraus auch gelernt und fände es gut und lobenswert, dass sich Frank, er dürfe doch Frank zu ihm sagen, auf eine Art Lehr- und Wanderjahre gemacht habe und eine der Stationen eben sein Berlin sei.

Er schaute Frank offen und ehrlich, wie er es sicherlich mühsam in Seminaren gelernt hatte, an, rückte sich die Krawatte zurecht, überprüfte den Sitz der Krawattennadel mit dem Berliner Bären und wartete auf eine Reaktion. Wir warteten ebenfalls und spielten Mikado, d. h., wer sich zuerst bewegt hat verloren.

Die Pause wurde lang und länger, bis unser Gastgeber sich an seine Pflichten erinnerte und das lähmende Schweigen beendete, indem er ebenfalls in der Geschichte rumkramte, an die jahrzehntelange sehr erfolgreiche und positive Verbindungen der Familien erinnerte und sich dann aber doch langsam dem Punkt der Punkte näherte und auf die gesellschaftliche Aufgabe von Politik und Wirtschaft zu sprechen kam:

„Ja, wir leben in einer Zeit des Umbruchs und nirgends wird dies deutlicher, als hier in Berlin. Einerseits werden die Menschen brutal durch Staatspropaganda, Militär, Stacheldraht, Minen und Todesschüsse getrennt gehalten, andererseits ist die beginnende Globalisierung nicht aufzuhalten. Die Möglichkeiten und die Macht des Fernsehens sind praktisch unbegrenzt und die Menschen wollen das sehen, erleben und kaufen, was sie täglich im TV sehen. Überholte Weltanschauungen und Politiker von vorgestern bremsen und blockieren diese Entwicklung, werden sich mittelfristig dem Freiheitsstreben der Bürger aber nicht widersetzen können. In dieser Grauzone werden wir aber noch einige Jahre leben müssen und unsere tägliche Aufgabe ist es, hier immer gangbare Mittelwege zu finden, uns flexibel den jeweiligen Situationen anzupassen."

Eine Steilvorlage für unseren Politiker, der braungebrannt und glattrasiert den Faden aufgriff:

„Ja, da kann ich Ihnen nur voll zustimmen, wir leben tatsächlich in einer mehr als spannenden Zeit des Umbruchs, können, müssen und werden viel zu bewegen haben. Nicht immer werden allerdings die bestehenden Gesetze und Regularien den aktuellen täglichen Anforderungen schon gerecht. Auch wir Politiker sind nur Menschen und die Legislative ist leider manchmal nicht so dynamisch und entscheidungsfreudig, wie es für die Gestaltung unserer Zukunft nötig und richtig wäre. Natürlich müssen wir alle diese Gesetze achten und respektieren, aber hin und wieder

ergibt sich die Notwendigkeit bis an die Grenze der Ausle-
gung - fast alle Regeln haben ja Spielräume - zu gehen."
Da hatte sich ein ansonsten sicherlich unverbindlicher und
phrasenschwingender in einem grauen Maßanzug geklei-
deter Politiker ja ganz schön weit aus dem Fenster gelehnt.
War es der Alkohol, die Vertrautheit mit unserem Gastgeber oder wollte er Frank nur aus der Reserve locken?
Jetzt war Frank am Zuge:
„Ja, das sehe ich genauso. Das ist wie beim Fußballspiel,
da gibt es auch klare Regeln, Schieds- und Linienrichter,
eigene und gegnerische Spielhälften und eine vom Trainer
vorgegebene Taktik, die sich an der jeweiligen Tagessitua-
tion oder Tagesform orientiert. Jeder will natürlich gewinnen und gewinnen tut in der Regel der, der es schafft, den
Gegner zu demoralisieren, indem er mit der notwendigen
Zielstrebigkeit und Härte an die Grenzen der Regeln geht,
ohne diese erkennbar oder zu massiv zu verletzen. Eine
gelbe Karte kann und muss man natürlich hin und wieder
riskieren."
Entspannte Gesichter in der kleinen Runde. Frank hatte mit
seinem unverbindlichen Beispiel den Nagel mal wieder auf
den Kopf getroffen. Die Krawatten wurden gelockert, Nachschub an Getränken, Nüssen und Salzstangen kam und wir
konnten zum verschärften Trinken übergehen.
Die Fronten waren klar und der restliche Abend wurde damit verbracht, indem jeder Beispiele erzählte, wie nützlich
in diesem oder jenem Fall doch die Kontakte zur Politik,
dem Militär, der Polizei oder der Wirtschaft gewesen seien.
Natürlich alles sehr unkonkret und ohne Namen, immer nur
als Beispiel für die vielfältigen und unerschöpflichen Möglichkeiten auf regionaler, nationaler und internationaler
Ebene die Dinge zum Nutzen Aller zu regeln.
Ein ganz normales Familientreffen, ein paar Witze, saubere
und nicht ganz so saubere. Niemand nahm Notiz von mir
und als unser stellvertretender Bürgermeister von einem

seiner häufigen Toilettengänge nicht mehr zurückkam, merkte das auch keiner. Kurz nach Mitternacht, Frauen und Kinder hatten sich ja schon lange höflich verabschiedet, löste sich auch die Männerrunde auf. Frank bedankte sich nochmals bei unseren Gastgebern für die informative und angenehme Zeit in Berlin. Leider müssten wir unseren Besuch jedoch kurzfristig abbrechen, da dringende Probleme, na eigentlich seien es ja keine wirklichen Probleme, zuhause anstehen würden. Das Taxi kam pünktlich und brachte uns zurück ins Hotel. Wir nahmen unseren üblichen Absacker an der Hotelbar, niemand störte uns bei unserer Manöverkritik. Wir waren die einzigen Gäste und die Bedienung schlief im Stehen mit offenen Augen. Der Tümpel war mehrfach umgerührt, das Wasser war trüb und unsere Gegner würden verzweifelt rätseln, was das Ganze eigentlich sollte und wie es weitergehen würde. Die Telefone würden klingeln, Vermutungen würden ausgetauscht, Informationsquellen würden vergeblich angezapft und alle würden nervös und neugierig auf die Schiffstour warten, da es ein Treffen der führenden Familienmitglieder in dieser Form bisher noch nicht gegeben hatte.

Die Kerzen waren inzwischen runtergebrannt, der Aschenbecher voll, die Gläser leer und die Bedienung ausgebrannt. Ein großzügiges Trinkgeld versöhnte ihn etwas mit den angetrunkenen Barhockern, die einfach den Weg ins Bett nicht finden wollten.

Erwartungsgemäß kam der nächste Tag pünktlich, wir dagegen kamen etwas zu spät, aber dafür ausgeschlafen zum Frühstück, genossen den beginnenden Tag und freuten uns auf die Rückreise. Frank war bester Laune und alberte wieder rum, so von wegen: Wirklich sehr konsequent, die Letzten an der Bar und die Letzten beim Frühstück, ich bin stolz auf uns.

Wahrscheinlich waren wir auch die Letzten beim Auschecken, ich setzte mich wie üblich an das Steuer und es ging ab in Richtung Zonengrenze. Der Verkehr floss zügig, an der Grenze die üblichen Rituale mit dem Sachsen in seinem kleinen Glashäuschen, der voller Neid und Hass auf die Kapitalisten einfach nichts finden konnte, um uns mal wieder seine Macht und Überlegenheit spüren zu lassen. Er resignierte und winkte uns durch. Irgendein anderes Opfer würde er schon finden. Der westdeutsche Grenzer grüßte kurz, trat zur Seite und wir waren dem Arbeiter- und Bauernparadies glücklich entronnen. Irgendwie schien jetzt die Sonne heller, der Himmel war blauer und die Luft konnte man auch wieder atmen. Unfassbar, was gute Menschen in bester Absicht so alles anrichten können, wenn sie den Rest der Mitbürger zwangsbeglücken wollen. Jeder hat immer gute Gründe für das, was er tun will, mal ist es Gottes Wille, mal der Schutz der Familie und mal ist es einfach nur Rache für den Tod einer Eisprinzessin. Nichts ist zufällig sagt man und jeder hat seinen Entscheidungsrahmen, aber wenn nichts zufällig ist, gibt es einen Gesamtplan und wenn jeder seinen Entscheidungsrahmen hat, ist der Plan ja jederzeit auszuhebeln. Wenn man ihn strikt befolgt, hat man eine unmenschliche Diktatur wie in der sogenannten DDR und wenn man keinen Plan hat, hat man das Chaos. Gelesen habe ich mal, dass in der Zeit der größten Not der Mittelweg zum Tod führt und als Betriebswirt habe ich gelernt, dass Planung nur der Ersatz des Zufalls durch Irrtum sei. Wie auch immer, ich musste tanken und Frank aufs Klo. Es gibt halt Zwänge, denen man sich einfach beugen muss. Und dann gibt es Dinge, denen man sich nicht beugen darf und die Kunst ist, das Eine vom Anderen zu unterscheiden. Mein Beifahrer hatte langsam seinen Kater ausgeschlafen und schaute glücklich und zufrieden aus dem Seitenfenster auf die blühenden Landschaften.

„Ich freue mich auf zuhause. Wir sind ja doch ein paar Tage weg gewesen und haben auch so Einiges erlebt und dank dir auch überlebt. Vater müsste eigentlich mit uns zufrieden sein. Was glaubst du?"

„Ja, ich denke, dass wir einen ganz guten Job gemacht haben. Deine Mutter wird sich auch freuen, dass sie ihren Liebling wieder wohlbehalten in ihre Arme schließen kann und dein großer Bruder wird uns sicherlich stolz über seine Fortschritte bezüglich des Bunkerausbaues, die Amis nennen das Panic Room, berichten. Und bestimmt wird uns dein Vater über Details und die Einladungsreaktionen für die Schiffstour informieren."

Aus den Augenwinkeln sah ich, dass Frank kurz zu mir rüber blickte:

„Du hast Recht, hinter uns liegt nur ein kleiner Teilabschnitt deines Planes. Ich muss tatsächlich aufpassen, nicht dauernd selbstgefällig auf Zwischenerfolge zurück zu blicken. Die Zukunft liegt vor uns und nicht hinter uns."

Vielleicht etwas pathetisch ausgedrückt, aber er hatte mal wieder den Kern getroffen.

Wir diskutierten noch etwas über den nicht zu unterschätzenden Einfluss der Politik und die Notwendigkeit hier mit allen, auch den finanziellen Mitteln für einen Burgfrieden zu sorgen, zumindest solange, bis die bundesweite Familienstruktur wieder auf festem Betonboden stehen würde. Beide waren wir auch neugierig, was die Kontaktsuche von Li im Lande der Mitte ergeben hätte. Von seinem Erfolg hing der ganze Plan ab. Und ich musste unbedingt mal wieder mit meinem Polizisten Kontakt aufnehmen, ich benötigte dringend Informationen über Familienbeziehungen zum Ostblock, ob zu Gangstern, dem Militär, der Wirtschaft oder der Politik.

Eigentlich war ja alles klar, aber ich musste mein Wissen mit Fakten aus dieser Welt untermauern, bevor ich es nach außen weitergeben durfte.

Das Rhein-Main-Gebiet kam näher, die Ortsnamen wurden vertrauter und dann bogen wir in die Auffahrt vor der Villa ein. Das eiserne Tor war geschlossen und offensichtlich zusätzlich armiert. Eine neue Videokamera beäugte uns, erkannte Frank und das Tor öffnete sich geräuschlos. Irgendwer hatte sich erbarmt und schon ein Ölkännchen eingesetzt. Wir fuhren im Schritttempo über den Kiesweg. Der Parkplatz direkt neben der Eingangstreppe war anscheinend nur für uns freigehalten worden und die komplette Familie stand vor der Eingangstür zum Empfang bereit. Frank sprang, bevor ich noch den Motor ausmachen konnte, aus dem Auto und rannte über den wie immer leicht knirschenden Kies auf seine Familie zu, begrüßte zunächst respektvoll seinen Vater, wurde von diesem umarmt, schaute dabei aber stolz und glücklich über dessen Schultern zu seiner Mutter. Vom Familienoberhaupt umarmt zu werden, war wohl eine seltene Auszeichnung, aber eine Mutter ist halt eine Mutter und diese Mama war ja auch wirklich was Besonderes. Vater und Sohn hatten sich getrennt und der Chef kam mir zwei Stufen entgegen, schüttelte meine Rechte mit beiden Händen und sagte:

„Danke."

Meine Rechte war wieder frei und wurde vom großen Bruder geschüttelt:

„Habt ihr prima hingekriegt. Prima. Echt Klasse. Danke. Ich erzähl euch später, was wir in der kurzen Zeit alles geschafft haben."

Und jetzt kam Mama auf mich zu. Sie umarmte mich mit der Rechten, mit der Linken zog sie ihren Liebling hinter sich her und schimpfte liebevoll:

„Was habt ihr nur wieder alles angestellt? Vater erzählt mir ja nichts, aber ich habe gespürt, dass ihr in Gefahr wart und keine ruhige Minute gehabt. Aber egal, jetzt seid ihr ja wieder gesund und munter da und ich kann auf euch aufpassen, damit ihr keine Dummheiten mehr anstellt."

Sie wischte sich ein paar Tränen aus den Augenwinkeln, setzte sich an die Spitze des kleinen Zuges und es ging ab in die Küche, denn wie alle Mütter vermutete sie, dass wir kurz vor dem Verhungern und Verdursten stehen würden. Alles war perfekt vorbereitet und das war gut so, denn Mama hatte nur Augen für ihren Liebling. Vater und großer Bruder lächelten nachsichtig. Ich schaute mich in der Küche um. Alles roch irgendwie neu, nach Beton, Stahl und Farbe und der große, auf kleinen, fast unsichtbaren Rollen stehende weiße Kühlschrank war es auch. Vor kurzem war hier noch die Tür zum anschließenden Aufenthalts- und Speiseraum des Personals gewesen, ansonsten war eigentlich alles wie gehabt. Der Panic Room war also fertig. Gut zu sehen und zu wissen. Der große Bruder hatte meinen Blick gesehen und lächelte stolz, ich lächelte ebenfalls und nickte anerkennend. Wenn der Bunkerraum wirklich fertig sein sollte, war das in der kurzen Zeit ja auch eine Superleistung.

Mama konnte sich an ihrem Jüngsten nicht satt sehen, hatte für uns nur hin und wieder ein kleines Lächeln übrig und widmete sich ansonsten der mütterlichen Aufgabe, ihren Sohn vor dem Hungertod zu bewahren. Irgendwann hatte der Chef ein Einsehen und befreite Frank:

„Auf, wir müssen noch eine kleine Besichtigungsrunde machen, damit ihr auf dem Laufenden seid und dann müssen wir uns noch kurz zusammen setzen. Ihr wart gut, aber wir waren auch nicht untätig."

Ein kurzer, stolzer Blick auf den Thronfolger, ein Handzeichen. Er stand auf, ging zum neuen Kühlschrank, löste eine versteckte Verriegelung, rollte ihn geräuschlos zur Seite und gab den Blick auf eine Panzertür frei.

Ein Buchstaben- und Zahlencode wurde eingegeben und die schwere Stahltür öffnete sich mit einem leichten Sauggeräusch. Ein erneutes Handzeichen des Chefs, Frank und ich standen auf und folgten dem großen Bruder in den gepanzerten Raum.

„Alles brand- und einbruchsicher, mit autarker Energie- und Luftversorgung, einer chemischen Toilette und den notwendigen Kommunikationssystemen. Kühltruhe, Tresor und Waffenschränke kommen in den nächsten Tagen, ebenso Getränke und Nahrungsmittel. Alles wurde so ausgelegt, dass sich 12 Personen hier 14 Tage aufhalten können. Niemand weiß von diesen Umbaumaßnahmen, da wir parallel begonnen haben vom Keller aus den Stollen in Richtung Pavillon zu bauen und zusätzlich im ersten Stock einige Umbauten begonnen haben. Das hier beauftragte Spezialunternehmen wird gut, um nicht zu sagen sehr gut, bezahlt und die Mitarbeiter wissen was ihnen blüht, wenn sie irgendwas verraten. Schweigen kann man ja bekanntlich mit Angst und Geld erkaufen. Der Bau des Fluchttunnels in Richtung Gartenhäuschen lässt sich natürlich nicht geheim halten, aber das war ja auch nicht unsere Absicht. Ganz im Gegenteil. Na, zufrieden?"

Frank klopfte seinem Bruder begeistert auf die Schulter: „Spätestens jetzt weiß ich, warum du der Kronprinz bist und bleibst. Wirklich toll gemacht, ich bin stolz, so einen Bruder zu haben."

Das war ehrlich und aufrichtig und das wusste auch sein Bruder, der angesichts dieses Gefühlsausbruchs etwas irritiert in die Runde blickte, sich aber gleich wieder gefangen hatte und Frank erfreut und ein wenig nachsichtig anlächelte. Er wusste, dass Frank zu keiner Lüge oder hinterhältiger Schmeichelei fähig war. Ehre und Ehrlichkeit spielten in Franks Leben eine große Rolle, er wäre ein guter und edler Ritter geworden und hätte den Gral bestimmt gefunden. Er liebte das Abenteuer, den weiten Horizont, die Weisheit und das Mystische beeindruckt ihn. Er sehnte sich nach der Ferne, dem Sinn, dem Geheimnisvollen und wollte die Rolle in seinem Leben möglichst anständig spielen. Leicht extrovertiert, tolerant und mit einer ausgezeichneten Intuition gesegnet, hatte er häufig Glück und dazu passte dann wieder sein lockerer, fast schlaksiger Gang. Und wenn es nicht gerade ums Geschäftliche gegangen wäre, hätte Mama bestimmt wieder zu einer Umarmungsorgie angesetzt.

So aber ergriff der Chef das Wort: „Wenn noch jemand eine ergänzende Idee hat, können wir das später besprechen. Jetzt raus zum Rundgang, zur Ortsbesichtigung."

Vom unterirdischen Tunnelvortrieb war nichts zu sehen, aber die Entsorgung des Erdaushubs konnte natürlich nicht geheim gehalten werden. Die Hunde erkannten mich wieder und begrüßten mich mit begeistertem Schwanzwedeln und der Chef wunderte sich mal wieder, wieso sie mich beim ersten Zusammentreffen wie einen alten Bekannten akzeptiert hatten. Die Zäune waren neu und die Krone aus Stacheldraht schien unüberwindbar, was sie natürlich nicht wirklich war. Bewegungsmelder und Videokameras ergänzten das Rundumpaket. Bäume und Büsche waren perfekt geschnitten und der Rasen frisch gemäht. Vögel zwitscherten, Bienen summten in den frisch angelegten Blumenbeeten. Das war keine Festung, das war eher das Ausstellungsgelände der Bundesgartenschau. Alles einfach nur perfekt, aber mit guten Vorgaben und viel Geld kann man bekanntlich ja so Einiges erreichen.

Zurück im Besprechungsraum. Kaffee, Tee, kalte Getränke und Aschenbecher standen bereit, der Kaffee dampfte, die Zigarren qualmten und der Ranghöchste schaute mir in die Augen und ergriff das Wort:

„Wissen sie jetzt, warum ich so stolz auf meine beiden Söhne, meine Familie bin? Warum ich alles, alles tun werde, um sie zu beschützen?" Was konnte ein angehender Tyrannenmörder auf diese Frage schon antworten? „Ja, ich werde ihnen dabei helfen, ich achte ihren Ältesten, schätze ihren Jüngsten und wenn ich mir eine Mutter hätte backen können, dann hätte sie verdammt viel Ähnlichkeit mit Mama." Von ihm hatte ich nicht gesprochen, aber das war ja auch nicht die Frage gewesen.

Trotzdem war es eine Lüge. Leider wird immer wieder und überall gelogen. Aus Eitelkeit, Angst oder weil man einfach nur betrügen will, nur der Eine kann es besser als der Andere. Lüge kann schonen oder schaden, bleibt aber eine Lüge. Aber ich durfte auch nicht vergessen, dass dieser honorige Familienvater eine Unzahl von Morden auf dem Gewissen hatte. Vielleicht hatte er kein oder kaum Blut an seinen eigenen Händen, aber er war auf jeden Fall der Auftraggeber oder Initiator unzähliger Verbrechen und darunter ganz sicher auch der Mord, den ich nie verzeihen konnte und würde.

Und legal war es ja auch noch, da unser Grundgesetz mit Artikel 20 Absatz 4, zumindest seit 1968, Tyrannenmord als letztes Mittel nicht ausschloss. Was dort stand, musste auch für mich gelten, ich hatte doch jedes Recht die grundgesetzliche Ordnung wieder herzustellen und was hieß schon "angemessen und verhältnismäßig". Womit aber auf jeden Fall abgesichert war, dass als *ultima ratio* alle Mittel ausgeschöpft werden durften und vielleicht sogar mussten, um die Ordnung wieder herzustellen. Und die ewige Diskussion seit der Antike, ob der Tyrannenmord ein legitimes Mittel zur Befreiung von einem als ungerecht empfundene Herrschers sei, endete regelmäßig in der faktischen Umsetzung der Tat und anschließend wieder in der theoretischen Diskussion, ob Gewalt und Tod durch Gewalt und Tod verhindert werden durfte.

Außerdem war ich ein eingefleischter und überzeugter Demokrat und machte keinen Unterschied zwischen dem Regenten Julius Caesar und den Gangsterbossen in unserem Land.` Ein erfolgreiches Attentat auf Adolf Hitler hätte Millionen Leben gerettet, wer wollte da noch gegen Tyrannenmord sein, zumal er seit der Geburtsstunde unserer Demokratie in Athen vor 2.500 Jahren als bewährtes politisches Mittel galt. Und wenn der Zweck die Mittel heiligte, musste man eben vorübergehend von einigen Grundwerten absehen.

„Was ist los, du schaust so ernst?"

Frank schaute mich verständnislos an:

„Mit deiner Loyalitätserklärung bist du doch fast, nein, du bist es doch schon lange, ein Familienmitglied. Wenn ich Mama nachher von deinen Backkünsten erzähle, kann ich dir nur raten ein paar Tage zu verschwinden, sonst erdrückt sie dich mit ihrer Liebe. Also weiter! Papa, erzähl, was die Einladungsrunde zur Schifffahrt macht."

XII Li

Der Chef berichtete, dass alles nach Plan laufe und der Termin stehe. Alle hätten zugesagt, teils mit, teils ohne Stellvertreter, alle kämen aber mit Ehefrau. Alle hätten sich für die Einladung bedankt und ausdrücklich erklärt, wie sehr sie sich auf dieses Treffen freuen würden. Alle auch mit Loyalitätserklärungen und Einige mit der vorsichtigen Anfrage, ob es spezielle Tagungspunkte gäbe, auf die sie sich vorbereiten sollten. Nein habe er gesagt, das Treffen solle nur den überregionalen Zusammenhalt und die Koordinierung des gemeinsamen Vorgehens bei einigen anstehenden und auf die Zukunft ausgelegten Projekten stabilisieren.

Zwei bis drei Leibwächter pro Familie seien eingeplant, müssten sich allerdings auf dem Zwischendeck aufhalten, wo sie auch angemessen versorgt würden, um das geplante offene und vertraute Miteinander nicht zu stören. Alles sei freudig akzeptiert worden. Und dann schaute er mich an:

„Jetzt hängt alles von deinen Informationsquellen und dem Ergebnis der Kontaktaufnahme in China ab."

Komisch, noch vor ein paar Minuten hatte er mich gesiezt, jetzt duzte er mich wieder. Egal, ich konnte mit beidem leben.

„Ja, ich weiß. In den nächsten Tagen werde ich mich ausklinken und mal sehen, was sich so ergeben hat und wo ich eventuell nachsteuern muss."

Frank musste natürlich detailliert über unsere Besuchsrunde berichten und brachte auch zur Sprache, dass wir bei all unseren Aktionen die Politik und ihre käuflichen, schwachen und charakterlosen Vertreter nicht vergessen dürften. Gerade in Berlin sei überdeutlich geworden, wie eng die Verflechtung zur Politik und Verwaltung sei.

In diesem Sonderfall käme dann auch noch die Verflechtung mit dem Zoll und dem Militär hinzu. Ob oder inwieweit hier die Familie bereits unterwandert oder gar komplett übergelaufen sei, könne man bei dem komplizierten Geflecht nicht beurteilen. Nur eins sei sicher: Die Gefahr aus dem Osten käme nicht über das Saarland. Man lächelte angespannt und schaute mich an.

„Wie gesagt, ich muss jetzt ein paar Tage untertauchen und sobald ich konkrete Informationen habe, melde ich mich wieder. Mein Auto lasse ich hier stehen, ist vielleicht doch schon zu bekannt. Besser sind sicherlich wechselnde Mietwagen oder dann jeweils ein Taxi bzw. die öffentlichen Verkehrsmittel. Zu erreichen bin ich in dieser Zeit auch in

Notfällen nicht, habt einfach Vertrauen. Grüßt Mama von mir, ich verschwinde jetzt und such mir in der Stadt ein Taxi, nehme die Bahn oder was auch immer. Ein Rätsel mehr für unsere Gegner kann nur hilfreich sein."
Ich stand auf, verabschiedete mich kurz und ging. In mein möbliertes Zimmer konnte, wollte und durfte ich nicht. Für die nächsten Tage musste ich mir ein Hotelzimmer suchen und sicher sein, dass mir niemand folgte. Eine kleinere Reisetasche, Wäsche zum Wechseln und eine Zahnbürste brauchte ich auch. Gibt es ja alles in den Kaufhäusern, die auch noch den Vorteil haben, dass sie über mehrere Ein- und Ausgänge verfügen. Nirgends schüttelt man bekanntlich einen Verfolger so leicht ab, wie in einem Kaufhaus und etwas Schminke und eine Haarschneidemaschine gibt es hier auch.

Natürlich wurde ich verfolgt und beobachtet und natürlich würde man dem Auftraggeber berichten, was ich so alles gekauft habe, bevor mich der Erdboden verschluckt hatte. Mein treuer Begleiter, der ältere Herr, der gerade so emsig in dem Berg günstiger Socken wühlte, würde in einem Erklärungsnotstand enden, wie es denn möglich sein könne, dass ich einem so erfahrenen Verfolger so einfach habe entwischen können. Ich wusste natürlich, wer mich verfolgte, aber auch wenn ich es nicht gewusst hätte, Verfolger zu erkennen ist eigentlich ganz einfach. Man sucht sich die Person in seinem Umfeld aus, die nicht zu weit weg, aber auch nicht zu nah ist. Ein Durchschnittsgesicht, durchschnittlich gekleidet, immer gerade mit irgendwas beschäftigt, steht nie an der Kasse und schaut sie niemals direkt an. Wenn das zutrifft, haben sie ihren treuen Begleiter. Gehen sie auf ihn zu, lächeln sie ihn an, wenn er oder sie ihnen weiter auf den Fersen bleibt, ist er oder sie allein. Wenn er oder sie verschwindet, ist er oder sie nicht allein und sie beginnen das Spiel von vorn. Zurück auf Los.

Ich nahm eine Rolltreppe in den ersten Stock, er folgte mir mit angemessenem Abstand, ich fuhr direkt mit der Rolltreppe wieder runter und wir begegneten uns auf halber Höhe. Ich lächelte ihn wieder freundlich an, er schaute verzweifelt auf seine Hände. Ich war verschwunden und er hatte ein Problem. Er rannte jetzt sicherlich verzweifelt suchend auf die Straße. Ich kaufte mir eine neue Reisetasche, trank in der Cafeteria im oberen Stock noch gemütlich einen Kaffee und suchte mir dann in der Nähe ein Zimmer. Man würde mich überall suchen und vermuten, aber garantiert nicht hier, praktisch im Vorhof der Festung. Kein Problem eine kleine Pension zu finden, die etwas abseits lag. Kein großer Komfort, aber auch keine großen Fragen und wer überprüft schon die Übereinstimmung der Anmeldung mit dem Personalausweis. Der Inhaber schaute beim Frühstück zwar etwas erstaunt auf meine extrem kurzen Haare und die gesunde Bräunung, aber auch jetzt keinen Kommentar oder gar Fragen. Hauptsache war, dass ich im Voraus für eine Woche bezahlt hatte und ansonsten einen relativ zivilisierten Eindruck machte. Die wenigen Frühstücksgäste waren überwiegend Monteure und ein paar wohl nicht so ganz erfolgreiche Handelsvertreter.

Ich hatte mich mit Li zum Mittagessen im Frankfurter Zoo verabredet. Nicht, weil es für konspirative Treffen ein besonders gut geeigneter Ort gewesen wäre, nein, der Tag war einfach zu schön. Blauer Himmel, strahlender Sonnenschein und ich konnte mir einfach keinen besseren Platz vorstellen, an dem sich zwei alte Freunde nach langer Zeit mal wieder zu einem gemütlichen Plausch hätten treffen können. Außerdem war ich neugierig, was sich in den letzten Jahren hier wohl so alles verändert hatte und ob die exotischen Tiere und Pflanzen noch den gleichen Reiz auf mich ausüben würden wie in meiner Jugend. Mit Bus und Bahn erreichte ich Frankfurt. Niemand war mir gefolgt, da war ich ganz sicher. Da ich noch etwas Zeit hatte, schlenderte ich gemütlich durch die Parkanlagen, kaufte mir ein Eis und war eigentlich ganz zufrieden mit dem bisher Erreichten. Nicht ganz zufrieden war ich mit meiner persönlichen Weiterentwicklung und der Abnahme der Kultivierungsfähigkeiten. Selbst Gefühle wie Freude und Zufriedenheit durfte ich nicht zulassen. Beides machte süchtig. Nichts durfte mich beherrschen außer meiner Aufgabe und dem Streben nach Vollendung. Das musste ich mir immer wieder in Erinnerung rufen. Nach dem Treffen mit Li und meinem Polizisten musste ich dann doch wieder in meinem möblierten Zimmer in Klausur gehen und an mir arbeiten. Gefahr hin oder her, unsere Gegner hatten im Augenblick sicherlich anderes zu tun, als einen engen Mitarbeiter des Chefs umzulegen und so zwangsläufig einen blutigen Krieg herauf zu beschwören. Das passte im Moment garantiert nicht in ihren Zeitplan, wenn sie denn vor dem Hintergrund der von mir und Frank gestreuten Verunsicherung überhaupt noch einen Plan hatten.

Pünktlich wie gewohnt stand Li um 12 Uhr am Elefantengehege und bewunderte die Ruhe und Gelassenheit der Dickhäuter. Riesig und kraftvoll beherrschten sie die paar Quadratmeter, wurden von Winzlingen auf zwei Beinen gefüttert und gesteuert. In ihrer Heimat waren sie die Herrscher gewesen und streiften unbehelligt und unbesiegt durch ihr Königreich. Und dann waren diese Schwächlinge gekommen, deren Gott ihnen gesagt hatte, dass sie sich die Welt untertan machen sollten und sie hatten es getan. Es hatte zwar Millionen Jahre gedauert, aber jetzt hatten sie es wirklich geschafft. Mit List, Erfindungsreichtum und Ausdauer hatten sie diesen Auftrag erfüllt und waren jetzt dabei, sich gegenseitig zu töten oder untertan zu machen. Nein, das war keine Ruhe und Gelassenheit bei diesen Riesen, das war Resignation und sich ergeben in das anscheinend Unvermeidliche. Aber wie hatte mein Meister gesagt: Das Schwere ist nicht schwer und das Unmögliche ist möglich. Wir im Westen sagen schlicht und einfach: Aufgeben gibt's nicht! Sie aber hatten aufgegeben und die Evolution erteilte ihnen gerade eine schmerzhafte Lehrstunde.

Li kam mir ein paar Schritte entgegen, strahlte wieder wie ein Honigkuchenpferd, vergaß jede asiatische Zurückhaltung und umarmte mich. Nach einigen kleinen Ewigkeiten löste ich mich aus den freundschaftlichen Armfesseln, hielt ihn aber an den Schultern fest und schaute ihm in die Augen:

„Ich bin dankbar und froh, Dich als meinen Freund zu haben. Du siehst gut aus. Die Reise in deine Heimat scheint dir gut bekommen zu sein. Komm, erzähl mal, wie ist es gelaufen?"

Er wischte sich kurz über die Augen, wahrscheinlich hatte ihn die Sonne geblendet oder der nicht vorhandene Wind hatte ihm Staubkörner in die Augen geweht.

Er erzählte und erzählte. Wie leicht, fast zu leicht, es gewesen sei, die alten Kontakte und Verbindungen wieder aufleben zu lassen. Die Globalisierung habe offensichtlich schon den letzten dunklen Winkel des Fernen Ostens erreicht und alle seien begierig nach neuen Überseekontakten und internationalen Geschäftsmöglichkeiten. Keiner wolle den Zug der Zeit verpassen, schon gar nicht die großen Gangsterorganisationen. Denn Schwarzhandel und Schmuggel seien schon immer ein gutes und ertragreiches Geschäft gewesen und jede Ausbauchance galt es zu nutzen. Und als er dann den Joker gezogen habe, dass es letztlich auch darum gehe, der Expansion und Gefahr aus ihrem Westen einen Riegel vorzuschieben, habe er endgültig verlässliche Verbündete gefunden. Auf die Urangst aller Chinesen vor dem Fremden, die Bedrohung vor den unzivilisierten Anderen, könne man sich unbedingt verlassen. Diese Angst steckt in jedem Politiker, jedem Militär und natürlich auch in jedem Verbrecher. Hinter jeder Einmischung in Korea, Vietnam oder wo auch immer, stecke nur die Hoffnung, dass, solange man politische und militärische Konflikte in anderen Regionen schüre, das Land der Mitte in Sicherheit sei. Also, was auch immer wir vorhätten, solange es gegen die Friedensfreunde aus der Sowjetunion gehe, könne man auf ihre absolute und unbedingte Unterstützung zählen. Und wenn sich aus dieser Verbindung noch gute und ertragreiche Geschäfte entwickeln würden, umso besser. Wenn wir unsere gemeinsamen Gegner verunsichern wollten, könnten wir gezielt mit vertraulichen Informationen über diese neue Verbindung ruhig hausieren gehen, außerdem würde man sich freuen, Dich oder einen hochrangiges Familienmitglied gelegentlich als Gast begrüßen zu dürfen.

Li lächelte zufrieden und setzte noch einen drauf: „Und zwei Kontaktadressen bei der chinesischen Botschaft in Bonn habe ich auch noch. An diese beiden hochrangigen Botschaftsmitarbeiter können wir uns bei Bedarf jederzeit wenden."

Jetzt strahlte er wirklich und schaute mich erwartungsvoll an.

„Nicht schlecht Herr Specht, Du hast dir Dein Mittagessen verdient, komm ich zahle. Nein, mal ehrlich, Du hast einen perfekten Job gemacht, besser als wir erwarten konnten und Du weißt das. Was Du hier erledigt hast, ist das Fundament unseres ganzen Planes. Ohne diese Verbündeten aus dem Fernen Osten haben wir keine Chance gegen die Feinde aus dem Nahen Osten."

Wir verließen unsere Bank und schlenderten noch etwas durch das parkähnliche Zoogelände. Löwen und Tiger in kleinen Käfigen, Fische in winzigen Badewannen und Schlangen in Glaskästen. Als Kind und Jugendlicher war ich fasziniert von den vielen exotischen Lebewesen, jetzt als Erwachsener war ich nur angewidert. Bäume und Sträucher beschnitten, wie es wohl dem Zeitgeschmack der Besucher und des Gärtners entsprach und keine welke Blume in den schmalen Beeten. Nichts war hier richtig und normal. Eisverkäufer, Imbissbuden und Spielplätze rundeten das Bild ab. Die Kinder hatten ihren Spaß und waren begeistert, wie auch ich in meiner Jugend. Vielleicht war doch alles richtig und normal, nur für mich war es wohl der letzte Zoobesuch.

Wir näherten uns dem bekannten Speiserestaurant auf dem Zoogelände. Ich hatte meinem Freund ausführlich über meine Besuche in Bremen und Berlin und dem Fortschritt der übrigen Projekte berichtet. Li hatte hin und wieder ein paar Verständnisfragen gestellt, ansonsten aber schweigend und höflich den Bericht zur Kenntnis genommen. Letztlich war er eben doch ein Chinese, wenn auch ein besonderes Juwel in einem Haufen bunter Glasscherben.

Noch ein paar Stufen, dann traten wir durch die breite offene Glastür und suchten uns einen freien Tisch in der Nähe der Fensterfront.

Der Ober kam, wir bestellten und Li erzählte, wen er alles wieder getroffen habe, wie der Stand seiner Projekte in Tibet sei, wie er sich in der Ferne nach Deutschland gesehnt habe und wie er sich jetzt wieder nach Tibet und seinem Lebenswerk sehne.

Ein gelber Wanderer zwischen den Welten und ein wahrer Freund.

„Li, wenn alles gut läuft und es wird gut laufen, dann sind wir zum Jahresende wieder auf dem Weg in unsere zweite Heimat, auch ich sehne mich nach den Bergen, den kargen Landschaften und meinen Meistern, da ich noch viel zu lernen habe. Der Überfluss hier korrumpiert mich, ich verliere noch den Blick für das Wesentliche, Gefühle beginnen meine Gedanken und Handlungen zu beeinflussen, ich spüre wie ich schwächer werde und meinen Weg verliere."

Auch dieses Geständnis war natürlich ein Zeichen von Schwäche. Mein Freund nickte verstehend und wir wechselten das Thema, schwärmten wie zwei alte Kriegsteilnehmer von unserem beschwerlichen und gefährlichen Weg nach Tibet, von den kleinen Erlebnissen während der Schiffspassage, dem ersten Kennenlernen und wie sich letztlich alles so gefügt habe.

Die leeren Teller wurden abgeräumt und Li informierte mich noch, dass er vor seinem Rückflug nach Deutschland aus Sicherheitsgründen seine Identität geändert habe, sich gerade eine neue Wohnung und einen neuen Job suche. Dazu gehöre natürlich auch eine neue Freundin, aber hier sei er guter Dinge. Seiner Erfahrung nach sei das für einen gutaussehenden Exoten mit viel Geld kein wirkliches Problem. Viele junge Damen würden sich gern mit ihm und von ihm schmücken lassen und an eine längerfristige, tiefere Verbindung dürfe er ja nicht denken und wolle er eigentlich im Augenblick auch nicht eingehen. Hatte sich schon mal anders angehört.

Wir hatten uns lange nicht gesehen und so gab es noch viel zu erzählen. Der Aschenbecher wurde regelmäßig geleert, frischer Kaffee und leckerer Kuchen überbrückte die Zeit bis zum Sonnenuntergang. Und wie nicht anders zu erwarten war, ging sie jetzt wirklich unter, ich zahlte, wie ich versprochen hatte und wir verließen getrennt das Zoogelände. Ich wusste, dass uns niemand verfolgen würde, aber ganz sicher darf man nie sein, das Schicksal baut ab und an ein paar kleine Unwägbarkeiten, ein paar unerwartete Prüfungen ein, nur um uns zu zeigen, wer der Herr der Gegenwart und Zukunft ist.

Es wurde jetzt doch schnell dunkel und ich nahm die nächste Straßenbahn zur Hauptwache, drehte aus Sicherheitsgründen ein paar Runden und fuhr dann mit einem Taxi zu meinem möblierten Zimmer, ließ den Wagen allerdings zwei Straßenecken vorher halten und ging den Rest zu Fuß. Ich umrundete noch den Wohnblock, konnte aber nichts entdecken, was auf eine laufende Beobachtung schließen ließ. Wäre ja auch zu viel der Ehre gewesen, war ich dann doch nicht wert, wusste ich ja auch, aber man weiß ja nie und bekanntlich, wie schon erwähnt, ist *mit des Schicksals Mächten kein ewger Bund zu flechten.* Alles ziemlich wirr, ich musste zur Ruhe kommen, auch das wusste ich, also ab in meine Klause.

Die Wirtin empfing mich natürlich erfreut und überhäufte mich sofort mit einem Schwall von Fragen, wie es mir denn so gehe, wo ich denn so lange gewesen sei, ob ich sie denn ganz vergessen habe, ob ich Durst oder Hunger habe, ob sie noch schnell das Zimmer lüften solle und so weiter und so weiter.

Ich erzählte ihr eine spannende Geschichte von einem längeren geschäftlichen Aufenthalt in Österreich, von einem interessanten, aber auch anstrengenden Auftrag, der mich aber auch beruflich voran bringen würde. Von kleinen Abenteuern, das liebte sie besonders und interessanten Menschen, die ich dort kennengelernt hatte. Dann hatte sie endlich Erbarmen:

„Aber sie müssen doch todmüde sein und ich belästige sie mit meinen Fragen. Nehmen sie sich noch etwas zu trinken und zu essen mit aufs Zimmer und dann bitte ab in die Koje. Ich werde morgen auch ganz leise sein, damit sie mal in aller Ruhe ausschlafen können."

Ein goldiges Wesen, vielleicht hin und wieder etwas nervig, aber dann eben doch fürsorglich und ehrlich.

Ich zog mich in meine Klause zurück, zündete Kerzen und Räucherstäbchen an und vertiefte mich seit langem mal wieder in meine Kultivierungsübungen. Die Sinne wurden abgeschaltet, kein Licht, kein Geruch, keine Gedanken, kein Streben und Planen. Nur ich, nur mein Hauptbewusstsein war noch da. Endlich weg von diesem dauernden Müssen und Wollen.

Als ich meine Übungen beendet hatte, hatte mein Hauptbewusstsein wieder die Herrschaft übernommen. Mir war zwar klar, dass natürlich jeder für sich selbst und seine Handlungen verantwortlich ist, wie sollte er sich sonst auch kultivieren können, dass das Schicksal aber vorübergehend einige Menschen mit einer größeren oder kleineren Sonderaufgabe betraute, wenn das anzustrebende Gleichgewicht zwischen Yin und Yang in Gefahr war. Rache für den Tod meiner Geliebten war nur der vordergründige weltliche Antrieb. Dahinter stand aber mein eigentlicher Auftrag, nämlich, etwas zum Ausgleich der Kräfte zwischen Gut und Böse zu tun. Meine besonderen Fähigkeiten hatte ich zunächst nicht bekommen, weil ich sie verdient hatte, sondern weil ich sie als Werkzeug zur Erledigung meines Auftrages benötigte.

Ich würde aber alles daran setzen, mir diese Kultivierungsfähigkeiten zu verdienen, zu erhalten und Karma abzubauen. Und, sollte alles glatt laufen und sollte mich mein Meister für weitere Aufgaben vorbereiten, könnte ich vielleicht einige weitere Stufen meiner Entwicklung bewältigen. Aufgaben gab es ja genug. Und vielleicht würde mir ja irgendwann der Ausstieg aus diesem Kreis der Karmavergeltung gelingen.

Ich war mit meiner Lektüre im Jahr 1984 angelangt, in dem die UdSSR ihre Nuklearraketen in der DDR aufgestellt hatte und Indira Gandhi von ihren Leibwächtern getötet wurde. Halt ein weiterer Tyrannenmord in der endlosen Kette der fruchtlosen Bemühungen um ein besseres Morgen.

Orwells 1984 ist vorübergehend mal wieder Anlass, die Themen Datenschutz und Überwachung zu diskutieren, zeitgleich wird in Westdeutschland das Privatfernsehen eingeführt, dafür werden nachts die Briefkästen nicht mehr geleert. Eine aktive Maßnahme gegen Papierverschwendung, da inzwischen 50 % des deutschen Waldes von sichtbaren Schäden betroffen ist. Separatisten, Revolutionäre und Extremisten überfallen Banken und erschießen Jeden, der sich ihnen in den Weg stellt oder zufällig am Wegesrand steht. Alles nur Amokläufer.

Und dann klagt auch noch die EG-Kommission gegen das deutsche Reinheitsgebot für Bier. Nur ein Tropfen auf einen heißen Stein, aber in Italien werden 150 Mafiamitglieder verhaftet.

Eine kleine Randnotiz in der Geschichte, dass, wenn auch nur mit knapper Mehrheit, die männlichen Liechtensteiner für das Wahlrecht der Frauen gestimmt haben.

Jetzt bin ich doch müde und schlafe tief und fest bis in den späten Morgen des nächsten Tages.

Der Frühstückstisch war gedeckt, frische Brötchen lagen bereit, der Kaffee wurde gerade aufgebrüht, alles blitzte und blinkte, auch die Augen meiner Wirtin, die mich zumindest als Gesprächspartner offensichtlich wirklich vermisst hatte.

„Ich habe frische Brötchen geholt und war auch ganz leise, damit sie sich nach den anstrengenden Tagen mal richtig ausschlafen können. Hat ihnen auch richtig gut getan, sie sehen frisch und fit aus. Nur scheinen sie etwas abgenommen zu haben, aber das kriegen wir schon wieder hin."

So ist das halt mit Müttern und Ersatzmüttern, wer nicht zunimmt, nimmt ab und bedarf einer besonderen Betreuung, da der Hungertod hinterhältig und immerwährend auf ihre Schützlinge lauert.

Schön, dass sich jemand um mich sorgt, auch wenn der Preis eine ausgiebige, aber letztlich dann doch entspannende Frühstücksplauderei war.

Dann musste ich mich aber doch langsam auf die Socken machen. Die Aufgabe wartete und mein Freund von der Polizei sicherlich auch.

Wahre Freunde sind rar in diesen Zeiten und ich war mit zweien gesegnet, die mit mir das gemeinsame Ziel verfolgten.

Es war schon später Nachmittag. Ein kleiner Bummel durch Sachsenhausen hatte mir wieder etwas heimatliche Vertrautheit gegeben und ich wartete in der Nähe seiner Wohnung auf einer Parkbank, genoss die frische Luft, die angenehme Wärme der sich bereits senkenden Sonne und schaute den jungen Müttern beim Spiel mit ihren Kindern zu. Hundespaziergänger schwatzten vertraut mit ihren vierbeinigen Freunden, waren zufrieden und glücklich, wenn diese dann endlich ihr großes oder kleines Geschäft erledigt hatten und ich fragte mich, ob in den vergangenen Leben oder auch den zukünftigen ein solch bescheidenes, kleines, aber auch einengendes Glück auf mich warten würde oder ob ich es bereits hinter mir hatte.

Und wieder die ewige Frage, warum wir Mensch sind, warum das Leiden im Leiden kein Ende nimmt und dann wieder die gleiche Antwort:

Gesund, mit vollem Bauch und ohne Probleme kann sich kein Mensch kultivieren, so einfach ist das.

Oder etwas pathetischer: Helden werden nicht von Müttern, sondern auf Schlachtfeldern geboren, allerdings sterben sie dort auch meistens.

XIII Die Vorbereitung

Bei der Polizei ist der Feierabend ein heiliges Gut und mein Freund tauchte pünktlich auf. Sein geschultes Polizistenauge hatte mich natürlich sofort entdeckt und schon stand er vor mir und strahlte, als ob er einen Sechser im Lotto gehabt hätte:

„Endlich tauchst Du mal wieder auf. Du siehst gut aus. Wo warst Du? Ist bei Dir alles glatt gelaufen? Hast Du Zeit für mich? Ich hab Dir jede Menge zu berichten. Privat, beruflich und bei meinen Nachforschungen ist alles bestens und erfolgreich gelaufen."

Fragen und Ankündigungen sprudelten nur so aus ihm raus und gaben mir keine Gelegenheit auch mal das Wort zu ergreifen.

„Ich sag nur schnell meiner Frau Bescheid und bin gleich wieder da. Warte bitte einen Augenblick."

Schon war er weg und nach ein paar Minuten wieder da. Völlig durchgedreht.

„So, heute zahle und berichte ich. Du musst nur zuhören, trinken und essen und mich vielleicht hin und wieder etwas loben. Alles klar? Einverstanden? Du bist dann später dran."

Wirklich völlig durchgedreht. Ich nickte und wir marschierten los. Und er legte los:

„Irgendwie hast Du immer recht gehabt mit Deiner kosmischen Gerechtigkeit, ich wollte es ja nie so richtig glauben und habe immer gedacht, dass Du mich nur trösten wolltest. Aber es stimmt: Wer etwas hergibt, bekommt etwas oder halt auch umgekehrt. Jahrelang haben ich und meine Familie gelitten, die seelischen und materiellen Probleme wollten kein Ende nehmen und jetzt läuft alles fast zu glatt. Ich habe ein wenig Angst, dass die Götter neidisch werden, aber diese Angst hast Du mir ja eigentlich in unserem letzten Gespräch schon genommen."

Er holte nur kurz Luft und schon ging es weiter:

„Meine Kinder entwickeln sich weiter prächtig und ich bin rundum stolz auf sie. Frau und Kinder sind umgekehrt stolz auf ihren Vater und Ehemann. Am erstaunlichsten ist jedoch, dass ich bei Kollegen, bei Vorgesetzten, aber auch bei Fremden gut ankomme. Früher war ich der Eigenbrödler, den man nur wegen seiner beruflichen Erfolge akzeptierte, jetzt begegne ich nur Aufgeschlossenheit und Hilfsbereitschaft, wo immer ich auch auftauche. Das ist für mich natürlich eine ganz neue Erfahrung, aber wunderschön und

angenehm und erleichtert mir zusätzlich die Erledigung meiner Aufgabe."
Jetzt machte er doch eine kleine Pause, blieb kurz stehen und schaute mich fragend von der Seite an.
„Nichts hat sich in der Welt geändert, nur Du hast eine andere Ausstrahlung. Ist das eigentlich ansteckend?"
Wir waren am Mainufer angekommen. Wolken waren aufgezogen, die Sonne hatte etwas von ihrer Kraft verloren und ein leichter Wind wehte mutlos und kraftlos einige Blätter über den gepflegten Schotterweg. Es war frisch geworden und der gnädige Wettergott hatte auch meinen Polizisten etwas abgekühlt.
„Ja, ich weiß, ich sehe im Augenblick alles nur rosarot. Natürlich habe ich schon mitbekommen, dass sich in den letzten zehn oder zwanzig Jahren viel verändert hat und in den wenigsten Fällen zum Guten. Aber das will ich jetzt einfach nicht wahr haben und nur mein Leben, die Gegenwart genießen. Lass uns erstmal was essen und trinken, damit ich dann gestärkt wieder mit Dir in die Niederungen des Lebens zurückkehren kann. OK?"
Natürlich war ich einverstanden und wir machten uns auf in Richtung Lieblingskneipe. Das Lokal wurde gefunden, ein ruhiger Ecktisch auch, Essen und Getränke wurden bestellt, es gab Grüne Sauce mit hartgekochten Eiern und die Welt war vorübergehend in Ordnung. Und, wie vereinbart oder besser, wie von ihm vorgeschlagen, war er heute mit dem Erzählen dran und ich war zum Zuhören degradiert und verdammt. Er erzählte und erzählte dann auch und es war ein Genuss ihm zuzuhören, von den tausend Dingen, die sich in unserer Gesellschaft dann doch verändert hatten. Von den zunehmenden schlechten Charaktereigenschaften, dem Hochmut, dem Geiz, der Wollust, dem Zorn, der Völlerei, dem Neid und der Faulheit, die den Weg zu den eigentlichen Todsünden, den schweren Verbrechen bereiteten. Offensichtlich ein Lieblingsthema von ihm, mit

dem er sich schon länger beschäftigte. War ja letztlich auch sein Beruf die Ergebnisse dieser Laster zu bekämpfen. Er dozierte weiter, dass die sieben Gottesgaben, die Weisheit, der Verstand, der Rat, die Stärke, die Erkenntnis, die Frömmigkeit und Gottesfurcht weiter auf dem Rückzug seien. Von den göttlichen Tugenden, dem Glauben, der Hoffnung, der Liebe, der Klugheit, der Gerechtigkeit, der Tapferkeit und Mäßigung sei auch nicht mehr viel übrig. Tatsächlich, er musste in den letzten Wochen viel gelesen und nachgedacht haben. Hat man oft. Wenn sich im Umfeld gravierende Veränderungen ergeben, verändert sich auch die Sichtweise, die Einsicht wird tiefer und das Blickfeld weiter. Wie gesagt, es war ein Genuss ihm zuzuhören. Er hatte sich jetzt richtig in Rage geredet, nur die Stimmbänder mussten hin und wieder geölt werden, aber die Bedienung stand bereit, Getränke waren offensichtlich noch ausreichend vorhanden und auf seinem Deckel war auch noch Platz zum Anschreiben. Bei einem kleinen Schwenk in den Polizistenalltag zitterte die Stimme dann doch etwas, als er von dem Sieg der Intriganten erzählte, von ehemals gradlinigen und pflichtbewussten Kollegen, die inzwischen Toleranz mit Desinteresse verwechselten. Früher habe man die klugen Kameraden geachtet, heute würden nur noch die cleveren bewundert. Man bückt und verbeugt sich vor jedem schmutzigen Dollar, der auf der Straße liegt, da Geld ja angeblich nicht stinkt, wie schon die alten Römer bei der Einführung ihrer Toilettensteuer behaupteten, während die Götter bereits den Untergang ihres Weltreiches einleiteten.

Und wir, heute, hier bei uns? Alle bürgerlichen Tugenden, ohne die eine praktische Bewältigung des Alltags unmöglich sei, würden verächtlich gemacht und in den Schmutz gezogen. Beginnend in der Studentenbewegung der 68er wurden dann auch von führenden Politikern die sogenannten Sekundärtugenden wie Pflichtgefühl, Berechenbarkeit und Standhaftigkeit in den Dreck gezogen. Wie immer genügte der Hinweis, dass auch die Nationalsozialisten sich dieser Tugenden bedient hätten, um ihre unmenschlichen Verbrechen zu begehen. Bürgerliche Tugenden wie Ordnung und Reinlichkeit wurden schon im Schulbetrieb ausgehebelt und Bescheidenheit und Dankbarkeit waren plötzlich nur noch Zeichen von Schwäche. Pünktlichkeit und Fleiß waren nur noch reaktionäre Barrieren auf dem Weg in eine paradiesische Zukunft. Presse, Rundfunk und Fernsehen spielten mit, die Politiker sowieso und die Elois erfreuten sich in den Einkaufsstraßen und an dem beruhigenden Geschwätz ihrer Volksvertreter. Na ja , Brot und Spiele.

Er war in seinem Element, aber der Körper verlangte nach seinem Recht und ein Toilettengang war fällig. Als er zurückkam, hatten die Ohren etwas an Röte verloren, er wirkte entspannt und lächelte sogar wieder.

„So, jetzt ist mir wohler, ich musste einfach mal Luft ablassen und Wasser lassen. Aber jetzt zu unserem Punkt."

Er erzählte von der Veränderung, die sich auch bei der organisierten Kriminalität eingeschlichen hatte. Die regionalen Verbrecherbanden, die immerhin noch über einen gewissen Ehrenkodex verfügt hätten, seien in Auflösung begriffen und würden vor der Brutalität der internationalen Mafiaorganisationen zurückweichen. Probleme, die man früher mit Drohungen oder einem Schlagring erledigt habe, würden heute mit Mord und Totschlag aus der Welt geschafft. Wie allgemein bekannt, habe die Süd-Mafia ja seit Jahrzehnten ihren festen Platz und stabile Strukturen in den Westeuropäischen Ländern. Neu sei jedoch in den letzten Jahren das massive Eindringen der Ost-Mafia, die sich speziell über Menschenhandel, sprich Lieferung von Prostituierten, in die lukrativen, kapitalistischen Märkte einschleichen wolle. Entsprechende Brückenköpfe und Beziehungen mit dem Schwerpunkt im Norden und Nordosten habe man wohl bereits installiert. In Fachkreisen befürchte man, dass sich in den nächsten Jahren die Gewaltspirale weiter nach oben drehen werde.

Er schaute mich fragend an:

„Wunderst du dich nicht? Wir alle sind erstaunt über die Schnelligkeit und das Ausmaß der Infiltration."

Nein, ich war nicht wirklich erstaunt, nur war die Größenordnung meiner Aufgabe wohl etwas umfangreicher als ich bisher gedacht hatte. Allein mit dem Auslöschen einiger alteingesessener Familienoberhäupter konnte ich die Entwicklung nicht wirklich bremsen, da musste noch ein zusätzlicher Warnschuss in Richtung Osten abgegeben werden. Denn nur mit der Drohung aus dem Fernen Osten war es wohl nicht getan. Eigentlich aber doch kein wirkliches Problem, eine erweiterte Friedenskonferenz und etwas mehr Sprengstoff, ergibt mathematisch ein Weniger an Problemen.

Die Fronten waren klar und die eingeleiteten Maßnahmen mussten nur leicht modifiziert werden. Zusätzliche Informationen brauchte ich nicht, also bat ich meinen Polizisten seine Recherchearbeit einzustellen und das Leben weiter zu genießen. Im Bedarfsfall würde ich wieder auf ihn zukommen. Schlafende Hunde durften jetzt nicht geweckt oder gewarnt werden. Die Minenfelder waren abgesteckt und die Ratten hatten keine Ahnung, was das Schicksal so alles als verfrühtes Weihnachtspräsent vorgesehen hatte.

Es war noch früher Abend und wir philosophierten über die aktuellen Ereignisse des laufenden Jahres wie Geiselnahmen, Flugzeugentführungen. Sogar ein Kreuzfahrtschiff hatte man entführt. Manchmal wird man einfach nur müde, es hört nicht auf. Aber wenigstens hatte man das Wrack der Titanic entdeckt, man soll halt nie aufgeben. Schweres ist leicht und Unmögliches ist möglich, es sei denn, man kämpft für eine endgültige Gerechtigkeit. In Berlin wurden gerade mal wieder Agenten ausgetauscht, die Gerechten und Ungerechten, die Idealisten und die Käuflichen, wer wollte das auseinanderhalten. Und die alten Sprüche stimmen auch nicht mehr. Wie man gerade festgestellt hatte liegt im Wein nicht die Wahrheit, sondern Diethylenglykol. Egal, wir waren eh Biertrinker und hier galt noch das alte Reinheitsgebot. Züge verunglückten, Dämme brachen, die Erde bebte und selbst bei Fußballkrawallen kamen zig Menschen ums Leben. Hungersnöte in Äthiopien, der Sahelzone und wusste der Himmel, wo noch. Gut, dass sich der Europarat auf den Schutz des architektonischen Erbes verständigen konnte, dass Boris Becker als erster Deutscher und jüngster Tennisspieler aller Zeiten in Wimbledon siegte und Kasparow der jüngste Weltmeister in der Schachgeschichte wurde.

Gut auch, dass der Aschenbecher gerade geleert wurde und der Ober uns frisches Pils brachte. Und da wir uns ja in den kommenden Wochen und Monaten nicht mehr sehen würden, wurde der Deckel gewendet und wir hatten wieder Platz für die nächsten Runden. Irgendwann, so zirka 90 Minuten nach Mitternacht war dann Schluss. Mein Polizist aktivierte die letzten noch halbwegs funktionierenden Gehirnzellen, zahlte, gab reichlich Trinkgeld und wir verließen die Kneipe. Mit letzter Kraft schloss der Ober hinter uns ab und löschte das Licht. Die letzten Säufer hatten ihren Rausch wohl schon nach Hause geschleppt. Die Stadt schlief, der Himmel war klar, keine Autos und Abgase in den engen Häuserschluchten, kein Rattern und Quietschen von Straßenbahnen. Wer wollte da noch an einer glücklichen Zukunft dieser friedlichen und sauberen Welt zweifeln?

Wir verabschiedeten uns, kurz und ohne große Emotionen, so wie es sich für harte und betrunkene Männer gehört, ich steckte ihm noch unbemerkt einen kleinen Umschlag mit einem größeren Betrag in die linke Jackentasche, wünschte ihm alles Gute und verschwand in der Dunkelheit. Als ich mich nach vielleicht 50 Metern noch mal kurz umdrehte, stand er, wenn auch leicht schwankend, noch am gleichen Platz und schaute mir nach.

Wie war das noch: Wahre Freunde sind rar in diesen Zeiten. Nicht mein Problem, ich hatte ja ihn und Li und irgendwie auch Frank.

Ich war noch absolut nüchtern und nicht müde, also begleitete ich ihn aus sicherer Distanz und überzeugte mich, dass er wohlbehalten zu Hause ankam. Endlich hatte er das Schlüsselloch gefunden, die Tür öffnete und schloss sich, die Treppenhausbeleuchtung ging an, ich war beruhigt und machte mich als Heimloser auf den Heimweg. Die Straßen waren verlassen und nur ein Streifenwagen fuhr langsam an mir vorbei und hielt dann doch. Der Beifahrer stieg aus, fragte, ob alles OK sei, wünschte mir eine gute Nacht, nahm die Dienstmütze ab, stieg wieder ein und der Wagen verschwand fast geräuschlos in der Dunkelheit. Ich war wieder allein.

Der nächste Tag kam, ich hatte noch ein paar Stunden geschlafen und fühlte mich fit.

Der Termin für den Ausflug der ehrenwerten Familien näherte sich und mein Besuch in Bad Homburg war überfällig. Also telefonierte ich von der nächsten Telefonzelle mit Frank und wir machten für den späten Nachmittag einen Termin aus, da sein Vater offensichtlich schon mehrfach nach mir gefragt hatte. Ich hatte noch etwas Zeit und besuchte Samuel. Bei ihm lief alles bestens, privat und geschäftlich. Wie in alten Zeiten tranken wir unseren Kaffee, rauchten ein paar Zigaretten, plauderten über dies und jenes. Wir tranken noch einen Kaffee und verabschiedeten uns wie alte Freunde. Waren wir ja auch irgendwie und es fiel mir doch schwer, mir wieder in Erinnerung zu rufen, dass auch er eigentlich nur ein Verbrecher war.

Die Parkuhr war gerade abgelaufen und Bad Homburg wartete auf mich. Unterwegs kaum Verkehr und nach einer knappen halben Stunde stand ich vor dem Eingangstor.

Offensichtlich hatte man inzwischen eine Kontaktschleife angebracht, denn bevor ich aussteigen konnte, hatte sich die Kamera bereits auf mich eingeschossen und das große Tor öffnete sich automatisch und immer noch geräuschlos. Ich fuhr auf meinen Parkplatz, stieg aus und Mama und Frank erwarteten mich bereits auf der Treppe. Gut, dass ich noch ein paar Blumen besorgt hatte. Nach einer kurzen, aber herzlichen Begrüßung, wollte Frank sofort weiter in den Besprechungsraum.

Mama hatte mich aber liebevoll umarmt und hielt noch meine rechte Hand fest:

„Dass du nachher nicht einfach wieder verschwindest. Du musst mir noch erzählen, wie es dir geht. Versprochen? Und vernünftig gegessen hast du in den letzten Tagen wahrscheinlich auch nicht. Also bis nachher."

Dann folgte eine kurze, aber freundliche Begrüßung durch Chef und Thronfolger im Besprechungsraum und wir nahmen die übliche Sitzordnung ein. Ich berichtete ausführlich von meinen Informationen über die bereits erfolgte Infiltration des Nahen Ostens in die Familienstruktur und die positiven Reaktionen des Fernen Ostens auf unser erstes Kooperationsangebot. Vater und Söhne wechselten während meines Berichtes hin und wieder einige bedeutungsvolle Blicke.

Und der Chef ergriff das Wort:

„Alles, auch das, was wir inzwischen selbst erfahren konnten, bestätigt nur, in wie weit die seit Generationen bestehende Familienstruktur bereits unterwandert ist und in welcher Gefahr wir uns befanden. Die beiden Mordanschläge auf meinen Jüngsten zeigen dann ja auch, mit welcher Brutalität der Führungswechsel angestrebt wird."

Ich steckte mir eine Zigarette an, zog den Aschenbecher zu mir rüber und war mal wieder erstaunt, wie seriös und gepflegt so ein Gangsterboss eigentlich aussehen kann. Mama hat halt doch einen guten Geschmack, zumindest, was das Äußere anbelangt. Er war die geborene Führungskraft, strahlte Glaubwürdigkeit und Autorität aus. Dezenter Maßanzug, gepflegte Fingernägel und Hände, an denen keine Blutspuren zu erkennen waren. Und ein liebevoller, treusorgender Familienvater war er auch noch. Nur sein Beruf, seine Berufung waren das Verbrechen. Engel und Teufel, Buddha und Anti-Buddha, seine Organisation stand im Kampf gegen die aggressiven Eindringlinge, er stabilisierte das Immunsystem dieser Parallelgesellschaft und gab ihm neue Kraft. Immer wieder. Wer oder was saugte aber dann die neue positive Energie wieder ab? Wem nutzte der ewige Kreislauf der Karmavergeltung? Auch Verbrecher hatten anscheinend ihre klar definierte Rolle in diesem endlosen Energieproduzierungsprozess. Wenn es nichts mehr zu bekämpfen gäbe, wäre das das Ende der menschlichen Entwicklung und wir alle wären in diesem Theaterstück nur Schauspieler mit befristeten Arbeitsverhältnissen.

„Wir haben in den letzten Tagen und Wochen viel und wie ich sicher bin, erfolgreich gearbeitet. Ich möchte, dass wir vier heute Abend in einer kleinen Herrenrunde, bitte nehmt euch also nichts vor, über die Vergangenheit und Zukunft unserer Familie in dieser sich so rasant verändernden Welt philosophieren. Also bitte um 20.00 Uhr im Kaminzimmer."

Er stand auf, nickte kurz zu mir rüber und verschwand zu einem kleinen Spaziergang im Garten.

Seine beiden Söhne und ich natürlich auch, waren respektvoll, wie man es eben macht, wenn der Chef eine Besprechung beendet, ebenfalls aufgestanden und schauten ihm erstaunt nach. Wir setzten uns wieder und Frank murmelte:
„Die Zeiten haben sich anscheinend wirklich geändert. Eine Philosophenrunde im Kaminzimmer hat es in diesem Haus noch nie gegeben. Da bin ich mal neugierig."

Sein großer Bruder nickte zustimmend, schnappte sich meinen Unterarm und zog mich zum Fenster. Alles Panzerglas. Dann wieder zum Besprechungstisch mit den neuen Geheimfächern. Ich nickte anerkennend und wir verließen ebenfalls den Besprechungsraum. Auf dem Weg zu Mama gab er mir noch einen kurzen Überblick über den Fortschritt der übrigen Sicherheitsmaßnahmen und war dann sichtlich stolz, dass ich ihn in Gegenwart seiner Mutter entsprechend lobte. Mama und ein reich gedeckter Tisch hatten schon auf uns gewartet: „Stärkt euch meine Kinder, ich habe gehört, dass es mal wieder eine Neuerung in unserer Familie gibt. Eine Herrenrunde im Kaminzimmer, mein Gott, ich muss den Kamin ja noch anheizen, sonst fehlt euch ja die entsprechende Atmosphäre für eure Besprechung."

Und schon war sie weg und ein paar Minuten später wieder da, um nachzusehen, dass auch keiner ihrer Lieblinge inzwischen verhungert oder verdurstet war.

Pünktlich fanden wir uns im Kaminzimmer ein, das Holz prasselte und die Flammen verbreiteten eine gemütliche Stimmung. Der Beistelltisch war reichlich gedeckt mit den jeweiligen Lieblingsgetränken. Eiswürfel, Salzmandeln, Zigarren, Zigaretten und Aschenbecher standen ebenfalls bereit. Ja, das Rauchen ist ein uralter Ritus. Statt Salz und Brot auszutauschen, raucht man eine Friedenspfeife. Langsam und bedächtig zieht man den Rauch ein, behält ein wenig im Mund, bläst ihn dann aus und schaut ihm entspannt nach. Geht auch mit Zigaretten. Man kann damit Gesprächspausen oder peinliche Situationen überbrücken, bietet Zigaretten oder Feuer an, wobei die Erfahrung der Frontsoldaten aus dem 1. Weltkrieg beachtet werden muss, dass man nur Zweien die gleiche Flamme anbietet, da den Dritten unweigerlich der feindliche Scharfschütze trifft. Und wenn dein Gegenüber den Rauch nach unten bläst, ist er vorsichtig und du bist es besser auch. Er möchte den Durchblick erhalten und weiß, dass ihm die Welt feindlich gesonnen ist. Das gilt natürlich auch wieder für dich.

Vier schwere Ledersessel waren im Halbkreis um den Tisch und vor dem Kamin aufgestellt. Der Chef setzte sich, wir drei ebenfalls. Die Gläser klirrten, die Zigarren wurden angeschnitten und angezündet, wir lockerten, der Chef natürlich zuerst, die Krawatten, nickten uns mal wieder zu und der Chef begann:

„Jörg, nochmals herzlich willkommen in unserer Familie. Um ganz ehrlich zu sein, wir haben in den letzten Wochen oft über Dich gesprochen. Du hast dir unsere Dankbarkeit immer und immer wieder verdient, lehnst aber jede Entlohnung oder Belohnung immer wieder ab. Wir verstehen das zwar nicht, haben aber gemeinsam beschlossen dich so zu akzeptieren wie du bist. Außerdem hatte ich gegen meine Frau, die Dich in ihr Herz geschlossen hat, sowieso keine Chance."

Alle schauten mich jetzt erwartungsvoll an.

„Wer kann Mama schon widerstehen?"

Der Bann war gebrochen und selbst der Chef konnte ein Lächeln nicht unterdrücken.

„Wem sagst Du das?!"

Und er fuhr fort:

„Macht euch auf einen längeren Monolog gefasst. Wenn Jörg schon nichts von uns annehmen will, sollten wir ihm zumindest unser Vertrauen schenken. Kleines Wortspiel. Wie Du weißt Jörg, befindest Du dich in einer geschlossenen Gesellschaft mit eigenen Regeln. Ich will unser Gewerbe nicht mit aller Gewalt schönreden, aber der größte Teil des Deutschen Adels hat seine Wurzeln auch im Raubrittertum. Gewalt, Macht und Reichtum ermöglichte den Aufstieg in der Hierarchie des Staates, der Gesellschaft und sicherte und stabilisierte so nicht zuletzt auch die sozialen Strukturen der Gemeinschaft. Wenn wir heute z.B. Schutzgeld kassieren, so ist das nichts anderes, als wenn man früher Lehen vergab. Eine Jahrhunderte und Jahrtausende alte und erfolgreiche Tradition. Und wenn auch anfangs dieses Jahrhunderts alle Standesvorrechte abgeschafft wurden, gibt es auch heute noch die privatrechtlich organisierten Adelsverbände mit entsprechendem wirtschaftlichem und politischem Einfluss, von der gesellschaftlichen Anerkennung ganz zu schweigen. Und keiner fragt mehr, wie der Uraltadel oder der relativ neue Geldadel zu seinem Vermögen gekommen ist. Die Geschäfte werden immer legaler, der Einfluss größer und das Risiko kleiner. Das, Jungs, muss und wird unser Weg sein."

Es folgte eine kleine Pause. Holz wurde nachgelegt, eines der neuen Panzerglasfenster kurz zum Lüften geöffnet, Getränke nachgeschenkt und der Monolog ging weiter. Beispiele von erfolgreichen und ehrenwerten Familien wurden genannt, Söhne von Alkoholschmugglern konnten es sogar zum Präsidenten einer führenden Weltmacht bringen und wenn man sich nur richtig verkaufte, lag einem die Welt zu Füßen. Irgendwie hatte er Recht und doch sah ich dauernd nur den römischen Gott Janus vor meinem geistigen Auge. Münzen zeigen ihn mit einem Doppelgesicht, vorwärts und rückwärts blickend, sich von zwei entgegengesetzten Seiten zeigend.

Ein Gott speziell für den Schutz und die Unterstützung bei allen risikoreichen Unternehmungen. Außerdem ist der Januar nach ihm benannt, aber im Januar wäre meine Aufgabe ja beendet und ich würde seine Hilfe nicht mehr benötigen. Von ihm behauptet man auch, dass er der Gott des Anfangs und des Endes sei, als ob es einen Anfang und ein Ende geben würde. Nur weil wir uns in unserer Kurzsichtigkeit Maßeinheiten für Raum und Zeit geschaffen haben, um das große Unbekannte wenigsten in Teilabschnitten überschaubar und beherrschbar zu machen, glauben wir, dass alles einen Anfang und ein Ende haben muss, die Zeit, der Raum und natürlich auch das Leben. Der endlose Kampf zwischen dem Guten und dem Bösen gehört aber wohl zu den Dingen, die ewig Bestand haben werden. So kann man sich Verbrechen schön reden.

Der Chef war inzwischen wieder zum Grundsätzlichen zurückgekehrt, sprach von den unabdingbaren Verwaltungsaufgaben einer Syndikatsführung, vom branchenweiten Zusammenschluss spezieller Arbeiten und Aufgaben, vom Gesetz des Schweigens, von der Notwendigkeit, ein Mindestmaß an stabiler Organisation und bestimmter Rollenverteilung sicherzustellen, andererseits aber in isolierten Zellen zu agieren, die keine verwertbaren Spuren zur Gesamtorganisation hinterlassen.

„Immer sauber abschotten und wenn dann doch mal irgendwo Wasser eindringt, ist der entstehende Schaden überschaubar und meist auch leicht reparierbar. Hochmut kommt vor dem Fall. Auch die als unsinkbar geltende Titanic wurde von einem auf der Lauer liegenden Eisberg und einem überheblichen alten Kapitän versenkt. Das eindringende Wasser schwappte von Lagerraum zu Lagerraum, Rettungsboote gab es nicht genug, man war ja unsinkbar und so versank die Elite der damaligen Gesellschaft im eiskalten Wasser. Die Kapelle soll ja bis zum Schluss gespielt haben und die Abendgarderobe der feinen Gesellschaft passte zu dem sich abspielenden Drama. Von denen unter Deck sprach und spricht bis heute kein Mensch. Denkt immer daran, Jeder und Alles hat seine Schwachstellen und Verräter gibt es immer und überall, der unbesiegbare Siegfried könnte davon ein Lied singen."

Leichter Nebel hatte sich im Zimmer ausgebreitet. Wahrscheinlich war das Kaminholz doch noch zu feucht oder wir hatten einfach nur zu viel geraucht. Der Chef hatte seinen Monolog kurz unterbrochen, lüftete und legte dann doch noch persönlich Holz nach. Es war ja auch sein Abend. Die Glut fand wieder neue Nahrung und verwandelte das schlichte Holz in Wärme, Licht, Qualm und Asche. Wenn man ihm so zuhörte, hatte er mindestens den gleichen

Tiefgang wie die Titanic und doch war er nur der ungekrönte Chef einer Verbrecherorganisation. Und er war noch nicht am Ende: „Unser einziger geschäftlicher Kontakt läuft über die bekannte Wirtschaftskanzlei. Sie verwaltet auch unsere Finanzanlagen, schleust die Einnahmen in die Schweiz und das gewaschene Geld zurück. Sie erledigt unsere Einkommenserklärungen und ist die Steuerungszentrale für die übrigen operativen Einheiten, auf die ich hier nicht weiter eingehen möchte. Nur in Einzelfällen, wie bei Samuel Gerschwien, lassen wir uns persönlich vor Ort blicken, um den Kontakt zur Organisation nicht ganz zu verlieren oder wenn wir den Verdacht haben, dass irgendwo irgendwas nicht ganz sauber läuft. Disziplin und Ehrlichkeit ist alles und dazu gehört auch, dass sich jeder Unternehmer hin und wieder mal in seinem Betrieb blicken lässt. Stärkt die Loyalität und erhöht den Respekt oder, wenn ihr so wollt, die Angst. Um diese verschachtelte, mit unterschiedlichen Aufgaben betraute, operative Organisation am Leben zu halten, erheben wir traditionell eine 10%ige Steuer von den regionalen Familien. Dafür können sie dann, natürlich nur wieder über ihre vor Ort angesiedelten Wirtschaftskanzleien, auf diese Dienstleistungseinheiten zugreifen. Wie ihr vielleicht wisst oder eben auch nicht wisst, hat bereits Abraham den Zehnten von seiner Kriegsbeute an den König abgeliefert und auch in der Frühzeit des Christentums war bereits der Zehnt für die Kirche fällig. Natürlich gab es dann im Laufe der Geschichte immer mal wieder Phasen, in denen diese Abgabe der Nährboden für Aufstände war. Das ist immer und überall so mit den Steuern. Trotz Bauernaufständen und Reformation hat sich diese Abgabe aber vom Altertum über das Mittelalter bis in die frühe Neuzeit oder eben auch in Form der Kirchensteuer bis heute erhalten und bewährt."

Keiner von uns hatte bisher gewagt den Monolog zu unterbrechen, weder durch Fragen, noch durch unangebrachte Kommentare. Blickkontakt und zustimmendes Nicken war alles. Der Senior war zufrieden, wir hatten eine Menge gelernt und ich verstand langsam, warum es für die Polizei so schwer war, dieses Syndikat zu knacken. Nichts an seinem Vortrag war langweilig oder ermüdend, hier legte ein Unternehmer einem kleinen vertrauten Publikum dar, wie er die Welt sah und Janus hätte seine Freude daran, wieviel Seiten so eine Medaille haben kann. Gekonnt und glaubwürdig rechtfertigte er seine Rolle, seine Aufgabe in diesem Drama.

„So weit und so kurz zur Historie. Um im Vergleich mit dem Adel zu bleiben, für unsere Schiffstour haben wir nur die regionalen Fürsten, also den Hochadel, eingeladen. Ich möchte, dass Jörg formell als Organisationsleiter den Ausflug begleitet und als Ansprechpartner für alle Probleme den Gästen vorgestellt wird. So kann er sich unauffällig allen Gesprächsgruppen nähern, Jeden ansprechen oder sich von Jedem ansprechen lassen. Frank als formeller Gastgeber und Geburtstagskind wird mit mir und natürlich Mama die Gäste begrüßen und Du",

er schaute kurz rüber zu seinem Ältesten,

„hast Stallwache. Es sind nur noch ein paar Tage und vor Jörg liegt noch eine Menge Arbeit, Das Schiff ist bereits angemietet. Es muss aber noch auf Wanzen untersucht werden, vertrauenswürdiges Servicepersonal muss ausgesucht und eingearbeitet werden. Die Schiffscrew muss gecheckt und durchleuchtet werden, denn eins ist sicher: dieses erstmalige Treffen aller entscheidenden Familienoberhäupter kann und wird der Polizei nicht verborgen bleiben. Sie wird also versuchen Spitzel einzuschleusen. Es ist spät geworden. Ihr wart geduldige Zuhörer, lasst uns zum Abschluss noch über ein paar Details unseres Familienausfluges plaudern."

Er lehnte sich entspannt zurück, schaute uns erwartungsvoll an und war offensichtlich fest entschlossen seinen Stimmbändern ab jetzt eine längere Ruhepause zu gewähren. Entsprechend der Rangfolge ergriff sein Ältester das Wort und informierte mich ausführlich über alles, was für die geplante Schiffstour bereits erledigt war oder was eben noch erledigt werden musste. Ab kommenden Mittwoch war ein luxuriöser Ausflugsdampfer mit 42 Doppelzimmern, 20 davon im Oberdeck für die fürstlichen Gäste, der Rest im Unterdeck für das Begleitpersonal, angemietet. Die M/S – Schweiz würde dann am Samstag ab 9.00 Uhr auf die honorigen Gäste warten, um 11.00 Uhr vom Eisernen Steg ablegen und sich gelassen auf den Weg nach Rüdesheim und St. Goarshausen machen. Abgesehen von einer kurzen Rede des Chefs vor dem gemeinsamen Abendessen gäbe es keine feste Programmfolge. Ein Zauberer würde für etwas Abwechslung sorgen und wenn man denn den mittelfristigen Wettervorhersagen trauen dürfe, könne man von Sonnenschein ausgehen und die Passagiere würden es sicherlich genießen, die Bankenmetropole Frankfurt mal vom Schiff aus zu bewundern. Gemeinsam mit alten Bekannten, die man vielleicht seit Jahren nicht gesehen oder gesprochen hatte, könne man den Tag und das Catering genießen. Der Service müsse natürlich perfekt und diskret sein. Und wenn der Gesprächsstoff mal ausgehen sollte, auf einer Schiffstour gibt es immer was zu sehen, Schleusen, Brücken, Angler gleiten sanft vorüber und abends und nachts präsentieren sich schlichte Dörfer und Städte in geheimnisvollem Lichterglanz. Und wenn dann das Wetter doch überraschend schlecht werden sollte oder wenn es den Damen zu kühl werden sollte, könne man immer noch hinter den Galeriefenstern Schutz suchen. Die berühmte und berüchtigte Loreley bei St. Goarshausen würde sein Vater auch kurz in die Rede einbinden, so im Sinne von:

Wer sich in gefährlichen Wassern von seiner Aufgabe ablenken lässt, wird zwangsläufig untergehen. Eine gesonderte Getränkekarte sei gerade im Druck, mit allem, was das Herz begehrt und die Leber fürchtet. Wein in allen Schattierungen, alkoholfreie Getränke, Bier und der gewöhnungsbedürftige Apfelwein, Aperitifs, Champagner, harte, kalte und heiße Getränke. Auch an den Speisen habe man natürlich nicht gespart. Es werde alles geboten. Delikate Menüs und Buffets mit regionalen und exotischen Delikatessen. Ein Pianospieler im Salon würde das Programm ergänzen. Der gebotene Rahmen verspreche also einen angenehmen, reibungslosen und sicheren Ablauf.

Ein Rest Unsicherheit bleibe allerdings, da wir mit dieser Einladung erstmalig und geschlossen in der Öffentlichkeit erscheinen würden. Wir brechen also hier mit allen bewährten Traditionen. Sein Vater habe diese Entscheidung aber bewusst getroffen und werde dies auch in seine kurze Rede einbinden.

Die Stimmbänder des Chefs waren offensichtlich wieder einsatzbereit:

„Richtig, die Zeiten haben sich geändert und wer nicht mit der Zeit geht, geht mit der Zeit. Seit zig Jahren, wenn man es genau nimmt, seit Generationen haben wir und auch die anderen Familien unser Vermögen immer stärker in legale Geschäfte investiert. Wir haben Unternehmensbeteiligungen oder ganze Firmen erworben, sitzen in Aufsichtsräten und besitzen Aktienmehrheiten. Wir spenden an bedürftige Vereine, Mitbürger oder Abgeordnete. Oberhalb unseres eigentlichen Gewerbes haben wir also ein sicheres zweites Standbein aufgebaut, das gemeinsam ausgebaut werden muss. Das geschieht natürlich am besten dadurch, dass man regional bestehende Kontakte koordiniert und zum gemeinsamen Vorteil einsetzt. Jeder wird oder muss etwas zum gemeinsamen Nutzen einbringen. Symbolisch also:

Wir sitzen gemeinsam in einem Boot, Leinen los, neuer Kurs und volle Kraft voraus zu neuen Horizonten und in eine bessere und sichere Zukunft! Dann werden wir die Reaktionen zu bewerten haben. Jörg, ich vertraue hier auch auf Deinen Instinkt, Deine Vorahnungen und Menschenkenntnis."

Eine ganze Menge Stoff für einen gemütlichen Herrenabend am Kamin, aber die Zeiten waren hart, die Aschenbecher voll und die Gläser leer.

Der Chef schwächelte etwas:

„So, Schluss jetzt, ab ins Bett, Jörg schläft im Gästezimmer, ab sofort tägliche Lagebesprechung um 20.00 Uhr. Jörg, mach Dich bitte schlau, was der Arbeitskreis Organisierte Kriminalität der Polizei von unserem Treffen weiß und hält. Danke und gute Nacht, wir sehen uns zum Frühstück."

Die Nacht war kurz und das gemeinsame Frühstück ebenfalls. Ich wusste, dass alles glatt laufen würde, hatte aber den klaren Auftrag Nachforschungen anzustellen, was der Polizei über unser Treffen bekannt sei und mit welchen Schwierigkeiten wir eventuell zu rechnen hätten.

Ich machte mich also auf den Weg in mein geliebtes Frankfurt und schlenderte entspannt durch die grünen Zonen dieser wunderschönen Stadt. Ich verabredete mich mit meinem geschätzten Polizisten, der sich sichtlich freute, dass ich ihn und seine Hilfe schon wieder benötigte, trank noch einen Kaffee, blätterte gedankenverloren und eigentlich ziemlich desinteressiert in der Frankfurter Abendpost und beschloss, den freien Nachmittag am Mainufer zu verbringen. Das Wetter war schön und meine Bank hatte mich sicherlich schon vermisst. Anscheinend war ich aber nicht der Einzige, der heute frei hatte und das schöne Wetter genießen wollte. Vorbei an der Paulskirche, dem Dom und Römer musste ich unzähligen Touristen und sonstigen Müßiggängern ausweichen, die erlebnishungrig und hektisch die Sehenswürdigkeiten bewunderten, bevor ich endlich am Mainufer und dem Eisernen Steg ankam. Verdammt, wer arbeitete eigentlich noch?

Wie auch immer, meine Bank war besetzt. Eine ältere Dame, vielleicht so um die 70, hatte es sich gemütlich gemacht und fütterte eine kleine Entenschar und diverses anderes Federvieh mit Brotstückchen. Nicht gerade die Ruhe, die ich gesucht hatte. Aber nicht nur die Gedanken, sondern auch die Parkbänke sind ja frei. Frei auch für mich. Also fragte ich, ob ich neben ihr Platz nehmen dürfte, was sie mir nach kurzer Musterung gnädig gestattete. Eine sympathische Erscheinung mit mildem Lächeln, wenn einer der Brotempfänger etwas zu dreist wurde oder aggressiv auf einen anderen gefiederten Schnorrer losging. Offensichtlich lebte sie allein, denn niemand sagte ihr, dass die Farbzusammenstellung der Kleidung den Durchschnittsgeschmack verletzte und die Schminke übertrieben und ungeschickt aufgetragen war. Egal. Sie war ein gütiger Mensch, der wohl alles überlebt hatte, was ihr wichtig und teuer war.

Auch sie hatte mich natürlich unauffällig gemustert und suchte jetzt das Gespräch:

„Ein wunderschöner Spätsommertag und alles ist so friedlich, finden Sie nicht auch?"

Fand ich natürlich auch, warum sollte ich ihr die Illusion rauben? Die Enten kämpften um die letzten Brotkrumen und sie begann zu erzählen. Sie sprach von ihren beiden Söhnen, die sich beruflich erfolgreich mit ihren Familien nach München abgesetzt hätten, aber immer noch und auch regelmäßig den Kontakt zu ihr suchten. Von ihrem Stolz auf die Enkelkinder, die gesund, gut erzogen, fleißig und intelligent seien und sie auch regelmäßig zu Weihnachten und dann auch noch am Geburtstag besuchen würden.

Ihre Augen waren beim Erzählen feucht geworden und sie kramte umständlich ein kleines handbesticktes Taschentuch aus ihrer Handtasche:

„Hat meine Enkelin Doris eigenhändig für mich gestickt, obwohl sie doch erst 6 Jahre alt ist. Ein sehr liebes und wie sie sehen können auch sehr geschicktes kleines Schätzchen. Ein Geburtstagsgeschenk. Und jeden Sonntag, pünktlich um 6, werde ich angerufen. Gute Kinder, ich kann wirklich zufrieden sein."

Und sie erzählte und erzählte, dass ihr Mann, ihre Jugendliebe, leider viel zu früh verstorben sei, aber das sei wohl so, dass die Männer immer zu früh sterben. Sie habe aber eine gute Rente, könne die Miete bezahlen und gesund sei sie auch, von einigen kleinen altersbedingten Beschwerden mal abgesehen. Man konnte ihr wirklich gut zuhören und fast bedauerte ich, dass sie nach einer runden Stunde ihre Erzählungen plötzlich abbrach, aufstand und sich verabschiedete:

„So, vielen Dank für das Gespräch, ich wünsche Ihnen alles Gute und noch einen schönen Tag, vielleicht sieht man sich ja mal wieder."

Unwahrscheinlich, aber man wusste ja nie. Sie entfernte sich mit kleinen vorsichtigen, aber zielstrebigen Schritten und die Bank gehörte wieder mir und ihr.

Die alte Dame hatte ihren Mann termingerecht verloren, OK, Frauen leben länger, aber warum hatte man mir meine Liebe so lange vor der Zeit genommen? Aber wann ist schon die richtige Zeit? Irgendwie ist es immer zu früh. Das hatten sicherlich auch die Anhänger der Monarchien so empfunden, ebenso die Diktaturgläubigen und das würden auch die Anhänger der Banken und Großindustriellen so empfinden, wenn deren Zeit gekommen war. Die Zeichen der Götterdämmerung sind bereits unübersehbar und die große Zeit der Eintagsfliegen wird beginnen. Die Gier nach dem schnellen Dollar und das Aufsaugen von Nichtigkeiten würden die Welt beherrschen.

Und mich beherrschte nur der Wunsch nach Rache und Vergeltung und scheinheilig wie ich manchmal doch noch war, die Erfüllung meines Auftrages.

Die Stunden vergingen, die Sonne machte langsam Feierabend und aller Eifer und Zorn waren von mir abgefallen, als mein Polizistenfreund pünktlich auftauchte.

„Lange nicht gesehen, ist doch schon wieder Stunden her. Komm setz Dich zu mir und lass mich am reichen Schatz Deines Wissens teilhaben."

Er war anscheinend bestens drauf, setzte sich neben mich und schaute mich erwartungsvoll an:

„Was willst Du alles zu welchem Thema wissen, kurz oder ausführlich und wieviel Zeit haben wir?"

Ich schilderte ihm kurz meine Sicherheitsbedenken wegen des anstehenden Familientreffens auf dem Main und dass ich von ihm gern einen allgemeinen Überblick über die Polizeizuständigkeiten und konkrete Informationen über eventuell bereits eingeleitete Überwachungsmaßnahmen hätte, da ich mir beim besten Willen nicht vorstellen könne, dass ein Treffen dieser Art unbemerkt stattfinden würde.

Ein Grinsen hatte sich in seinem Gesicht breitgemacht:

„Ja, unterschätze nie die Ordnungsmacht, allerdings sollte man sie auch nicht überschätzen. Ich fang mal an zu erzählen und Du unterbrichst mich aber nur, wenn ich zu langatmig werde oder Du Hunger und Durst hast und wir den Standort wechseln müssen. OK?"

Ich nickte und brachte meinen Körper in eine bequeme Zuhörerhaltung. Er schaute nochmal kurz auf den Fluss, brachte seinen Körper in die unbequeme Erzählerhaltung und begann:

„Natürlich wissen wir seit Tagen von diesem Treffen. Wir kennen Zeitpunkt und Ort, haben aber keine Ahnung, was das Ganze soll. Warum die Ratten aus ihren Löchern kommen und sich gemeinsam in der Öffentlichkeit so zur Schau stellen, sich diese Blöße geben? Aber da wirst du ja besser Bescheid wissen. Neue und belastbare Erkenntnisse versprechen wir uns eigentlich nicht von den diversen Überwachungsmaßnahmen dieser Familienfeier, aber, wie gesagt, rätselhaft ist das Ganze schon. Wanzen und ähnliches Ungeziefer hat die Staatsanwaltschaft vom Gericht nicht genehmigt bekommen, da angeblich kein hinreichender Tatverdacht besteht. Lustig oder? Um diesen Irrsinn zu erklären, muss ich jetzt aber etwas weiter ausholen. OK?" Ich nickte und er begann zu erzählen. Zunächst von seiner Mitgliedschaft in der Gewerkschaft, die in die internationale Vereinigung der Polizeigewerkschaften eingebunden und von den unterschiedlichsten Aufgaben und Funktionen dieser über 150.000 Mitglieder. Hier befasse man sich zwar überwiegend mit den allgemeinen Arbeits- und Lebensbedingungen der Mitglieder, verfolge aber auch als Berufsorganisation gesellschaftliche und politische Ziele im Hinblick auf polizeiliche Aktivitäten, auch oder besonders bei der Bekämpfung der internationalen organisierten Kriminalität.

„Du kannst Dir nicht vorstellen, wie viele auch vertrauliche Informationen bei Kaffee- und Zigarettenpausen oder abends beim Bier so ausgetauscht werden."

Doch, konnte ich mir vorstellen und da ich keine Fragen stellte, fuhr er fort und erzählte vom Kampf gegen die Bandenkriminalität, bei der man im Rahmen der EU-Politik nur einen geringen Spielraum habe. Das einzig Ehrliche an diesem Staatengebilde sei die Wahl des Namens, symbolisiere er doch ein wunderschönes, unschuldiges, aber naives Gebilde, dem man sich mit bösen Absichten leicht nähern könne, wenn man sich und seine Worte nur geschickt verpacke. Verführung und Entführung, die griechische Mythologie zeige uns, dass auch Gottväter nur Menschen sind und wer wolle schon immer alles so genau wissen? Ein eiserner Vorhang habe sich zwischen gesetzestreuen

Normalbürgern und dieser kriminellen Parallelgesellschaft gesenkt, nur überwindbar mit den ewig gültigen Reisepässen Geld, Macht und Beziehungen. Als Winston Churchill zuletzt diesen Begriff am Ende des Zweiten Weltkrieges ins politische Spiel brachte, habe er sicherlich nur die kilometerbreiten vom Militär streng bewachten Grenzstreifen vor Augen gehabt, aber auch die seien letztlich doch durchlässig geworden. Die Gier nach den Devisen von Urlaubern oder dem Einkommen von Gastarbeitern mache auch diese physisch perfekten Grenzen durchlässig. Geld finde immer seinen Weg und wenn es in kommunistische Diktaturen sei, nur weil sich die jeweilige Politprominenz mal wieder einen kleinen oder größeren Luxus leisten wolle, den ein Arbeiter- und Bauernstaat nun mal nicht hervorbringe. Auch unsere Rechtspolitik habe sich längst dieser Macht gebeugt, zumal man ja auch ganz persönlich durch Mord, Entführung oder Erpressung negativ betroffen werden könne. Da sei es doch besser und gefahrloser einfach Geld anzunehmen oder zu waschen und Geldwäsche müsse doch eigentlich ein sauberes Geschäft sein, sage ja schon das Wort. Während Polizei und Verfassungsschutz Hand in Hand mit Schwerpunkt bei der Bekämpfung des Rechtsextremismus zusammenarbeiten, führen die großen Gangsterorganisationen ein sicheres und bequemes Leben. Er räusperte sich und holte tief Luft:
„Hilfe, ich brauch jetzt einen Blutdrucksenker, ein Pils. Einverstanden?"
Natürlich war ich einverstanden, zumal es auch langsam kühl geworden war. Wir machten uns also auf in unsere kleine gemütliche Kneipe. Er hatte sich aber so in Rage geredet, dass er auch auf dem kurzen Fußweg noch über die unfähigen, feigen und korrupten Politiker schwadronierte. Mitglieder des Bundestages oder der Landtage seien ja laut Gesetz keine Amtsträger und würden somit keine Straftat begehen, wenn sie Bestechungsgelder annähmen.

Und wenn dann doch mal einer verurteilt würde, seien die Strafen viel zu mild. Und dann noch die Vetternwirtschaft oder der rege und ertragreiche Wechsel in die freie Wirtschaft nach meist auch noch erfolgloser Politikerkarriere habe doch mehr als nur ein Geschmäckle an sich. Hier erfolge doch eine Kompensation für dubiose geleistete Dienste. Ein eigentliches Korruptionsstrafrecht gebe es ja nicht, nur das mit der Korruption verbundene Unrecht werde bestraft. Das Ganze sei sehr kompliziert und damit für Nichtjuristen praktisch undurchschaubar und verwirrend. Und so sei es ja wohl auch geplant gewesen. Clever gemacht.

Er war so in seinem Element, dass ich ihn an jeder Fußgängerampel bei Grün leicht über die Straße schieben musste.

Nur ein Prozent der verfolgten Korruptionsfälle kämen aus dem Bereich der Politik, wer wolle oder könne das glauben. Sogenannte Netzwerk-Korruption seien umfangreiche Straftaten die in den meisten Fällen der organisierten Kriminalität zugeordnet werden könnten. Hier flössen Schmiergelder und Sachgeschenke in gigantischer Größenordnung. Ganz zu schweigen vom Lobbyismus, der sich zu einem honorigen Berufszweig entwickelt habe.

Und dann der immer wieder belegte Einfluss der Politik auf die Strafverfolgungsbehörden, wenn bekannte und einflussreiche Personen in Gefahr gerieten. Es fehle einfach das Unrechtsbewusstsein. Provisionen oder wie immer man es nennen möge, würden als ein legitimer Teil des Einkommens angesehen. Das freie Mandat sei also ein Freibrief und die Strafverfolgungsbehörden besäßen nicht den dringend erforderlichen Handlungsspielraum bei der Erledigung ihrer Aufgaben.

Wir waren angekommen und er musste seinen Redefluss kurz unterbrechen. Es war noch früher Abend und wir fanden einen kleinen gemütlichen Ecktisch mit leerem

Aschenbecher. Auch die Bedienung funktionierte und pünktlich nach sieben Minuten kam unser erstes Pils. Die grüne Sauce mit hart gekochten Eiern und Salzkartoffeln war sicherlich auch schon in Arbeit. Aber seine Vorlesung war noch nicht zu Ende:

„Glaub mir, diese scheinheilige Liberalisierung aller Lebensbereiche wird noch unser Ende sein."

So sah ich das auch und ebenso ein Herr Kurt Tucholsky, der schon vor hundert Jahren festgestellt hatte, dass Jemand, der nach allen Seiten offen sei, nicht ganz dicht sein könne.

Das nächste Pils kam, sein Akku war wieder aufgeladen und er schwärmte von der Firma CIA, der allmächtigen NSA oder dem FBI, dem Federal Bureau of Investigation, der zentralen Sicherheitsbehörde der USA für Strafverfolgung und Inlandsgeheimdienst, mit seinen staatenübergreifenden Befugnissen, die mit einem US - Dollar Budget in Mrd.-Höhe ausgestattet war. Natürlich gebe es auch hier Machtmissbrauch und politische Instrumentalisierung und die CIA habe sich ja, wie wir alle noch in Erinnerung hätten, trotz aller materiellen, militärischen und politischen Möglichkeiten ganz schön blamiert, als sie 1961 versucht hatte mit einer Invasion in der Schweinebucht das Castro-Regime zu stürzen. Na ja, nichts sei halt perfekt, aber besser als die lächerliche Interpol-Organisation sei es allemal.

Interpol, diese internationale kriminalpolizeiliche Behörde sei ja schon vor weit über 50 Jahren gegründet worden, alles ohne völkerrechtlichen Vertrag und bis heute habe kein Parlament der über 100 Mitgliedsstatten die Tätigkeit unterstützt. Wie sollte man auch internationale Verbrechen unter Berücksichtigung nationaler Gesetze und der schwammigen Menschenrechte, die jeder anders auslegt, bekämpfen? Was sich also entwickelt hat, ist eine Verwaltungsbehörde und Quatschbude oder, wie die Politiker sagen würden, eine weitere erfolgreiche internationale

Organisation, deren Hauptfunktion die Gewährleistung eines globalen Kommunikationssystems und die Koordinierung gegenseitiger Unterstützungsmaßnahmen ist. Finanziert werde das Ganze über ein jährliches Budget von ein paar Mio. D-Mark. Natürlich habe Interpol keine eigenen Agenten. Die jeweiligen Länder ermitteln und verfolgen selbständig, die nationale Souveränität stehe somit über allem, auch über dem Erfolg. Und somit ist auch logisch und klar, dass Interpol zunehmend von korrupten und autoritären Staaten missbraucht werde. Hinzu käme noch der finanzielle Druck und die Aufstockung des eigenen Budgets durch diverse Kooperationen mit Industrie und Handel.

Unser Essen war längst gekommen und wenn ich auf eine kleine Vortragspause gehofft hatte, hatte ich mich eben mal geirrt. Er war in seinem Element und keine grüne Sauce konnte ihn bremsen. Ein kurzer Toilettengang, ein neues Pils und es ging weiter. Eigentlich kein Problem, war ja wirklich interessant.

Er war jetzt beim Bundeskriminalamt angekommen, das die Zusammenarbeit der Landeskriminalämter koordinierte, insbesondere bei schweren Verbrechen mit Auslandsbezug. Laut Grundgesetz liege ja die Polizeihoheit bei den Bundesländern und die Alliierten hatten das BKA gerade noch so erlaubt. Also noch so eine Folge des verlorenen Weltkrieges und der Erinnerung an das Reichssicherheitshauptamt.

Irgendwie habe sich aber dann doch eine Zuständigkeit für den internationalen Rauschgift-, Waffen- und Falschgeldhandel eingeschlichen und in den vergangenen Jahren wegen der RAF auch noch die Bekämpfung des Terrorismus.

„Kannst du mir noch folgen? Kannst du da irgendwo eine Struktur, einen Sinn erkennen? Soll ich weitererzählen? Der Irrsinn ist nämlich noch nicht zu Ende."

Wo es keinen Sinn gibt, konnte ich natürlich auch keinen entdecken, bat ihn aber einfach weiter zu erzählen. Was er dann auch tat.

Was könne man vor diesem Hintergrund denn schon gegen die nationale und internationale organisierte Kriminalität mit ihrer Einflussnahme auf Politik, Medien, Verwaltung, Justiz oder Wirtschaft tun? Der Bürger sei in der Regel nicht unmittelbar von dieser kriminellen Parallelgesellschaft berührt, spüre aber instinktiv, dass es hier offensichtlich einen rechtsfreien Raum gebe und somit schwinde seine Achtung vor dem Gesetz und seinen Hütern, was man ja irgendwie auch verstehen könne. In Planung sei zwar der Auf- und Ausbau einer OK-Bekämpfungseinheit, zweifelhaft sei aber, ob die gegen die fortschreitende Globalisierung anstinken könne. Da den Ermittlern also oft die Hände gebunden seien, sei es kein Wunder, dass die internationalen Verbrecherclans sich den Wirtschaftsraum Deutschland auch als Ruhe- und Rückzugsraum ausgesucht hätten, was wiederum einen Rückschluss auf die Effizienz von Politik und Justiz zulasse. Die Anti-Mafia-Kommissionen und Ausschüsse tagen und tagen, während die Verbrecherorganisationen den Wirtschaftsstandort Deutschland längst aufgeteilt haben und gelassen abernten. Illegale Geschäfte mit Mrd.-Umsätzen und -Gewinnen werden getätigt, unterstützt von Steuerberatern, Rechtsanwälten und Notaren, alles ehrenwerte Mitbürger, mit sauberen Hemden und weißen Kragen. Alles sehr geschickte und professionelle Profis, so dass kaum oder nur sehr selten ein Anfangsverdacht zu begründen sei. Somit gebe es keine Abhörchancen und die Gelder seien im Zweifelsfall im Spielcasino gewonnen oder von einer Tante in New York in bar vererbt worden. Die Dummheit und Dreistigkeit dieser Lügen seien nicht das Schlimme. Rasend mache ihn und seine Kollegen aber die eigene Hilflosigkeit und das verlogene Pack der Rechtsverdreher. Seit Jahrzehnten würde dieses schmutzige Geld mit Hilfe von Steuerberatern in den realen Wirtschaftskreislauf eingespeist. Billiges Geld ermögliche billige Preise und so komme man über Strohmänner auch an öffentliche Aufträge. Weiß der Himmel, wer vor ein paar Jahren das neue Polizeirevier in der Innenstadt gebaut habe. Eine Lachnummer, wenn es nicht so traurig wäre.

Er blickte kurz auf, schob das leere Bierglas zur Seite, schaute mir in die Augen und knurrte:

„Deine Arbeitgeber können also ganz beruhigt sein, von uns droht keine echte Gefahr. Wir werden das Ganze zwar aus sicherer Distanz beobachten, aber das war es dann auch schon."

Ein schönes Schlusswort für unser Arbeitsgespräch, na ja, ein Gespräch war es ja eigentlich nicht, eher eine Privatvorlesung über das Elend dieser Welt und die noch trüberen Aussichten für die Zukunft. Alles nach dem Motto, dass es mir heute zwar schlechter geht als gestern, aber doch noch besser als morgen. Vor diesem Hintergrund bestand für unseren Familienausflug wohl keine Gefahr.

Irgendwann in naher Zukunft wird man Erdnüsse, Pils und Zigaretten auf Rezept gegen Depressionen bekommen. Früher war man einfach nur *Scheiße drauf*, heute ist man krank und hat Depressionen. Nur die Krankenkassen waren mal wieder im Verzug und wir mussten unsere Antidepressiva selbst bestellen und bezahlen. Sicherheitshalber hatte ich noch einen Korn bestellt und mein Freund erzählte von der Familie, den Söhnen, der Urlaubsplanung und von dem, was er so alles vorhabe, wenn er endlich das Pensionsalter erreicht habe. Von ausgiebigen Wanderungen in der Natur, von luxuriösen Schiffsreisen, von Wochenendtouren nach Rom, Paris und London. Er schwärmte von der Entwicklung seines Nachwuchses, bestellte die nächste Runde und war jetzt einfach nur super drauf. Die Antidepressiva zeigten Wirkung. Der Abend endete wie immer, wir waren die letzten Gäste und wie immer waren wir großzügig mit dem Trinkgeld. Und wie gewohnt begleitete ich ihn noch ein Stück auf seinem Nachhauseweg. Wir hatten uns untergehakt, denn betrunkene Freunde machen das manchmal so. Nach ein paar Schritten blieb er stehen, ich zwangsläufig auch, schaute mich an und brummelte leicht angesäuselt:

„Du bist mein einziger Freund, ich schulde Dir so viel und quatsche Dir den ganzen Abend nur mit meinem Kram die Ohren voll. Natürlich möchte ich wissen, ob es Dir gut geht, ob Du zufrieden und glücklich bist. Ich weiß aber auch, dass Du Dich einer Aufgabe verschrieben hast, der Du alles unterordnest. Also frage ich nicht. Vielleicht haben wir danach, später, irgendwann die Chance uns auch persönlich, menschlich noch näher zu kommen. Ich werde warten und Du sagst mir, wenn es soweit ist. OK?"

Was sollte, konnte ich schon sagen, außer:

„Danke mein Freund, Du schuldest mit gar nichts und auf Dein Angebot komme ich garantiert zurück."

Wir umarmten uns kurz, er verschwand aus dem Laternenlicht in Richtung Heimat und wie üblich, ich war ja nüchtern und hatte jede Menge Zeit, begleitete ich ihn aus sicherer Distanz, wartete wieder bis die Treppenhausbeleuchtung angegangen war und schlenderte dann in Richtung meiner Behausung. Diese nächtlichen Spaziergänge hatten immer wieder ihren besonderen Reiz. Heute war es kühl, Nebel hing dick und feucht in der Luft und das Licht der Straßenlaternen wirkte gespenstisch weiß. Dafür war das Kopfsteinpflaster schwärzer als sonst. Yin und Yang. Weiß konnte es nur geben, weil es eben auch Schwarz gab. Und das Gute konnte es nur geben, weil es eben auch das Böse gab, sonst: ja, was sonst? Es war eine traumhaft schöne Nacht. Ich machte noch ein paar Umwege und genoss die Wege und die Stille und wurde eins mit diesem Ganzen. Dazu gehörten auch die Eltern und die Traditionen, der

Muff von 1.000 Jahren, der sich angeblich unter den Talaren versteckte und alles ausbremste. Das gelte es jetzt mit allen Mitteln zu bekämpfen. Das Neue, die Veränderung ist der Götze des Tages und morgen wird wieder eine neue Sau durchs Dorf getrieben. Auch hier wieder der ewige Kampf zwischen neu und alt. Und der goldene Mittelweg besagt, dass nur weil etwas neu ist, es nicht zwangsläufig auch gut ist und nur weil etwas alt ist, es nicht schlecht sein muss. Aber die Neugier beherrscht alles und alle und der Neusprech hatte das Denken erfolgreich abgeschafft.

Am nächsten Morgen stand ich überpünktlich vor dem Eisentor, meinem Bermuda-Dreieck, dem Zugang in die Parallelwelt.

Da mochten sich die Physiker und Mathematiker noch lange streiten, ob und wieviel Parallelwelten es wohl so geben möge. Die Kriminalisten konnten darüber nur mitleidig lächeln. Sie hatten ihre Parallelwelt entdeckt und die sicherte und gab ihnen Lohn und Brot. Und diese Welt breitete sich aus, auch so ein Naturgesetz, dass das, was sich nicht vermehrt, eben ausstirbt. Aber keine Angst, Unkraut vergeht nicht.

Das Tor hatte sich geräuschlos geöffnet, mein Familienparkplatz war frei und Mama und Frank warteten schon wieder an der Eingangstür. Ich heute mal ohne Blumen. Mama war etwas enttäuscht und ich nahm mir fest vor, sie beim nächsten Mal mit einem riesigen Strauß, durchsetzt mit ihren Lieblingspralinen, zu überraschen. Sie überspielte ihre kleine Enttäuschung mit einer liebevollen, nicht enden wollenden Umarmung, zog mich am Arm an Frank vorbei in die Küche:

„Alles hat jetzt wieder seine Ordnung und Du bekommst erstmal einen Kaffee."

Frank lächelte nachsichtig, aber der Chef stand schon in der Küchentür:

„Na, alles OK? Gefällt Dir unsere Küche? Nichts zu sehen vom Panikraum, aber alles ist fertig. Nimm Dir Deinen Kaffee mit, wir haben noch viel zu besprechen."

Wir machten uns also auf den Weg in den Besprechungsraum, wo schon der ältere Bruder auf uns wartete und mich sofort ans Fenster zog:

„Na, fällt Dir noch irgendwas auf? Gefällt Dir der neue Rollrasen? Der Tunnel ist fertig, die Falltür eingebaut und neu gestrichen haben wir den Pavillon auch noch. Mama konnte sich endlich ihren Wunsch nach neuen Gartenmöbeln erfüllen und alles andere ist natürlich auch erledigt. Praktisch alles über Nacht. Los, lob uns und erzähl, wie es bei Dir gelaufen ist."

Der Chef übernahm jetzt wieder die Initiative und zog mich leicht am Ärmel zurück an den Besprechungstisch. Irgendwie zog heute jeder an mir rum.

„Wie Du siehst, sind wir gut vorbereitet. Was in den nächsten Tagen noch kommt, sind ein paar Lebensmittel, ein paar Schnellfeuerwaffen und der Sprengstoff. Mein Ältester hat alles im Griff. Jetzt erzähl, auf was müssen wir uns noch bezüglich der Schiffstour vorbereiten?"

Ich erstattete ausführlich Bericht von der Hilflosigkeit und Resignation bei Justiz und Polizei. Ich übertrieb nichts, ließ aber auch nichts aus. Vater und Söhne wechselten hin und wieder zustimmende oder bestätigende Blicke und nichts von dem, was ich so von mir gab, schien neu oder überraschend für sie zu sein. Kein Wunder, man war ja auch schon etwas länger im Geschäft als ich.

„Das ist gut und beruhigend. Trotzdem solltest Du, wie abgesprochen, mit erfahrenen Kammerjägern das Schiff nach Wanzen und das Servicepersonal nach Agenten gründlich durchleuchten."

Klar, würde ich machen, war ja auch so vereinbart. Die Themen waren klar, die Aufgaben verteilt und es war früher

Nachmittag geworden. Vater und Söhne waren entspannt und mit sich und der Welt zufrieden.

„Unser letzter Herrenabend am Kamin hat mir gut gefallen. Wir sollten das wiederholen. Also meine Herren, pünktlich um 20.00 Uhr am Kamin. Ausreden lasse ich nicht gelten. Stärken sie sich vorher, es gibt wieder Alkohol und Gespräche über Gott und die Welt."

Passte mir gut, ich hatte ja noch eine Idee zu verkaufen, also suchte ich zusammen mit Frank Mama in ihrem Küchenreich auf. Mama strahlte und fütterte ihre Jungs. Der ältere Bruder hatte sich uns zur Fütterung noch angeschlossen, wie es das Naturgesetz der Mutter- und Bruderliebe nun mal vorschrieb:

„Habe schon gehört, dass es wieder einen Herrenabend am Kamin gibt, also haut ordentlich rein. Nichts geht über eine gute Grundlage, solltet Ihr doch langsam wissen."

Sie tischte auf, beobachtete jeden Bissen, runzelte bei jedem Zögern leicht die Stirn, legte nach, bevor wir uns zum Grunde des Tellers vorarbeiten konnten und nur die Uhrzeiger retteten uns. Kurz vor 8 machten wir uns auf den Weg und gerieten vom Regen in die Traufe. Vater, also mein Chef, wartete schon mit jeder Menge Salzmandeln, Erdnüssen, Tabak und Alkohol auf uns:

„Schön, dass Ihr pünktlich seid. Ich habe natürlich nichts anderes erwartet. Lasst uns auf den heutigen Abend und einen guten Verlauf unserer Projekte anstoßen."

Wie immer, wenn die Erwartungshaltung an die Wiederholung eines schönen Ereignisses zu hoch ist, begann der Herrenabend etwas zäh.

Der Chef ergriff das Wort:

„Jungs, was ist los mit Euch? Alles läuft doch bestens, endlich ist mal was los in dieser Welt. Ich hatte schon Angst Rost anzusetzen. Was haben wir nicht alles in den letzten Tagen und Wochen geschaffen, um unsere Zukunft sicherer und ertragreicher zu machen! Jörg, was ist los mit

Dir, Du wirkst so geistesabwesend. Bedrückt Dich was? Raus damit, wir sind unter uns, das ist ein Befehl!"

Er lächelte mir vertrauensvoll und aufmunternd zu, wie Väter das nun mal mit ihren Söhnen tun. Zweifel kamen wieder in mir auf, ob Hass oder Schicksal oder sonstige hohe Mächte das Recht hatten, mich mit der Ermordung dieses liebevollen, besorgten, väterlichen Freundes zu beauftragen. Vielleicht war auch alles viel harmloser und ich war nur der Naturschutzbeauftragte, der dafür Sorge zu tragen hatte, dass sich das menschliche Ökosystem durch Brände wieder regenerieren konnte. Wie auch immer, mein Stichwort war gefallen:

„Nein, alles OK, zumindest persönlich, nur mache ich mir, seit meinem kleinen Vortrag von heute und ich habe sehr wohl registriert, dass da nichts Neues für euch dabei war, so meine Gedanken, ob wir mit unseren Maßnahmen das Übel wirklich an der Wurzel packen?"

Frank schaute mich besorgt an:

„Komm, los, erzähl mal, bisher haben wir noch keinen Unsinn von Dir gehört und sind immer gut gefahren, wenn wir auf Dich gehört haben. Stimmt doch Papa oder?"

Der Chef griff zum Glas und nickte wohlwollend:

„Leg los! Wir sind vorbereitet und Zeit haben wir auch."

Ich begann damit, dass sich zumindest aus meiner Sicht in den letzten Jahrzehnten der Wirtschaftsraum Deutschland immer weiter in die Hände von Kartellen begeben habe, das gelte auch für die OK. Während in der legalen Wirtschaft das Bundeskartellamt hin und wieder kleine Erfolge beim Kampf gegen den Missbrauch marktbeherrschender Unternehmen verzeichnen könne, habe sich im Bereich der Kriminalität ein unfairer Wettbewerb etabliert. Den Kleinkriminellen und Einzeltätern überlasse man ihr Feld und einige davon ab und an der Polizei, die brauchen ja auch ihre Erfolgserlebnisse.

Die Familien und die italienischen Mafia-Gruppen würden sich gegenseitig respektieren. Cosa Nostra, Ndrangheta und Camorra hätten ihre Aktionsfelder im Baugewerbe und dem Rauschgiftschmuggel und würden ansonsten ihr illegales Geld relativ ungestört in Deutschland waschen und investieren. Und das solle auch so bleiben, zumal Deutschland ja auch ein sehr gut geeigneter Rückzugsraum, ein Versteck war. Von den Mafiosi mit weißem Kragen drohe den Familien also keine Gefahr. Neu bewerten würde ich aber im Augenblick die Gefahr aus dem Osten. Hinter den brutalen Schlägern und Mördern stehe ein ganzes politisches System, mit all den Kontakten und Einflussmöglichkeiten auf unsere politische Führung und die wieder auf die Justiz und die wieder auf die Polizeiorgane. Das Einfallstor sei die kommunistische DDR. Auch die SED habe ihre Wirtschaftsfunktionäre, zuständig für den offiziellen und inoffiziellen Handel mit den Kapitalisten, die nach offiziellem Sprachgebrauch ja reine Kriminelle seien und das Volk der Werktätigen täglich um den Lohn ihrer Arbeit betrügen würden. Viele leitende Mitarbeiter im Ministerium für Außenhandel und den innerdeutschen Handel hätten nicht ohne Grund einen militärischen und / oder russischen Hintergrund. Verdeckte Geschäfte zur Devisenbeschaffung erfolgten mit Wissen und im Auftrag des Politbüros und die sonstigen Angehörigen der Nomenklatura habe man sich schon lange durch die Lieferung von Westwaren gefügig gemacht. Gestartet, um Politik mit und für das Volk zu machen, sei man schon längst im kriminellen Sumpf der eigenen Begierden untergegangen.

Im Osten hielt das System alles eisern zusammen und im Westen drohten bestenfalls kurze Freiheitsstrafen, die dann noch zur Bewährung ausgesetzt würden. So konnten sich auch biedere und vorsichtige Familienväter bedenkenlos einer geheimnisumwobenen Organisation anschließen, die sich unter dem Schirm des Ministeriums mit allen denkbaren kriminellen Machenschaften befasste. Mit allem wurde gehandelt, Waffen, Müll oder Pornos und immer öfter auch Menschen. Gefangene, die frei gekauft wurden oder Prostituierte, die frei verkauft wurden. Alles oder zumindest fast alles lief in dieser Organisation über zig Tarnfirmen und Hunderte von geheimen Konten. Eine gigantische Maschinerie, hinter der natürlich die UdSSR stehe und deren Vertreter natürlich auch empfänglich für menschliche Wohltaten aller Art seien.

Und hinter oder besser über allem stehe der RGW, der Rat für gegenseitige Wirtschaftshilfe, eine internationale Organisation sozialistischer Staaten, natürlich unter Führung von Mütterchen Russland, der eigentlich das Ziel habe, für eine Angleichung der wirtschaftlichen Bedingungen der doch sehr unterschiedlichen Staaten zu sorgen. Zu Übungszwecken habe man dann wohl damit begonnen zunächst das Leben der eigenen Funktionäre dem Leben der kapitalistischen Feinde anzugleichen. Da überall auf dieser Welt eine Hand die andere wasche, sei hier ein mächtiger, wenn auch bürokratischer Selbstbedienungsladen entstanden.

Solange sich alles in vertretbarem Rahmen bewege, könne man oder konnte zumindest bisher, damit sehr gut leben. Vor dem sich abzeichnenden wirtschaftlichen Untergang der Planwirtschaft würde der Wind jetzt aber rauer und rauer. Frank wisse ja, wovon ich rede. Systeme im wirtschaftlichen Todeskampf schlagen wild und unkontrollierbar um sich. Nehmen wir nur den Grenzkonflikt am Ussuri-Fluss, zwischen der Volksrepublik China und der Sowjetunion. Hier kommt es immer wieder zu kleineren militärischen Zusammenstößen wegen ein paar lächerlichen Quadratkilometer Land. Winzige Inselchen, die beinahe Anlass zu einem großen Krieg wurden. Dahinter stecke natürlich seit Ende der 60er einerseits nur ein ideologischer Kampf um die Vormachtstellung, also der Kampf des aufsteigenden chinesischen Drachens gegen einen schwächelnden russischen Bären, andererseits aber auch wirtschaftliche Zwänge, denn beide Länder hatten den großen wirtschaftlichen Sprung verkündet und waren kläglich gescheitert.

Mao hatte in seiner Verzweiflung die Kulturrevolution verkündet und umgesetzt, dadurch zwar alles zerschlagen und vernichtet, aber das Vertrauen der Naivlinge und Zeit in der Geschichte gewonnen. Was aber würde die Sowjetunion tun? Sie suchte ihr Heil in Glasnost und Peristroika, also umfassenden gesellschaftlichen und wirtschaftlichen Reformen. Neue Kräfte putschten gegen das alte, starre System, auch in den anderen osteuropäischen Staaten. Die Planwirtschaft werde hier also abgebaut, während wir im Westeuropa sie im Rahmen der EU aufbauten. Alles nur Irrsinn und man spürte das Ende kommen. Götterdämmerung, der Untergang der alten Götter zeichnete sich ab, vielleicht nicht unmittelbar verbunden mit dem Untergang der ganzen Welt und wenn doch, eine neue Welt würde die Hoffnung in sich tragen, dass die andere Seite sich gebessert habe. Keine Angst, alles wird das Ende der Welt überleben und alles wird zurückkehren.

Es war ruhig, zu ruhig im Raum geworden. Ich war eindeutig zu weit gegangen und ins Mystische abgeglitten. Eine Erklärung, eine Überleitung in die Realität war fällig:

„Tja, das war ein kleiner Umweg, aber wir Deutsche neigen ja etwas zur Weltuntergangsstimmung, haben es ja auch immer mal wieder versucht, also nichts wirklich Ungewöhnliches im indogermanischen Raum."

Die Lage und meine Zuhörer hatten sich wieder entspannt und ich konnte fortfahren:

„Unser Plan, den Osten gegen den fernen Osten auszuspielen, ist also perfekt und sollte beibehalten werden. Vor dem Hintergrund aber, dass niemand abschätzen kann, zu welchen mörderischen Aktionen die versagenden staatlichen Funktionäre in dieser qualvollen und ausweglosen Situation noch fähig sein werden, schlage ich eine Schocktherapie vor, um Zeit zu gewinnen. Vielleicht zwei oder drei Jahre, das müsste eigentlich genügen, denn die Krankheitssymptome sind so deutlich, dass man in relativ kurzer Zeit mit einem Totalzusammenbruch rechnen kann. Mein Vorschlag also, wir laden zwei führende russische Ost-Mafia-Funktionäre kurzfristig zu einem Treffen nach Bad Homburg ein und drohen ganz offen mit den Chinakontakten, wenn sie uns nicht in Ruhe lassen. Einladen sollten wir vielleicht noch eine ihrer Vertrauenspersonen aus der DDR. Bei der Bedeutung dieses Treffens müssen natürlich alle Familienoberhäupter an der Besprechung teilnehmen. Alles natürlich in abhörsicheren Räumen und als Geisel müsste sich zeitgleich Frank, den ich natürlich begleiten werde, zur Verfügung stellen. Natürlich wird Frank nicht wirklich nach Moskau fliegen, unsere Gegner sind zur Zeit aber ziemlich orientierungslos und so wird es leicht sein, sie auszutricksen. Frank und ich werden in Wirklichkeit auf dem Weg nach Hong Kong sein, um unsere neuen chinesischen Freunde zu beruhigen, die sicher von diesem Treffen erfahren werden. Einerseits müssen wir also, wie dargestellt, Zeit gewinnen und andererseits müssen wir den anderen Familienmitgliedern demonstrieren, dass wir hier in Bad Homburg die Fäden in der Hand halten und dass sie ohne koordinierende Führung diesen Mächten hilflos ausgeliefert sind. Als Termin schlage ich Dienstag den 05.11. vor."

Ich machte eine kleine Kunstpause, nahm mir eine neue Zigarette und ein frisches Bier, schaute meinem Fanclub in die Augen und fuhr fort:

„Chef, ich bin etwas ausführlicher geworden, aber die Sache schien mir wichtig genug. Was halten sie von dieser etwas schärferen Vorgehensweise? Entscheidend für das

Gelingen ist natürlich, dass sie den Boden dafür in ihrer Rede auf der Schiffstour entsprechend vorbereiten."

„Nein, schon gut, dass du etwas weiter ausgeholt hast, der kleine Ausflug in die Welt und die unbesiegbaren Mächte, die uns umgeben, hat mir wieder bewusst werden lassen, dass wir alles tun müssen, um nicht zwischen diese Mühlsteine zu geraden und dass wir mittel- und langfristig nur überleben werden, wenn die Familien eng und vertrauensvoll zusammenhalten. Das werde ich auch in meine Rede einbauen. So ein kleiner gedanklicher Ausflug ist immer hilfreich, wenn man mal wieder vergessen hat über den Tellerrand zu schauen. Gerade der Punkt, dass es mal wieder nötig ist die eigene Führungsrolle zu stabilisieren und auszubauen, hat mich überzeugt. So machen wir das. Und in meiner Begrüßungsrede werde ich auch ausführlicher auf die Stichworte Vertrauen und Treue im Familienverbund eingehen und alle Gäste bitten, heute mal von Gott und der Welt, keinesfalls aber von oder über Geschäfte zu reden. Als einzige Ausnahme, werde ich die Berliner Freunde im Vieraugengespräch bitten, unsere Einladung an die Ostblockler weiterzuleiten. Den als Termin vorgeschlagenen Dienstag, den 05.11., finde ich auch gut. Mal sehen, wie diese Herrschaften darauf so reagieren werden."

Der Vater hatte entschieden, die Söhne stimmten zu und ich war zufrieden.

Absagen zur Schiffstour gab es nicht, offensichtlich waren alle Familienmitglieder bester Gesundheit und hatten anscheinend auch keine wichtigeren Termine, als mit ihrem Chef ein paar gemütliche Stunden zu verbringen. Die Umbaumaßnahmen in der Bad Homburger Villa waren abgeschlossen, der Panikraum gut gefüllt mit Lebensmitteln, automatischen Waffen, jeder Menge Munition, sogar militärischen Sprengstoff mit diversen Zeit- und Funkzündern und drei modernen, handlichen Panzerabwehrraketen. Man konnte ja nie wissen. Die Geheimfächer am Besprechungstisch waren ebenfalls installiert, ließen sich leicht und schnell öffnen. Entsicherte Pistolen lagen für den Chef und die beiden Söhne schon bereit, denn Vorsicht ist ja bekanntlich die Mutter der Porzellankiste. Wollte und konnte ich mir morgen alles genauer ansehen. Alles war perfekt vorbereitet und nur um die Zeit totzuschlagen, wurden noch hunderte von Ablaufdetails angesprochen und der Chef bat mich, nochmals alle Sicherheitsmaßnahmen durchzugehen.

XIV Die Schiffstour

Wie immer vergehen die Tage vor großen, wichtigen Ereignissen viel zu schnell und plötzlich ist der Termin da und man steht gewaschen und rasiert am Rande der Ereignisse und wundert sich, dass alles tatsächlich so abläuft, wie man es geplant hatte. Kaiserwetter, strahlend blauer Himmel, wie bestellt, pünktlich fuhren die Gäste vor, stiegen aus und wurden noch am Ufer vom Chef und dem Junior begrüßt. Beide hatten sich am unteren Ende der Gangway postiert. Wie zwei Burgherren im Mittelalter, die Zutritt zu ihrem Wehrbau gewährten oder eben auch nicht. Nicht nur der Himmel, auch die Gäste schienen bester Laune zu sein. Hände wurden geschüttelt, Küsschen ausgetauscht und die Umarmungen wollten teilweise kein Ende nehmen. Grüße wurden ausgerichtet und Geschenke übergeben, bevor ich die Herrschaften dann über die frisch gestrichene Zugbrücke aufs Schiff und zu ihren Kabinen geleiten konnte. Zeitversetzt kamen die Fahrer, mit Führer- und Waffenschein und dem Gepäck, die ich ebenfalls zu ihren Kabinen führte und sie darüber informierte, wo sie die Koffer und Reisetaschen ihrer Chefs abzuliefern hätten. Die letzten Gäste waren pünktlich eingetroffen. Ich machte noch meine

Runde und erkundigte mich, ob alles OK sei und wir ablegen könnten, stellte mich als Ansprechpartner für organisa-
torische Fragen und Probleme vor, erntete aber nur erstaunte Blicke, da man sich von meiner Rolle in der Familie
wohl ein anderes Bild gemacht hatte. Wie auch immer, es
war alles perfekt und wir konnten ablegen. Das Schiff nahm
Fahrt auf und ich war gespannt auf die Begrüßungsrede
unseres Chefs. Ich drehte meine erste Kontrollrunde. Unsere weiblichen Gäste überbrückten die Nachmittagsstun-
den mit Kaffee und Kuchen und Gesprächen über die letzten Modetrends. Nein, die Damen im mittleren und fortge-
schrittenen Alter würden keinesfalls der Angleichung der
Geschlechter mit den breiten Schultern für die Frauen folgen. Zumal es ja auch schon die ersten Anzeichen gebe,
dass die breiten Schulterpolster bereits auf dem Rückzug
seien. Auch die fußlosen Strumpfhosen, die sogenannten
Leggins, würde man keinesfalls tragen. Viel eleganter und
fraulicher seien doch die langen Baumwollröcke und die
Jacken im Safarilook. Die Herren der Schöpfung hatten
sich bereits an der Cocktailbar versammelt und diskutierten
lautstark über die guten alten Zeiten und die Frage, warum
und wie diese kleine DDR die komplette Welt der Leichtath-
letik so dominieren konnte.
Auch hier alles im Lot. Ich setzte meine Runde fort und
besuchte die Fahrer, Koffer-, Wasser- und Waffenträger im
Unterdeck. Auch hier alles in bester Ordnung, man hatte
sich miteinander bekannt gemacht und die ersten Wein-
und Bierflaschen geöffnet, was immer ein Zeichen von
Vertrauen ist, zumal ich davon ausgehen konnte, dass die
Bosse Alkohol erlaubt hatten. Hauptthema bei diesen PS-
Fans war natürlich die Hysterie bezüglich der Abgase, die
Land und Leute vergiften würden und der lächerliche Ver-
such über einen InterCity Experimental-Zug in Richtung
München dieses Problem zu lösen. Nein, gegen den Indivi-
dualverkehr sei kein Kraut gewachsen. Ansonsten keine

Wünsche oder Probleme und ich kehrte also beruhigt zurück ans Oberdeck. Die Herrenrunde an der Bar war langsam komplett, die Damen hatten sich zu einer letzten Verschönerungsrunde zurückgezogen und die Vorbereitungen für das 5-Gänge-Menü liefen an. Die Tischdeko wurde ausgetauscht und ich erstattete meinem Chef kurz Bericht, dass alles friedlich sei und nach Plan ablaufe. Irgendwann dann hatten auch die Damen ihre Deko ausgetauscht und tauchten frisch frisiert und geschminkt wieder auf. Die milde Abendsonne tat das ihrige und man nahm Platz. Die Gespräche verstummten langsam, der Gastgeber stand auf, schaute freundlich lächelnd in die Runde, räusperte sich kurz und begann wie alle Redner, die ihre Zuhörer nur in Sicherheit wiegen wollen, mit der Standardversicherung, dass er keine endlose Rede halten werde, sondern nur eine kurze Begrüßung aussprechen wolle. Und dann trank er, als Vorwarnung für die, die ihm vielleicht doch geglaubt hatten, noch einen kleinen Schluck Wasser und begann: „Liebe Freunde, ich habe Euch belauscht, den ganzen Nachmittag, wie ihr Erinnerungen ausgetauscht habt und mir ist dabei wieder mal klar geworden, dass Freundschaft und Treue die Basis von allem ist. Wir haben gemeinsam unsere Väter begraben und unsere Kinder und Enkel in diesem Leben begrüßt. Nicht durch Worte, durch unser Tun und Handeln haben wir uns immer wieder der gegenseitigen Treue und Zuverlässigkeit versichert. Gemeinsam haben wir unsichere und riskante Situationen gemeistert und alle Erfahrungen haben bestätigt, dass unser Familienbund mehr ist als ein nur wirtschaftlich orientiertes kurzlebiges Projekt. Mehr als eine Partnerschaft zur Bündelung gemeinsamer Interessen. Wir haben unsere Werte geachtet und Gelegenheiten der Chancen zur Weiterentwicklung für kommende Generationen konsequent genutzt. Formeller Anlass für dieses Treffen ist natürlich der Geburtstag meines jüngsten Sohnes, mein Ältester ist aus persönlichen Gründen leider verhindert und hat mich gebeten, euch seine Grüße auszurichten. Eigentlicher Grund für dieses Treffen ist jedoch der Umstand, dass ich es für überfällig ansah, in diesen wirren Zeiten durch ein gemeinsames Fest den Zusammenhalt der Familien zu festigen und uns die alten Werte mal wieder in Erinnerung zu rufen und zu vertiefen. Ein Schiff als Treffpunkt habe ich bewusst gewählt, denn wir sitzen alle in einem Boot und niemand kann seine Füße gleichzeitig in zwei verschiedene Boote setzen, das geht nicht gut. Aber davon mal abgesehen, so eine Schiffsfahrt ist auch nicht schlecht, um mal aus dem Alltagsstress rauszukommen und eventuell noch bestehende alte Streitigkeiten einfach zu vergessen. Natürlich gibt es hin und wieder Interessenkonflikte, das bleibt nicht aus, aber dann habt Ihr ja noch mich und meine Familie als Mediator, hat doch seit Generationen ganz gut funktioniert. Oder?"

Den aufkommenden Applaus nutzte er für ein erneutes Rundumlächeln und einen Schluck Wasser bevor er jetzt mit eisiger Stimme fortfuhr:

„Aber zurück zum Thema Vertrauen. Die Stärken unserer Familienbande sind also gemeinsame Ziele und Werte. Das allein machte uns aber nicht immun gegen Verräter und Betrüger. Diese wurden sofort und hart, aber gerecht bestraft. Wie hat schon Lenin gesagt, Vertrauen ist gut, aber Kontrolle ist besser. Bei uns aber ist und bleibt es umgekehrt, Vertrauen steht ganz oben an und Kontrolle erfolgt nur im Bedarfsfall. Wenn aber jemand dieses Vertrauen missbraucht und vorsätzlich gegen unsere Regeln verstößt, gibt es keine Nachsicht. Offenheit, Ehrlichkeit und Treue wird aber belohnt. Wie sagt man noch, einer für alle, alle für einen. Auch das ist bei uns ein ungeschriebenes Gesetz. Wer auch immer, welche Probleme auch immer haben mag, wir helfen, erwarten aber Offenheit und Ehrlichkeit, klare Worte für klare Lösungen, denn, wie sagt schon Konfuzius: Glatte Worte und schmeichelnde Mienen vereinbaren sich selten mit einem anständigen Charakter. Und noch ein paar letzte und ernste Worte zur erwarteten Treue. Nicht gemeint ist hier die blinde Nibelungentreue, denn wir sind ja alles Realisten in gleichgestellten Familien. Bei uns gibt es keine wichtigen oder weniger wichtigen Familien, alle Mitglieder sind gleichrangig, mit den gleichen Rechten und Pflichten. Meine Familie wurde vor Generationen in geheimer Wahl von Euch nur als Erste unter Gleichen gewählt."

Den jetzt aufkommenden Applaus nutzte er um das Glas zu heben und die Stimmlage wieder auf freundlich und verbindlich umzuschalten:

„Wir haben uns zum Teil seit Ewigkeiten nicht mehr gesehen, also nutzt die Stunden. Es gibt nur eine Regel: Keine Geschäftsgespräche. Und wenn ich das richtig sehe, habe ich alle Stichworte abgearbeitet und das Menü kann serviert werden. Um Mitternacht gibt es noch einen rustikalen Imbiss und morgen ab 07.00 Uhr einen Brunch mit einer reichhaltigen Auswahl an kalten und warmen Speisen und Getränken."

Die Restkälte im Saal und in seiner Stimme verschwand endgültig mit seinem Schlusssatz:

„Ich danke Euch für eure Freundschaft und bitte Euch das Glas mit mir auf eine gemeinsame und erfolgreiche Zukunft zu leeren."

Die Gläser klirrten, Mama lächelte entspannt und freundlich in die Runde und das große Fressen begann. Eine gute Gelegenheit mal wieder eine Runde auf dem Schiff zu drehen, auch um sicherzustellen, dass im Unterdeck niemand verhungerte oder sonstigen Unsinn anstellte. Alles bestens. Leichtes Stimmgemurmel und Geschirrklappern auf dem ganzen Schiff. Auch der Wettergott blieb uns wohlgesonnen. Sternenklarer Himmel an diesem milden Herbstabend und ein lauwarmer Windzug war aufgekommen, der den

Zigarettenrauch sofort mitnahm. Ich lehnte an der offenen Reling, deren waagrechtes Profil stilgerecht aus Teakholz bestand und schaute entspannt und gedankenverloren in die Ewigkeit. Alles war so harmonisch und friedlich, die Welt um mich war im Gleichgewicht und mir wurde klar, dass die reale Welt mal wieder ihre Krallen nach mir, nach meiner Seele ausstreckte. Ein kurzer Blick auf meinen Schweizer Chronographen und ein längerer Blick auf das Mainufer und alle Zweifel verschwanden mit dem Zigarettenrauch in der Dunkelheit. Chronos der Zeitgott und Kronos der Sohn von Mutter Erde und Vater Himmel schauten mir über die Schulter, der eine wollte mich beherrschen und der andere Kronos wollte sich als Vorbild und Lehrmeister in mein Leben drängen. Er, der Vollender, war von seiner Mutter angestiftet worden, seinen Vater mit einer Sichel zu entmannen. Na ja, was kann man von einem Anführer der brutalen Titanen schon erwarten. Ekelhaft war auch der Rest seiner Heldentaten. Andererseits, Job ist nun mal Job und irgendwer muss eben auch das Widerwärtige erledigen. Und mein Job, meine Aufgabe war es, etwas für das Gleichgewicht der Kräfte zu tun. Wenn dabei, quasi als Abfallprodukt, der Mörder meiner Geliebten bestraft wurde, gut so. Yin und Yang, hell und dunkel, gut und böse, nur das Gleichgewicht stabilisiert, verhindert die Anarchie und die Totalherrschaft einer Seite, die Waage muss sich ausgleichen, das Bild der blinden Justitia mit ihrer verzweifelten Bemühungen die Waagschalen zum Ausgleich zu bringen, würde auch hier gut passen. Auch ein Pendel sucht seine ruhende Mitte, treibt die Dinge aber nur dadurch an, dass es ohne Zögern oder Verharren von einem Extrem zum anderen schwingt. Und wann sind denn die Waagschalen schon mal wirklich im Gleichgewicht? Ein flüchtiger Moment unterbricht das ewige hin und her, das ewige Bemühen, den ewigen Konflikt. So leben wir auch ziemlich sicher im Ost-West-Konflikt. Aufrüstungen und

Allianzen wurden immer wieder angepasst und waren somit friedenserhaltend. Der gefürchtete sogenannte Kalte Krieg mochte uns noch lange erhalten bleiben, zu fürchten hatten wir nur den trügerischen warmen Frieden. Wie sagten schon die alten Römer und ich immer wieder gern: Willst du den Frieden, dann halte dich kriegsbereit. Und 1.000 Jahre Weltherrschaft haben diese Weisheit bestätigt.

Ein gewisses Maß an Aggressivität muss der anderen Seite immer wieder zeigen, dass hier kein dummes, wehrloses Schlachtopfer auf den tödlichen Streich wartet. Um den Frieden zu sichern oder zumindest größere Katastrophen zu verhindern, muss den gierigen, skrupellosen und brutalen Feinden klar gemacht werden, dass ihre geplanten Aktionen nicht risikolos sein werden. Und dennoch, alles und alle kämpfen immer wieder um die Vorherrschaft und dieser Druck erzeugt Gegendruck, bis dann für einen kurzen Augenblick das Gleichgewicht wieder hergestellt ist. Und dann beginnt das Spiel wieder von vorn. Endlos, wie gefangen in einer Zeitschleife.

Wir sind die Hamster in einem Laufrad. Wo steckt hier der Sinn? Erkennen können wir nur den sich ständig wiederholenden Kampf um die Vorherrschaft und die kurzen Momente des Sieges, wenn mal vorübergehend das Gleichgewicht erreicht war. Was aber ist das Produkt, das Ergebnis unseres dauernden Bemühens? Aktiv dagegen steuern, um für den notwendigen Ausgleich zu sorgen. Für welchen Ausgleich, wenn er ohnehin nicht hält, nicht von Dauer ist? Yin mit seiner dunklen, kalten, feuchten, weiblichen und aufnehmenden Seite und Yang mit seiner hellen, harten, trockenen, männlichen und abgebenden Seite, sagt man, ergänzen sich. Aber wozu und warum? Habe ich es nur nicht verstanden oder wussten es die Taoisten auch nicht? Wenn wir die Hände reiben, erzeugen wir Wärme. Erzeugen wir kosmische Energie, wenn wir uns bekämpfen?

Produziert unser Hamsterrad Qi? An diesem Punkt, bei dieser Frage landete ich immer wieder. Wie auch immer, ich hatte den Auftrag etwas für das Gleichgewicht zwischen dem Guten und dem Bösen zu tun und wer war ich schon, mich diesem Auftrag widersetzen zu wollen? Ein paar Zigaretten später belehrte mich ein Blick auf das Schweizer Wunderwerk an meinem linken Handgelenk, dass der letzte Gang wahrscheinlich schon serviert worden war und ich mich wieder mal um meinen Job kümmern sollte. Sklaventreiber diese Schweizer, erfanden einfach die Zeit, nur damit sie einen großen weltweiten Absatzmarkt für ihre Armbandgerätschaften hatten, obwohl sie doch genau wissen mussten, dass sie damit den Mitmenschen jede Freiheit und Flexibilität nahmen. Nun hatten wir die Zeit und mussten uns mit ihr arrangieren. Das klappt eigentlich auch ganz gut. Man kann sie zum Beispiel antreiben, indem man sich dauernd neue Ziele setzte. Man konnte sie aber auch bremsen, indem man etwas achtsamer durchs Leben ging. Nichts machen konnte man allerdings gegen Chefs, die Pünktlichkeit erwarteten.

Also, Zigarette in den Main, nochmal kurz und tief durchatmen und los zur erneuten Kontrollrunde. Im Unterdeck alles OK und bereits leicht angetrunken, in der Küche herrschte Chaos, aber man schien das Chaos zu beherrschen, also auch OK, Bereitschaftsdienst der Schiffsbesatzung in Bereitschaft und nicht betrunken, Servicepersonal am Rennen und Schwitzen, Nachschub an Lebensmitteln und Getränken ausreichend und niemand würde heute das Familientreffen stören. Es lief. Am Oberdeck, bei der feinen Gesellschaft, hatte sich ein Großteil der Damen um Mama gruppiert und unser Chef war natürlich der Mittelpunkt der Herrenriege. Und wer dort keinen Platz mehr gefunden hatte, stand mit Frank am unteren Ende der Cocktailbar. Beide schienen mich vermisst zu haben und warfen mir fragende Blicke zu. Ich nickte beruhigend und holte mir das erste Bier des Tages, suchte und fand die dazugehörenden Erdnüsse und einen Aschenbecher. Die Stimmung war heiter und entspannt, alte Geschichten und noch ältere Witze wurden erzählt. Das Lachen war ehrlich und offen, denn gute Geschichten und gute Witze werden durch häufiges Erzählen immer besser. Plötzlich stand Mama neben mir:

„Junge, wo warst Du denn die ganze Zeit? Ist alles OK? Du weißt doch, dass ich mir um meine drei Jungs immer Sorgen mache."

Sie hatte wirklich drei gesagt:

„Mach Dir bitte keine Gedanken, alles läuft perfekt, wir haben alles im Griff. Genieße den Abend und verlass dich auf mich. Und schön, dass du dich verzählt hast."

Nur Mütter können von unten herauf ihre Kinder von oben herab liebevoll anblicken:

„Hab ich nicht Du Bengel, ich kann doch noch bis drei zählen."

Und in gespielter Entrüstung machte sie kehrt, winkte mir noch huldvoll zu und rauschte ab zu ihrer Damentruppe.

Frank hatte den Abmarsch seiner Mutter aus den Augenwinkeln heraus beobachtet, zog fragend und überrascht die Augenbrauen hoch. Ich winkte beruhigend ab, er holte sich ein frisches Bier und stand dann doch plötzlich neben mir:

„Was war denn das? Was hat Mutter denn?"

Fehler oder nicht, ich musste es loswerden:

„Deine Mutter hat sich bei der Anzahl ihrer Söhne verzählt und ich wollte sie nur korrigieren."

Frank verstand sofort: "Jetzt bist du wirklich angekommen und Mama hat sich nicht verzählt. Also Prost, nochmals willkommen in der Familie und noch einen schöne Abend. Ich muss zurück an die Front. Vater hat übrigens mit den Berlinern schon gesprochen und die haben zugesagt, den Termin herzustellen"

Mama hatte uns natürlich beobachtet, lächelte mild vor sich hin und genoss die Gespräche über was auch immer. Und der Chef, der wie immer seine Augen überall hatte, tauchte mit einem Glas Wein in der Hand und einem zufriedenen Lächeln auf den Lippen ebenfalls neben mir auf: „Was ist los? Hältst Du hier eine Privataudienz mit meiner Familie ab und ich bin wieder der Letzte, der etwas erfährt?"

„Irgendwie heute, ausnahmsweise, schon. Die Stallwache in der Villa habe ich auch schon informiert. Klaus wäre natürlich gern bei diesem Schaulaufen dabei gewesen, freut sich aber auch auf unseren ausführlichen Bericht und wie Du deinen Ältesten ja kennst, geht ihm die Pflicht über alles. Wir haben das neue Funkgerät im Panikraum ausprobiert. Funktioniert prima und hier, soweit ich bei meinen Kontrollrunden sehen konnte, läuft auch alles bestens. Oder?"

Mama und Frank beobachteten uns natürlich und wunderten sich, als das Oberhaupt abrupt umdrehte und in Richtung Cocktailbar verschwand. Und der Rest der Gesellschaft wunderte sich ebenfalls. Und dann wunderte man sich wieder, als der Chef mit zwei gefüllten Sektgläsern Kurs auf mich nahm.

„Egal, wer jetzt was denkt, ob es taktisch klug ist oder nicht, ich möchte jetzt und hier Schluss machen mit dem ewigen hin und her, dem Du und dem Sie. Also Jörg, ab sofort und für immer, mein Name ist Georg und die Anrede Chef ist gerade noch erlaubt. Ich hasse Sekt und weiß, dass es auch nicht gerade dein Lieblingsgetränk ist, aber es gibt Momente, da muss es einfach sein. Also Prost."

Es war still geworden am Oberdeck, fast peinlich still, ähnlich muss es gewesen sein, wenn früher jemand zum Ritter geschlagen, enthauptet, verbannt oder in einen geheimen Orden aufgenommen wurde. Die Zeremonie war schnell beendet.

„Übrigens, die Berliner sind informiert und haben versprochen die Einladung zu überbringen. Würde mich nicht wundern, wenn die jetzt das Gespräch mit Dir suchen. Schau mal zu Mama, wie die sich freut, dass wir Brüderschaft getrunken haben. Na ja, Frauen haben halt ein weiches Herz, aber wir sind die harten Jungs."

Einige der anderen harten Jungs hatten sich Mut angetrunken und stolperten über die Tanzfläche. Tanzen, gut tanzen konnten nur Schwule und Schwächlinge, echte Männer beherrschten sich und einige Standardschritte und fertig. Soweit ich erkennen konnte, hatte es bei der Damenwelt aber keine größeren Verletzungen gegeben und ich konnte mal wieder eine Runde drehen. Der Chef stand inmitten einer leicht alkoholisierten Männerrunde, die gerade hitzig über Smogalarm und Fahrverbot diskutierte, da Ford aktuell den größten Teil seiner Fahrzeuge mit geregeltem Kat ausgerüstet hatte. Vorherrschende Meinung war hier, dass der Umweltschutz nicht gegen einen Ferrari mit 400 PS gewinnen könne, der gerade auf den Markt gekommen war. Bei Frank und seiner Runde war Beckenbauer das zentrale Thema, der mit gerade mal 40 Jahren unser neuer Fußballnationaltrainer geworden war und sein FC Bayern München, der mal wieder Deutscher Meister geworden war und jetzt schon wieder ein Start-Ziel-Sieg anstrebte. Und natürlich immer wieder Boris Becker, der als erster Deutscher und jüngster Spieler aller Zeiten im legendären Wimbledon gesiegt hatte. Bei Mama und ihren Damen waren die Themen ähnlich undramatisch, hier regte man sich gerade über die doch sehr peinliche Bermuda-Optik der deutschen Urlauber auf, was aber auch kein Wunder sei, da der grüne Umweltminister zu seiner Vereidigung in Jeans, Turnschuhen und ohne Krawatte erschienen sei. Oh ihr Zeiten, oh ihr Sitten, wo und wie solle das noch enden. Die Tapfersten der Tapferen hatten ihre Pflichttänze beendet, es gab schon wieder etwas zu futtern, das Servicepersonal machte wirklich einen guten Job, freundlich, diskret und routiniert und irgend ein mitleidiges Herz hatte die Lautstärke der Musik etwas gedämpft. Alles war perfekt. Männer standen bei Männern und Frauen saßen bei Frauen, wie es sich für eine ordentliche Familienfeier gehört. Kein Streit, kein Missklang, nur im Unterdeck lagen schon einige Begleiter und Beschützer im Koma. Auch gut. Ich stand an der Reling, schaute entspannt zum klaren Sternenhimmel. Ein Stern bewegte sich in Richtung Frankfurter Flughafen, wahrscheinlich ein Frachtflugzeug. Das Blinken verschwand nach wenigen Minuten und neben mir stand der Boss der Berliner Familie.

„Herr Hansen hat mir versichert, dass ich offen über alles mit Ihnen reden darf. Sie würden sein volles Vertrauen genießen. Wie sie wissen, hat er mich gebeten einen hochrangigen Kontakt zum Osten herzustellen und in seinem Namen eine Einladung nach Bad Homburg auszusprechen. Mach ich natürlich gern, da ich, ebenso wie er, in einer neuen Partnerschaft gute, sichere und erfolgreiche Zukunftschancen für uns alle sehe. Nur fürchte ich, dass man einige Bedingungen stellen wird, die die ganz persönliche Sicherheit dieser Führungspersonen garantieren sollen. Meine sehr persönliche Bitte daher an sie ist es, offen mit dem Chef über mögliche Garantien zur Gewährleistung dieser sicherlich verständlichen Erwartungen zu sprechen."

Was sollte man dazu schon sagen, außer:

„Natürlich, mach ich, versteh ich auch, schließlich begibt man sich ja auf feindliches Gebiet und Misstrauen ist immer angebracht. Gürtel und Hosenträger auch."

Er schaute mich leicht verwirrt von der Seite an, deutete mein Lächeln falsch, freute sich dann sichtlich über meine Zustimmung, bedankte sich, prostete mir ebenfalls lächelnd zu und verschwand beruhigt wieder in Richtung Oberdeck.

Irgendwann, lange nach Mitternacht, endete die Familienfeier. Alle waren satt und zufrieden, der Zusammenhalt war gestärkt, Rivalitäten abgebaut und man freute sich auf eine gemeinsame Zukunft, deren Gestaltung man vertrauensvoll in die Hände des Chefs gelegt hatte. Man schlief den Schlaf der Gerechten und tauchte dann mehr oder weniger verkatert zum Frühstück auf. Der klare nächtliche Sternenhimmel hatte zu viel versprochen, der Himmel war jetzt leicht bedeckt und es begann zu nieseln. Egal, die Zusammenkunft war in jeder Beziehung ein voller Erfolg gewesen und der Chef, mehr als zufrieden, nahm beim Abschied die offensichtlich ehrlichen Dankes- und Loyalitätsbekundungen gern an. Klaus hatte ich mal wieder per Funk über den letzten Stand der Dinge informiert und er gierte nach Details. Die Bande war dann nach einem ausgiebigen Frühstück, das Schiff hatte inzwischen wieder am Eisernen Steg angelegt, in alle Himmels- oder Höllenrichtungen verschwunden. Klaus hatte es vor Neugierde nicht ausgehalten und tauchte nach Details lechzend zum zweiten Frühstück auf dem Schiff auf:

„Ich musste das Schlachtfeld einfach sehen. Also los, erzählt!"

Mama war noch zu erschöpft, Frank kämpfte noch mit seinem Restalkohol und der Chef wollte im Augenblick einfach nicht, er wollte nur still und genüsslich seinen Erfolg genießen. Ein kurzer Blick zu mir:

„Ihr funkt doch sowieso dauernd hinter meinem Rücken, dann kannst Du auch jetzt den Rest erzählen und ich höre einfach nur zu."

Verdammt, da war sie schon wieder, die liebevolle und väterliche Nachsicht, die meine Aufgabe nicht gerade leichter machte. Was war nur los mit diesem Typ, er konnte sich doch in diesen paar Monaten nicht so verändert haben? Nein, es lag nicht an ihm, es lag an mir. Ich war nicht mehr objektiv und nahm nur noch wahr, was ich wahrnehmen wollte. Ich musste mich zumindest mal für einige Tage ausklinken und wieder zu mir und meiner Aufgabe finden.

Also erzählte ich zunächst ausführlich vom Ablauf des Abends, den Schnapsleichen im Unterdeck, dem Gespräch bezüglich der angestrebten Ostkontakte und fasste abschließend meine Eindrücke dahingehend zusammen, dass alle unsere Zwischenziele mit dieser Schiffstour erreicht seien und wir jetzt gelassen die Reaktion der gegnerischen Seite abwarten könnten. Das sah der Chef auch so und bat mich noch die Aufräumarbeiten zu überwachen, Lieferscheine und Lohnzettel abzuzeichnen und auch in den Kabinen nochmal nachzusehen, dass niemand etwas vergessen habe. Frank erklärte sich sofort bereit mir zu helfen und der Rest der Familie bestieg zwei schwarze Luxuskarossen mit abgedunkelten Scheiben, Fahrer und je einer Begleitperson. Frank und ich standen an der Reling, hörten das satte Zuschlagen der gepanzerten Autotüren und mir wurde wieder bewusst: Das waren Gangster und es ging um Leben und Tod. Nicht mehr und nicht weniger. Frank übernahm den kaufmännischen Teil und ich machte eine letzte Runde durch das Schiff. Durchsuchte jede Kabine, aber niemand hatte etwas vergessen. Nur in Franks Kabine häuften sich noch die Geschenke. Na ja, das waren wohl dann doch eher wertvolle Tributzahlungen an die Familie. Jede Menge Gold, in Barren oder Münzen, bibliophile Sonderausgaben, limitiert und nummeriert, wertvolle und erlesenen Alkoholika, ein goldenes Feuerzeug, Zigarren aus Kuba und antike silberne und goldene Zigarettenetuis. Alles in allem ein wertvoller, aber doch geschmackvoller und erlesener Schatz und drei mittlere Pappkartons reichten gerade noch so für den Transport zum Auto. In Bad Homburg angekommen, Frank fuhr wieder, zumindest vorübergehend, einen kleinen, nur geliehenen englischen Sportwagen, da er sich noch nicht endgültig entschieden hatte. Ich half ihm noch beim Ausladen und suchte dann den Chef auf, der mit Mama und seinem Ältesten schon wieder am Frühstückstisch saß. Das war dann, wenn ich richtig gezählt hatte, heute das dritte Frühstück. Ich wurde von Mama liebevoll, aber unerbittlich auf einen Stuhl gezogen und das war dann auch für Frank und mich das dritte Frühstück. Bei Kaffee und Zigarette bat ich dann den Chef um ein paar Tage Auszeit, da ich mich etwas entspannen wolle und auch mal nach unseren China- und Polizeikontakten sehen müsse. Wurde natürlich sofort genehmigt: „Ich frage mich schon die ganze Zeit, wann Du deinen Akku mal aufladen musst. Mach Dich vom Acker und entspann dich. Brauchst Du Geld? Wie können wir dich erreichen, wenn es brennt?"

Mama streichelte mir sorgenvoll die Hand: „Du hast einfach zu viel gearbeitet in letzter Zeit, Ihr alle habt zu viel gearbeitet."

„Keine Sorge Mama, ich werde ein paar Tage in irgendeinem Mittelgebirge, in irgendeiner Pension verbringen, wandern und die frische Herbstluft genießen, dann bin ich wieder voll einsatzfähig. Natürlich melde ich mich täglich telefonisch und wenn es nötig sein sollte, bin ich umgehend wieder hier."

Es war noch früher Nachmittag, also noch genügend Zeit, mir in aller Eile ein paar Wandersachen zu kaufen und mich auf den Weg zum Herrmannsweg zu machen.

Ich musste einfach schnell und spurlos abtauchen, zumindest solange, bis auf der gegnerischen Seite eine Entscheidung gefallen war. Spurlos heißt aber spurlos und in Bad Homburg Wandersachen zu kaufen, wäre die erste Spur. Also tanken und direkt ab nach Rheine, denn hier begann der 160 km lange Wanderweg, der nach Herrmann dem Cherusker benannt wurde und über den Kamm des Teutoburger Waldes führte, vorbei an einer Adlerwarte, dem Herrmannsdenkmal und den Externsteinen. Jahreszeit und das entsprechende Wetter waren ideal. Es regnete leicht, der Wind war etwas stärker geworden und die ersten bunten Blätter überlegten gerade, ob sie den Kampf gegen die unerbittlichen Jahreszeiten nicht doch aufgeben und sich wie jedes Jahr einfach fallen lassen sollten. Aber irgendwie will jeder mal gewinnen, aber was soll man schon machen, wenn die Schicksalsgöttinnen etwas anderes vorgesehen haben. Kein Mensch, kein Wanderer würde unterwegs sein und selbst die Hundespaziergänger würden ihren Lieblingen erlauben, ihre Notdurft auf dem Bürgersteig, zur Freude der anderen Passanten, zu erledigen. Ich war endlich wieder allein, allein mit dem Wind, dem Regen, den Bäumen und der Erde unter meinen Füßen. Nichts trieb mich an in diesen Tagen, keine Tagesziele, kein Erlebnishunger, einfach nichts. Abends suchte ich mir eine Pension in der Nähe des Weges, schlief, wachte auf und setzte meinen Weg fort. Wenn ich auf einem Baumstumpf oder in einer Schutzhütte eine Rastpause einlegte, wurde ich wieder eins mit der Natur. Die Blätter raschelten leicht im Herbstwind und mein Atem wurde eins mit diesem Wind, so wie ich eins werden würde mit dieser Erde. Ob Mensch oder Baum, die Natur würde keinen Unterschied machen und uns beide wieder zurück holen in ihren Schoß und uns dann eine neue Gestalt und neue Aufgaben zuweisen. Eine tiefe Ruhe und Zuversicht kam über mich. Das hatte ich gebraucht nach den hektischen Tagen, Wochen und Monaten voller Intrigen und Gefahren. Die kurzen abendlichen Telefonate mit Bad Homburg störten diesen Frieden nicht, auch dort herrschte Ruhe, sicherlich aber nur die Ruhe vor dem Sturm. Egal. Wenn ich mich morgens nach dem Frühstück wieder auf den Weg machte, war er das Ziel und die Welt war wieder im Gleichgewicht. Nach einigen Tagen erreichte ich Holzhausen, einen kleinen Ort mit vielleicht 1.000 Einwohnern, beherrscht von dem markanten Profil der Externsteine. Irgendwann vor zig-Millionen Jahren hatte sich diese Sandsteinformation aufgerichtet und sich der Witterung, den Naturgewalten ausgeliefert. Diese hatten in unendlicher Geduld diese bizarren

Formen erschaffen, die dann, auch als Denkmal eines Germanischen Heiligtums den Mittelpunkt in einem der ältesten Naturschutzgebiete Deutschlands darstellten. Esoteriker aus allen Himmels- und Glaubensrichtungen suchten diesen Kraftort auf und wunderten sich, dass es für Kraft und Energie immer noch keine Tankstellen gab. Wenn es so einfach wäre, wäre es zu einfach. Man bekommt einen Tipp, fährt irgendwo hin und ist wieder rein und voller Energie und der Nachbar bekommt diesen Tipp nicht und vegetiert weiter vor sich hin, kraftlos und unrein. Das kann doch nicht gerecht sein! Der Kosmos und seine Gesetze sind wahr und gerecht, streng und keinesfalls nachsichtig. In den unzähligen Jahrtausenden hatten die jeweiligen religiösen oder politischen Machthaber diese Steine und die Magie, die von ihnen ausging, immer wieder für ihre Zwecke eingesetzt. Ich beschloss meine Wanderung hier zu beenden und in einer nahegelegenen Pension abzuwarten, bis meine Aufgabe mich wieder rufen würde. Meine Pensionsleute waren freundlich und unaufdringlich. Ruhige Nächte und ungestörte Tage am Teich, am Fuße der Steine, brachten mir meine Gelassenheit endgültig zurück und wenn mein Blick im dunklen Wasser versank, war ich wieder bei meinen Taoisten und wusste, dass ich noch weit weg von einer Erleuchtung war. Ich war auf dem richtigen Weg, ja, aber der Weg war noch weit und steinig. Aber das sollte und musste er ja sein, sonst könnte ihn ja jeder problemlos gehen und das wäre dann auch wieder ungerecht und die kosmischen Gesetze sind ja bekanntlich gerecht. Einige Tage würde ich sicherlich noch haben, das spürte, das wusste ich.

In Bad Homburg war man schon etwas unruhig geworden, da der Osten auf unsere Einladung bisher nicht reagiert hatte und in unseren abendlichen Telefonaten musste ich die Familie immer wieder beruhigen, da schon leichte Zweifel aufkamen, ob unser Plan denn wirklich funktionieren würde. Über eine Woche war vergangen und ich musste dem Chef immer wieder versichern, dass wir mit jedem Tag sicherer sein könnten, dass sie uns in die Falle gehen würden, da schon länger nicht mehr zur Diskussion stehen könne, ob sie die Einladung annehmen würden, sondern dass sie sich mit großer Sicherheit über das *wie* den Kopf zerbrächen.

Und dann hatten sie sich den Kopf zerbrochen. Zwei Abende später bekam ich im Telefonat die Order, möglichst schnell in Bad Homburg aufzuschlagen, da die Einladung, wenn auch mit einer Vorbedingung, angenommen sei. Über Einzelheiten könne man aber am Telefon nicht sprechen. Wenn es eilig ist, ist es eilig. Ich war noch angezogen und hatte in zwei Minuten gepackt. Für ein kleines Entgelt von DM 200 brachte mich der Pensionswirt zu meinem Auto in Rheine und ein paar Stunden später klingelte ich am eisernen Tor. Mama und der Chef lagen schon im Bett. Frank freute sich natürlich, dass ich wieder an Bord war:

„Da werden sich meine Eltern aber wundern, wenn du so unerwartet plötzlich schon am Frühstückstisch sitzt. Komm bitte etwas früher, ich will die beiden Gesichter sehen. Ich will Vater nicht vorgreifen, aber glaub mir, jetzt wird es wirklich spannend. Also, schlaf gut. Schön, dass Du wieder da bist."

Der nächste Morgen kam und wie versprochen saß ich als Erster am schon gedeckten Frühstückstisch. Schön, wenn man über eingespieltes Personal verfügt. Frischer Kaffee kam, Frank auch und setzte sich so, dass er die Tür im Blick hatte. Mama tauchte auf, sah mich, die Augen wurden wieder ein bisschen feucht und sie umarmte mich wortlos. Sie warf Frank einen liebevollen, aber doch vorwurfsvollen Blick zu:

„Hat man Kinder, hat man Sorgen. Irgendwann gehen sie einfach ihrer Wege, man erfährt nicht mehr wo sie sind und wann sie wieder da sind, ob sie in Gefahr oder Sicherheit sind."

Gott sei Dank tauchte jetzt der Chef auf:

„Hallo Jörg, habe Dein Auto schon gesehen. Sehr gut. Nach dem Frühstück ist große Lagebesprechung, Klaus ist schon informiert."

Frank wirkte etwas enttäuscht von der unspektakulären Begrüßung, Mama strahlte jetzt wieder und hatte uns offensichtlich verziehen. Mütter verzeihen immer und alles. Klaus tauchte auf, wirkte etwas angespannt und nervös und konnte den Beginn der Besprechung kaum abwarten.

Natürlich hatten der Chef und seine Söhne in den letzten Stunden den östlichen Vorschlag mehrfach rauf und runter diskutiert, waren aber wohl zu keinem Ergebnis gekommen.

Der Chef machte Druck: "Auf! Das Kaffeetrinken und Rauchen können wir auch im Besprechungszimmer erledigen."

XV Die DDR

Und dann saßen wir mal wieder in alter Sitzordnung in den bequemen Ledersesseln und hatten eine unbequeme Entscheidung zu treffen. Der Osten hatte uns über Berlin mitteilen lassen, dass man sich über die Einladung zum Treffen der Bosse freue, es aber als ein Zeichen des Vertrauens werten würde, wenn sich im Vorfeld der Verhandlung zwei Söhne der ranghöchsten Chefs auf dem Gebiet der DDR treffen würden, um einige Formalitäten zu besprechen, aber auch – und das sei ihnen besonders wichtig – um sich einfach mal kennenzulernen. Anbieten würde sich ein Treffen im Rahmen der Leipziger Herbstmesse, die gerade eröffnet worden sei und man stelle sich vor, dass nur eine Vertrauensperson den jeweiligen Sohn begleite. Sollten wir mit diesem Vorschlag einverstanden sein, wür-

226

de man sich freuen Flug und Unterkunft organisieren zu dürfen. Die Berliner Kontaktperson erwarte unseren positiven Bescheid. Soweit der ungewöhnliche Vorschlag, mit dem man die Ernsthaftigkeit unserer Kooperationsabsichten, vielleicht aber auch nur einfach unseren Mut und Entschlussfähigkeit testen wollte.

Die Bedenken gegen diesen Vorschlag waren in der Familie groß und nicht ganz unberechtigt. Man begab sich auf Feindesgebiet, war dort letztendlich schutzlos, konnte als Geisel genommen oder getötet werden. Andererseits kannten sie uns inzwischen und mussten davon ausgehen, dass wir eine ihnen noch unbekannte Sicherung eingebaut hatten, wenn wir so einfach in ihrem Vorhof auftauchten. Auf jeden Fall mussten sie zunächst in Erfahrung bringen, was wir eigentlich vorhatten und das ging nur über Gespräche und der Kontakt der Söhne war der Anfang. Klaus wollte seinen jüngeren Bruder diesem Risiko nicht aussetzen, der Chef schwankte noch und Frank war natürlich begeistert vom Ausblick auf ein neues Abenteuer mit mir. Keiner fragte mich, ob ich die Person des Vertrauens sein möchte. Schien schon abgehakt. Franks Augen blitzten:

„Los Jörg, sag ihnen schon, dass wir das schaffen, wir schaffen doch alles."

Da ich nicht sofort reagierte, zog er mich auffordernd am Ärmel:

„Georg, Frank hat Recht. Klaus, ich kann Deine Bedenken verstehen, aber es ist nicht so, dass wir die Gefahr suchen. Die Gefahr kommt unweigerlich auf uns zu und wir dürfen keine Schwäche zeigen, müssen erkunden und agieren. Ich verspreche euch, dass ich Frank unbeschadet zurückbringe."

Wir diskutierten und diskutierten und waren plötzlich bei den Punkten angelangt, die Frank in Leipzig ansprechen und abklären sollte. Die Grundsatzentscheidung war wohl gefallen, wir würden die Einladung annehmen. So war es dann auch, zumal es keine echte Alternative gab. Ich regte noch an, als Gastgeschenk eine wertvolle Ikone zu besorgen. Russen sind immer gläubige Menschen. Alle nickten zustimmend und der Chef ging telefonieren. Zwei Zigaretten später war er wieder da, lächelte entspannt: „Einladung ist angenommen, die Ikone bestellt und wird heute noch geliefert." So einfach ist das Leben, wenn man ein Telefon, Geld und Beziehungen hat. Und tatsächlich, einige Stunden später klingelte es und ein Eilbote lieferte – wohl verpackt – ein Heiligenbild der russischen Ostkirche ab. Eine wunderschöne Jesusdarstellung mit einem Hintergrund aus Blattgold aus dem 13. Jahrhundert und praktisch unbezahlbar, wie uns die beigefügten Unterlagen eines Kunstsachverständigen versicherten. Eine Garantie, dass durch ein ehrfurchtsvolles Betrachten tatsächlich eine Verbindung zu Gott hergestellt werden könne, gab es allerdings nicht, daher hatte der Chef auch nur DM 14.000 in bar bezahlt.

24 Stunden später klingelte es wieder an der Tür und ein Bote der Russischen Botschaft in Frankfurt überbrachte uns die Reisedokumente für Frank und mich. Flugticket und Hotelreservierung waren in unsozialistischem Eiltempo erstellt und zugestellt. Geht also doch. Eine kleine Machtdemonstration aus dem Osten. Egal, der Flug ging in vier Stunden mit Pan Am von Frankfurt zunächst nach West-Berlin und dann mit Interflug weiter nach Leipzig. Noch eine letzte Lagebesprechung, Zahnbürste und Ikone waren eingepackt, eine kurze Verabschiedung, das Taxi stand schon vor der Tür und brachte uns zum Flughafen. Bordkarten hatten wir schon und das Handgepäck konnten wir ja mit in den Flieger nehmen. Also blieb noch Zeit für eine Tasse Kaffee, eine Zigarette und einen längeren Blick auf das hektische Gewimmel der menschlichen Ameisen, die alle, von überaus wichtigen Terminen getrieben, durch den Flughafen hetzten. Die Erste-Klasse-Reservierung sicherte

uns den problemlosen Zugang und den servilen Empfang an Bord. Kapitalistische Großspurigkeit, letztlich doch irgendwie peinlich, wenn man gerade auf dem Weg in das gelobte Arbeiter- und Bauernparadies ist. Auch das Umsteigen in Berlin war problemlos. Irgendwer hatte anscheinend eine Service- und Schutzglocke über uns gestülpt. Die Zollkontrolle war trotz der Ikone höflich und zuvorkommend, nur übertroffen vom Interflugpersonal, das uns persönlich zu den Sitzen geleitete und sogar das Handgepäck verstaute, was bei den restlichen Ost- und Westpassagieren erstaunte und respektvolle Blicke hervorrief. Wir saßen in der ersten Reihe einer Tupolew – 134, einem zweistrahligen Kurzstreckenflugzeug für vielleicht 80 Passagiere, hatten also genug Beinfreiheit und doch war plötzlich alles irgendwie ungemütlich, grau und staubig. Hohe Betriebskosten, Korrosionsschäden und Lärmschutzprobleme zeichneten diesen sowjetischen Flieger aus, wie ich einem aktuellen Bericht über den Absturz einer Maschine dieses Typs bei Minsk entnommen hatte. Na ja, würde schon alles gut gehen. Ging es auch. Eine Stunde später landeten wir in Leipzig und entkamen den erlebnishungrigen Messebesuchern mit einem Taxi, um dann im Interhotel "Merkur" wieder auf etwas erlesenere Messebesucher zu treffen. Hier in der Gerberstraße hatte man die VIPs der Messegäste untergebracht. Das fünf Sterne Hotel, erbaut von Japanern und Westdeutschen Firmen, hatte erst vor wenigen Jahren eröffnet, verfügte über diverse Bars und Banketträume und einen Hubschrauber-Shuttle, während sich die Arbeiter und Bauern freuen konnten, dass es zumindest mal zu Messezeiten Bananen gab. Wenig, braun und geschmacklos, aber immerhin Bananen.
Auf dem Weg zum Hotel waren wir an einem leicht überdimensionierten Denkmal des Begründers dieses Elend vorbeigekommen. Ein Gesellschaftstheoretiker, der vor fast 100 Jahren gestorben war und sich als Sprecher und Füh-

rer der Arbeiterklasse aufgespielt hatte, der natürlich persönlich nie gearbeitet hatte. Er stammte ja schließlich aus gutem Hause. Da studiert und schreibt man vielleicht ein bisschen, aber hart und schwer arbeiten sollen andere, deren schweres Los man dann in erfolglosen Publikationen beklagt. Zum guten Ton und Lebenslauf gehört auch, dass man als Student wegen Lärm und Trunkenheit verurteilt wird und seine Ehefrau laufend schwängert und das Kindermädchen dann eben auch noch. Das Kind aus dieser Verbindung wird dann in eine Pflegefamilie abgegeben und man kann wieder als Moralapostel durch die Lande ziehen und für Anstand und Gerechtigkeit auf dieser Welt kämpfen. Als immer wieder gescheiterte Existenz und Schwätzer, der nie etwas zu Ende gebracht hat, zieht man dann ins Exil nach London und lebt dort von den finanziellen Unterstützungen eines reichen Unternehmersöhnchens, das ihm ins Exil gefolgt war und als schwerreicher Erbe eines Textilunternehmens eine Analyse über die Lage der arbeitenden Klasse in England erstellte. Diese beiden vollbärtigen und scheinheiligen Schwätzer traten dann dem Bund der Gerechten bei. Immer wieder das Gleiche, gute Ziele, aber verlogene und skrupellose Umsetzer. Mit dem Ziel die Armen und Rechtlosen zu befreien, werden Revolutionen in Gang gesetzt und dann geht das Gemetzel los, 80 Mio. beim großen Bruder Mao, 70 Mio. bei Väterchen Stalin und immerhin noch Mio. 60 beim größten Feldherrn aller Zeiten, dem Gröfaz Adolf. Und wenn sich die Bevölkerung von diesem so notwendigen, aber schmerzhaften Entwicklungsprozess erholt hat, die letzten Zeitzeugen tot sind, beginnt das Werk der politisch gesteuerten Historiker und dann stirbt auch noch die Wahrheit. Ohne Blumen, ohne letzte Worte wird sie einfach, anonym und endgültig irgendwo verscharrt.

Wir hatten unsere Zimmer bezogen. Hier waren wir in Sicherheit, denn die Stasi wachte ja rund um die Uhr über uns mit Ton- und Bildaufzeichnungsgeräten. So soll, so muss es sein im Paradies, wenn der allmächtige Staat seiner Verantwortung für die Volksgenossen gerecht werden will.

Es war kurz vor 20.00 Uhr. Im Restaurant warteten vielleicht schon ein Volksgenosse und sein Begleiter auf uns. Pünktlichkeit ist bekanntlich die Höflichkeit der Könige und der Besitzer von Schweizer Chronometern. Wir waren also pünktlich und unsere Gastgeber auch. Ein kurzer Blick auf seinen linken Unterarm, tatsächlich, auch er war der stolze Besitzer eines Schweizer Wunderwerks. Westlicher Maßanzug, westlicher Haarschnitt, blond und slawische Wangenknochen. Und dann der Name, Dimitri Behrentzen, verdammt russisch, verdammt deutsch. Wie konnte man mit diesem Namen in der UdSSR nur überleben? Sein Begleiter, seine Vertrauensperson, war ebenfalls gut gekleidet, aber eher unauffällig und halt erkennbar zwei Gehaltsklassen niedriger, machte aber doch einen soliden und zuverlässigen Eindruck. Einzureihen in die Kategorie der loyalen, sportlichen und kampferprobten Juristen. Ein kurzes Mustern und es war klar, dass die Chemie stimmte. Das Essen, das Trinken und die Tischgespräche stimmten ebenfalls. Denn kaum hatte man einen Bissen zu sich genommen, gab es wieder Wodka. Die Unterhaltung wurde in einem Gemisch aus Englisch, Russisch und Deutsch, sowie der internationalen Zeichensprache geführt. Klappte mit zunehmendem Wodkakonsum immer besser. Dimitri weihte uns in die Geheimnisse eines wirklich guten Wodkas ein, der nur 40 % haben sollte. Der Rest müsse eben gutes Wasser sein, daher ja auch der Name. Basismaterial müsse Getreide sein, aus dem man natürlich auch Brot machen könne, aber Gott sei Dank nicht müsse. Auf jedes Wortspiel folgte dann sein erfrischendes, ansteckendes und ehrliches Lachen, das ich auch bei Frank so bewunderte und das mich seit unserer ersten Begegnung für ihn eingenommen hatte. Sind denn alle Verbrechersöhne so nette Kerle? Und beim nächsten Glas erklärte er uns, dass man beim Trinken die Luft anhalten und schon aus Höflichkeit gegenüber dem Gastgeber das Glas komplett austrinken müsse. Wir waren natürlich höflich. Und beim nächsten Glas erzählte er uns, dass er sehr wohl wisse, dass es in Westdeutschland eine Schnapsfabrik mit gleichem Namen gebe, mit der er aber leider nicht verwandt sei. Die Stimmung an unserem Tisch wurde immer lustiger, das Lachen lauter und das Servicepersonal höflicher. Klar, mit steigendem Wodkakonsum stieg auch die Wahrscheinlichkeit auf ein hohes Trink-Geld. Manche Worte sind halt doch voller Wahrheit.

Frank hatte unser Gastgeschenk noch auf dem Tisch neben sich liegen und jetzt schien ihm der richtige Moment zur Übergabe gekommen:

„Dimitri, ich wollte mich noch für die Einladung bedanken. Hier ein kleines Geschenk. Bring es in deine Heimat zurück."

Dimitris Augen strahlten. Kleine und große Jungs kriegen halt gerne Geschenke. Er riss die schlichte Verpackung ab, seine Augen wurden ernst und die Gesichtszüge erstarrten. Er stand auf, sein Begleiter ebenfalls und beide bekreuzigten sich vor dem Heiligenbild:

„Nein, das kann ich nicht annehmen. Mein Vater, meine Familie sammelt seit Generationen Ikonen, wie konntest du das wissen? Ich kann daher die Seltenheit und den Wert dieses Geschenkes sehr gut bemessen. Wenn ich es annehmen würde, wäre ich dir verpflichtet und das möchte ich noch nicht."

Frank, zunächst überrascht über diese Reaktion, reagierte aber richtig:

„Dann nimm das Geschenk für deinen Vater an, mit den besten Grüßen meines Vaters und er kann sich ja dann revanchieren, wenn er unserer Einladung nach Bad Homburg folgt."

Frank war ein Genie. Dimitri strahlte wieder, gab seinem Begleiter das jetzt zusätzlich mit mehreren sauberen Stoffservietten sorgfältig eingepackte Heiligenbild und den Auftrag es umgehend im Hotelsafe zu deponieren. Der nickte nur und machte sich auf den Weg. Vielleicht hatte er ja auch noch ein paar Semester Botendienste studiert.

Dimitri rief ihm nach, dass wir uns nachher in der Bar auf der Dachterrasse wieder mit ihm treffen würden, er solle sich aber ruhig Zeit lassen, wir müssten ja noch austrinken und bezahlen. Er bestellte eine neue Runde und zahlte. Das Trinkgeld war dann auch erwartungsgemäß mehr als angemessen.

Die beiden Jungs hatten sich untergehakt, ich machte die Nachhut und Dimitri war wieder Gastgeber, Fremdenführer und Unterhalter in einer Person:

„Vater wird begeistert sein von dem Geschenk und wenn ich ihm dann noch erzähle, dass ihr auch noch gute Trinker seid, wird er eure Einladung nicht ausschlagen können."

Frank war auch begeistert, nickte mir unauffällig zu und ich war auch zufrieden, war ich doch einem Haupt in der Mitte einer Hydra wieder ein Stück näher gekommen. Von diesen vielköpfigen Schlangenungeheuern gibt es aber leider jede Menge und wenn man ihnen einen Kopf abschlägt, wachsen zwei neue Köpfe nach. Und der Kopf in der Mitte ist angeblich unsterblich. Wie ist eigentlich der Plural von Hydra? Hydren?

Wir waren in der Bar angekommen, Dimitri suchte uns einen gemütlichen Ecktisch aus, flüsterte kurz mit dem Barkeeper und einige Hotelgäste hatten plötzlich keinen Sitzplatz mehr und verließen ohne größeren Protest das Schlachtfeld. Andere Länder, andere Sitten. Der oberste der Ober tauchte auf, bekam vorab sein Trinkgeld. Nahm persönlich die Bestellung auf, wünschte uns noch einen schönen Abend und verschwand im Hintergrund der Bar. Tuschelte vorher noch kurz mit ein paar Damen des horizontalen Gewerbes, vielleicht auch der Stasi, wahrscheinlich aber sowohl als auch und war dann wirklich für mehrere Minuten abgetaucht, um irgendwem Bericht zu erstatten, zu telefonieren oder einfach nur um das Trinkgeld zu zählen. Der Ikonenbote hatte seine Aufgabe erledigt und saß plötzlich wieder an unserem Tisch.

Die beiden Juniorchefs amüsierten sich köstlich, da wollten wir nicht weiter stören, beobachteten also das Umfeld, die Menschen und gingen so unseren Gedanken nach. Ich suchte noch nach der Antwort, wer denn bei der Bekämpfung der Hydra, den Hydren Recht habe? Die Taoisten oder Hercules, der den zentralen angeblich so unbesiegbaren Kopf letztlich dann doch besiegte. Wahrscheinlich lag die Wahrheit auch hier wieder in der Mitte. Also erst gelassen der Entwicklung zuzuschauen und dann im richtigen Moment an der richtigen Stelle zuzuschlagen. Dimitris Begleiter hatte mich die ganze Zeit immer wieder aus den Augenwinkeln beobachtet. Unaufdringlich, aber dann doch so auffällig, dass ich es merken musste und wohl auch sollte. Sein Job war es, sich ein Bild von mir und meiner Rolle in diesem Spiel zu machen. Berlin hatte wohl so einige Basisinformationen geliefert. Irgendwie kam er aber nicht weiter und versuchte es mit einem kleinen unverbindlichen Gespräch:

„Wie ich sehe, beobachten sie auch gern Menschen. Das ist auch eine Schwäche von mir. Gerade hier zu Messezeiten, unter Alkohol und umgeben von attraktiven Frauen, fallen die meisten Masken. Die Ehefrauen und Chefs sind weit weg, die meisten Spesenkonten gut gefüllt. Der Alkohol ist von bester Qualität und die Damen hübsch, willig und bestens geschult. Und ein bisschen Abenteuerlust steckt ja in uns allen.“

Recht hatte er und außerdem war es ja auch unsere Aufgabe, das Umfeld im Blick zu halten, damit sich unsere Herrschersöhne ungestört, sicher und entspannt amüsieren konnten. Für ihn sei es, wie er betonte, ein Traumjob. Die Welt stünde für ihn offen, er könne sich alles leisten, was man für Geld kaufen könne. Der Chef sei streng, aber fair und erwarte nur 100 %ige Loyalität, Leistung und Einsatzbereitschaft rund um die Uhr.

Und wenn er diesen Job noch ein paar Jahre mache und sein Schützling dann vielleicht schon aufgestiegen sei, könne er mit einer lukrativen Führungsposition in der Organisation rechnen. Nur dem Junior dürfe halt nichts passieren, aber dafür würde er, notfalls auch unter Einsatz seines Lebens sorgen. Er gehe davon aus, dass es bei mir ähnlich sei. Ich musste an die misslungenen Mordanschläge in Frankfurt und Bremen denken und lächelte still vor mich hin. Er sah mein Lächeln und wusste, was ich wusste. Es wurde kühl im Raum und er schaute mich erwartungsvoll an.

„Ja, Welpenschutz ist unsere Aufgabe. Der Nachwuchs hat, wenn überhaupt, nur im eigenen Rudel eine gewisse Narrenfreihat. Außerhalb der Familie ist weder im tierischen, noch im menschlichen Bereich Verlass auf die Beißhemmung. Was immer wir tun, um die Familie und ihre Mitglieder zu schützen, wir folgen nur einem natürlichen Instinkt und der ist nie gegen den Anderen persönlich gerichtet. Es ist bei Menschen wie bei Wölfen, man muss sein Revier abstecken, die gemeinsamen Interessen abstimmen und schon herrscht Ruhe, Sicherheit und Frieden auch für unsere jungen Wölfe. Sie haben doch wohl Jura studiert. Ich gehe mal davon aus, dass es in der UdSSR nicht anders ist als bei uns und dabei gelernt, dass die menschliche Gesellschaft bei den kleinen und großen Fehlern der Jugendlichen nachsichtig ist."

Er hatte ruhig und aufmerksam zugehört und wohl auch verstanden, dass wir die Anschläge nicht persönlich nehmen würden und nur bestrebt seien die Familie zu schützen. Als studierter Jurist konnte er meinen kleinen Ausflug auf die Nachsicht der Gesetzgebung bei jugendlichen Straftätern natürlich nicht so unkommentiert stehen lassen. „Sie haben natürlich Recht. Wie überall auf dieser Welt, zumindest in den zivilisierten Gesellschaften, bemüht sich auch unser Strafrecht die Erziehung zu moralisch vertretbarem Handeln der Bürger durch Gesetze zu unterstützen. Strafbar wegen Mord und Totschlag ist eine Tat nur, wenn sie geplant und vorsätzlich war und das sowjetische Jugendstrafrecht ist zumindest genauso fortschrittlich wie das westliche. Fraglich ist aber nur, ob diesen Bestrebungen nicht ein tiefer, aber unerfüllbarer Wunsch zugrunde liegt, die Heranwachsenden zu besseren Menschen zu erziehen und ihnen eine friedliche und vertrauenswürdige Scheinwelt vorzugaukeln, die es natürlich nicht gibt. Der zwangsläufig kommende Lernprozess ist dann umso schmerzhafter. Die Natur kennt nur ein Gesetz: Das eigene Revier beherrschen und gegen alle Gegner und mit allen Mitteln verteidigen."

Im Prinzip hatte er ja Recht, auch wenn er bei seinen Ausführungen verschwieg, dass Reviere erobert, erweitert oder eben auch verloren werden konnten. Auch das seit Jahrmillionen überall auf dieser Welt und dass Verträge und Abkommen noch nie für Sicherheit gesorgt hatten. Wir schauten beide zu unseren Schützlingen, die sich köstlich amüsierten. Keine Gefahr drohte, nur ein Kater am nächsten Morgen, aber das würden sie überleben. Und während ich mit meinem Berufskollegen über Gott und die Welt philosophierte, ging mir nur ein Gedanke immer wieder durch den Kopf: ich musste Frank loslassen. Übertriebener Welpenschutz behindert sein eigenes Lernen. Er musste raus aus dem sicheren Hafen, er hatte gute Anlagen und lernte schnell. Er würde alle Hindernisse überwinden. Ich hatte ihn über Wochen und Monate beobachtet. Er hatte eine gute Menschenkenntnis und ein sicheres Gespür für die Zeit, wann ist der richtige Zeitpunkt für Kampf oder Rückzug, für das Abwarten oder das Ablenken. Er würde seinen Weg gehen und ich fragte mich, warum der Hydra schon ein Kopf nachwächst, obwohl ich noch keinen abgeschlagen hatte. Es wurde spät, sehr spät an diesem Abend und sehr früh an diesem Morgen. Nach ein paar Stunden Schlaf trafen wir uns zeitversetzt zum zweiten Frühstück. Dimitri strahlte und verkündete, dass er mit seinem Vater länger telefoniert und unser Gastgeschenk dann doch schon angekündigt habe. Soweit er das jetzt schon sehen könne, sei sein Vater bereits entschlossen die Einladung anzunehmen und freue sich auf das Zusammentreffen und die zukünftige gemeinsame oder die zumindest abgestimmte operative und strategische Vorgehensweise. Er habe seinem Vater auch vorgeschwärmt, dass die nächste Generation sich bestens verstehe. Frank nickte und strahlte seinen neuen Freund an. Die beiden verstanden sich auch ohne Alkohol und witzelten schon wieder über die biederen Messebesucher und Geheimdienstler.

Und als wir so bei der dritten oder vierten Tasse Kaffee angelangt waren, tauchte an unserem Tisch ein unscheinbarer Kofferträger in Begleitung zweier nicht ganz so unscheinbarer Begleitpersonen auf, verbeugte sich vor Dimitri und übergab ihm einen ledernen Arztkoffer und eine kleine Holzschatulle. Das Triumvirat verbeugte sich, grüßte wortlos in die Runde und verschwand.

Dimitri ergriff wieder das Wort und erzählte, dass sich sein Vater über die Ikonen, aber fast mehr noch über die Worte von Frank: *Bring sie in deine Heimat zurück* gefreut habe. Also habe er sich auch etwas ausgedacht, das Frank in seine Heimat zurückbringen könne.

Frank öffnete den kleinen Koffer, schloss ihn wieder, steckte sich eine Zigarette an, öffnete den Koffer wieder, schaute zu Dimitri und dann zu mir:

„Jörg, das ist ein riesiger Goldbarren mit Reichsadler und Hakenkreuz, bestimmt über 10 kg schwer. Kann ich das annehmen?"

Die Abnabelung musste weitergehen:

„Entscheide Du. Dimitri ist Dein Freund. Und Geschenke eines Freundes bewertet man nicht."

Natürlich nahm er dann das Geschenk an und neben Butter, Marmelade, Wurst, Schinken und frischen Brötchen stand ein dann doch unscheinbarer kleiner Koffer mit altem Gold im Wert von vielleicht DM 500.000 einfach so auf dem Frühstückstisch.

Dimitri strahlte und übergab mir die kleine Holzschatulle mit den Worten:

„Das war ein guter Rat und guter Rat ist teuer, also auch für Dich natürlich ein kleines Geschenk, da du meinem neuen Freund ein so wertvoller Begleiter bist."

Die kleine Holzkiste war mit rotem Samt ausgeschlagen, auf dem säuberlich aufgerollt 50 US Double Eagle lagen. Gewicht ca. 1,5 kg und Wert runde DM 50.000.

Ich bedankte mich höflich, während Frank noch auf sein Köfferchen starrte. Dimitri versicherte ihm, dass wir keine Zollprobleme haben würden, wenn wir wie geplant die 15.25 Uhr-Maschine nach Berlin nehmen würden. Also ein mehr als großzügiges Geschenk verbunden mit einer kleinen Machtdemonstration. Egal, unser Tisch hatte ein neues Thema und das hieß Nazigold. Hunderte von Tonnen waren gefunden worden. Was aber in den letzten Kriegswochen in den tausenden von Kanälen verschwunden war, würde man nie gänzlich klären können. Sieger und Besiegte hatten sich bedenkenlos bereichert. Gegnerische Soldaten, Politiker und Banker hatten erfolgreich Hand in Hand gearbeitet. Gold. Geraubtes wurde wieder geraubt, von

Zügen und Lastwagen, von Russen und Amerikanern, wer konnte oder wollte schon seinem verführerischen Glanz widerstehen? Und den Barren sah man ja nicht an, ob es mal ein Ehering oder Zahnersatz gewesen war und was mit den Besitzern geschehen war. Gold war, ist und wird immer in höchster Reinheit gehandelt, wer wollte daran zweifeln?

Die Zeit war wie im Flug vergangen und hätte es nicht den luxushoteleigenen Hubschrauber gegeben, hätten wir noch unseren Flieger verpasst. Alles kein Problem für Dimitri. Ein kurzes Gespräch und wir schwebten über dem Verkehrsstau unbehelligt in Richtung Flughafen und hatten sogar noch Zeit für eine kleine Ehrenrunde um das Kriegerdenkmal mit einem russischen T 34, einem der Exportschlager der UdSSR, wie uns Dimitri stolz versicherte. Einem der meistgebauten Panzer aller Zeiten, der bis in die 60ger Jahre auch in die DDR geliefert wurde. Am Flughafen angekommen, führte uns Dimitri vorbei an schwer bewaffneten Volkspolizisten und endlosen Schlangen geduldig und ergeben wartender Fluggäste direkt zur Maschine. Auch zu Messezeiten war die Präsenz des Militärs allgegenwärtig. Hunderte von NVA-Soldaten beherrschten mit ihren Kalaschnikows die Situation und unser Begleiter konnte sich einen kleinen Vortrag über die AK 47 und das Nachfolgemodell AK 74 nicht verkneifen. Diese in zig-Millionen Stück produzierte Waffe sei überall auf der Welt im Einsatz. Keine Revolution ohne die Kalaschnikow. Eine verrücktes Arbeiter- und Bauernparadies diese UdSSR, man exportiert dort Panzer und Maschinenpistolen und importiert Unterhaltungselektronik und Wasserbetten für die Vertreter der Werktätigen. Alles im Namen der Gründerväter Marx und Engels und vielleicht gerade noch Lenin und bei ein paar ganz Unerschütterlichen noch Väterchen Stalin. Der Flieger hob trotz seiner schweren Goldbeladung ab. Frank hatte seine 12,5 kg zwischen den Füßen platziert und ich meine bescheidene 1,5 kg im Handgepäck untergebracht. Als wir dann umgestiegen waren und im Flieger nach Frankfurt saßen, genossen wir die Sauberkeit, die routinierte Unhöflichkeit des Flugpersonals und wussten, dass wir dem Paradies unbeschadet entkommen waren.

Frank hatte einen Fensterplatz mit Blick auf Flügel und Triebwerk, schaute starr und mit trockenen Augen auf die Wolkendecke, die uns keinen Abschiedsblick auf dieses Paradies erlaubte. Und dann, ohne den Kopf zu wenden sagte er mit leiser Stimme:

„Jörg, wie kann das sein? Wie kann der Befehl zu meiner Ermordung aus dieser Familie gekommen sein? Dimitri ist doch ein so netter Kerl!"

Das konnte man von Frank auch sagen und doch hatte sein Vater unzählige Morde befohlen und einer dieser Morde würde ihm zum Verhängnis werden.

„Man kannte dich halt nicht und jetzt besteht aus ihrer Sicht die Chance, dass aus Gegnern Geschäftspartner werden können."

Frank schwieg ein paar Minuten und fuhr dann ansatzlos fort:

„Er hat mir so viele sehr persönliche Dinge anvertraut, von seinen Vorfahren, die als Russlanddeutsche oder konkreter als Wolgadeutsche vor über 250 Jahren in dieses riesige Land eingewandert sind. In ein unermesslich großes Gebiet mit strengen Wintern, heißen Sommern und wenig ertragreichen Böden. Selbst Holz sei Mangelware gewesen und man habe die ersten Jahre nur durch den Fischfang überleben können. Und obwohl man eigentlich Handwerker und nicht Bauer gewesen sei, habe man es mit Fleiß und deutscher Disziplin schon nach wenigen Jahren geschafft erste Erfolge zu erzielen, um wenigstens überleben zu können. Man habe Kartoffeln und Tabak angebaut, Viehzucht betrieben und in Katharinenstadt sogar Weberfabriken errichtet.

Sehr entbehrungsreiche Jahre. Man habe aber eine gewisse Autonomie erhalten und sich die deutsche Sprache und Kultur über Jahrhunderte erhalten. Schon sehr früh hätten seine Vorfahren eine Schutztruppe gegründet, die die Siedler erfolgreich gegen die räuberischen Nomaden geschützt habe. Eine Aufgabe, die der Staat in diesem weiten Land einfach nicht leisten konnte."

Frank machte eine kleine Pause und ließ sich einen Tomatensaft mit Salz und Pfeffer bringen. Also auch er, kein Mensch trinkt Tomatensaft, nirgends und nie, außer er oder sie sitzt in einem Flieger.

„Ja, ich kann mich dunkel an den Geschichtsunterricht erinnern, in dem wir lernen durften, dass eine deutschstämmige Zarin, Katharina die Große, mit vielen und falschen Versprechungen ihre Landsleute in dieses Paradies gelockt hat."

Der Saft war gekommen, Salz und Pfeffer untergerührt und Frank erzählte weiter:

„Die härteste Zeit für alle Russlanddeutschen ist aber dann im 2. Weltkrieg unter Stalin gekommen. Die 500.000 standen unter Generalverdacht und wurden nach Sibirien deportiert. Hundertausende starben in der Verbannung oder auf dem Weg dahin. Wenn man überleben wollte, musste man sich einen anderen Namen, zumindest einen anderen Vornamen zulegen und Sprache und Tradition vergessen Sie handelten entsprechend und überlebten. Erst nach Stalins Tod, so in den Fünfzigern, sei es dann etwas besser geworden und man habe mit all den Kontakten und Verbindungen dann die heutige Organisation wieder aufgebaut.

Jörg, wie soll das weitergehen? Du hast doch selbst gesehen über welche Kontakte und Macht sie verfügen. Da können wir doch nur kooperieren."

241

Die Wolkendecke hatte sich verzogen und die Lichter der Mainmetropole tauchten am Horizont auf.

„Frank, mach dir keine Sorgen. Die UdSSR, der gesamte Ostblock, steht vor einem gewaltigen Umbruch. In wenigen Jahren wird nichts mehr so sein, wie es war. Die Wirtschaft ist schon Pleite. Strafrechtlich gesehen ist der Tatbestand der Konkursverschleppung gegeben. Das Militär ist unterversorgt und demotiviert, die politische Kaste korrupt und entscheidungsunfähig und das sind die Eckpfeiler auf denen die Macht unserer Gastgeber ruht. Unser Planungsansatz ist nach wie vor richtig und wie vor einigen Tagen beschlossen, müssen wir nur Zeit gewinnen. Sonst nichts. Alles wird gut."

Witterungsbedingt war die Landung etwas holperig. Die Türen öffneten sich, wir schnappten uns die Geschenke und marschierten zur Gepäckausgabe. Alles lief glatt und problemlos. Ein Taxi brachte uns nach Bad Homburg, wo wir offensichtlich schon sehnsüchtig und neugierig erwartet wurden, denn nicht alle Informationen sind für ein Telefonat aus der DDR geeignet. Frank berichtete ausführlich über unseren Besuch und dass wir beide empfehlen würden, bei unserem ursprünglichen Plan zu bleiben und das hieße dann mal wieder abwarten. Der Chef stimmte zu und entschied so ganz nebenbei, dass wir als Belohnung die Geschenke behalten sollten:

„Jörg, das kannst Du aber jetzt nicht ablehnen, die Russen sind da sehr empfindlich. Also behalte die paar Münzen und kein Wort mehr darüber."

Die beiden Brüder feixten und auch der Chef spendierte mir ein kleines Lächeln. Mama hatte natürlich ein Familienfest vorbereitet, um die gesunde und erfolgreiche Rückkehr ihres Lieblings, ihrer Lieblinge, angemessen zu feiern. Der Familienkrake hatte mich wieder liebevoll umarmt und ich genoss die Vertrautheit.

Die Stunden verflossen, Frank musste immer wieder Details unserer Erkundungstour berichten und lange nach Mitternacht lag ich dann endlich in meinem Bett und allein mit meinen Gedanken. Meine Aufgabe näherte sich ihrem Ende. Ein paar Kleinigkeiten waren noch zu erledigen, Li musste die Chinesen beruhigen und unsere Flucht vorbereiten. Ich musste den Sprengstoff in den Geheimkammern des antiken Besprechungstisches unterbringen und die Fernzündung vorbereiten. Kein Problem. Und wenn dann endlich meine Aufgabe erledigt war, würden mir die Meister sicher erlauben mich in der Nähe des Himmels, in meiner neuen, meiner alten Heimat, wieder um etwas Erleuchtung zu bemühen. Und Li konnte sich wieder seinen weltlichen Projekten in Tibet widmen, um seine Schuld zu bezahlen. Handlungsbedarf gab es hier genug. Meine Gedanken kamen nicht zur Ruhe. Was war nicht alles in diesem Jahr in Tibet passiert? Li hatte ja noch seine zuverlässigen Informationsquellen. Gerade hatte das zentrale Bildungsministerium in Peking eine Universität in Lhasa eröffnet. Eine deutsch-chinesische Expedition war aufgebrochen, um die Vereisung auf dem Dach der Welt zu erforschen. Man forschte nach den Gründen für die jüngsten Vereisungsperioden, die letzte Eiszeit, während sich unser Globus erhitzte. Absurd diese Herren in ihrem wissenschaftlichen Elfenbeinturm und man konnte nur hoffen, dass einige Abfallprodukte ihrer Tätigkeit die Lösung aktueller Probleme, gerade auch in Tibet, unterstützen würden, denn nirgends auf dieser Welt war man dem Himmel näher, nirgends war der Boden felsiger und die Luft dünner. Niemand konnte, wollte und durfte bisher die Tibeter im Kampf gegen den Identitätsverlust ihres Volkes unterstützen. Den Kontakt zu dem im Exil lebenden Dalai Lama mussten sie vermeiden, ebenso den Versuch mit der vor einigen Jahren gegründeten Deutsch-Tibetischen Kulturgemeinschaft ehrlich und offen zusammenzuarbeiten. Selbst die Nähe zum kulturhistorisch so wertvollen heiligen Berg Kailash mussten sie meiden, da war nur ein Platz für ausgewählte Touristen, Ungläubige und Agenten, nicht aber für Gläubige oder Suchende wie uns, die sich besser verstecken mussten. Eine streng kontrollierte Öffnung für den Massentourismus, der verlockenden Devisenschwemme kann auf Dauer auch kein Maoist widerstehen, zeichnete sich zwar ab, auch erfolgten halbherzige Maßnahmen zum Wiederaufbau von Klöstern und Denkmälern zur Täuschung von blinden westlichen Politikern und der feigen Weltpresse, aber die Realität sah anders aus. Die Zerstörung, die die Rotgardisten in 4 Jahren angerichtet hatten, wurde durch rücksichtslosen Tagebau, das Verkarsten der Landschaft und das Abholzen ohne Wiederaufforstung fortgesetzt. Mit Folter, Abtreibung, Sterilisation und Kindesmord wurde die schleichende, aber endgültige Vernichtung dieses alten Kulturvolkes eingeläutet. Li würde also nicht von Arbeitslosigkeit bedroht werden.

XVI Götterdämmerung

Irgendwann schlief ich dann doch ein, tief und fest, bis es an meiner Tür klopfte:

„Hallo mein Junge, alles in Ordnung?"

Mama würde mir fehlen, Frank natürlich auch und mein Polizist sowieso.

„Wir sitzen schon am Frühstückstisch und warten auf Dich. Beeil dich bitte."

Die Frühstücksrunde war bester Laune und begrüßte mich, wie man eben ein Familienmitglied begrüßt, das gerade mal wieder bei einer kleinen Nachlässigkeit erwischt wurde. Der Chef saß wie immer am Kopfende des Tisches, nickte mir nachsichtig zu, strahlte Souveränität und Zufriedenheit aus:

„Jörg, lang zu, stärke Dich für die positiven Informationen, die ich Euch nachher im Besprechungszimmer geben werde."

Frische Herbstluft drang durch das nur angelehnte Fenster, der Kaffee und die frischen Brötchen dufteten verlockend, ja, so konnte man leben, so konnte man aber auch sterben oder sich zumindest vorübergehend zurückziehen. Wer wollte schon gegen die Naturgesetze angehen, der Spätherbst kündigt den Winter an und da hilft kein Einspruch, auch kein Jammern und Klagen.

Frische Rühreier mit Schinken und Schnittlauch wurden gebracht und ich langte befehlsgemäß zu Der Chef und seine beiden Söhne wurden langsam dann doch unruhig, ich beendete also mein Frühstück und wir machten uns auf in Richtung Besprechungsraum.

Kaffee, Aschenbecher standen auf dem Tisch und einige Kilo Sprengstoff lagen schon in den Geheimfächern. Alles war also bestens vorbereitet, als der Chef begann:

„Jungs, eine wirklich gute Nachricht, wir haben für unsere Aktionen bezüglich der Kontaktaufnahme und der geplanten gemeinsamen Geschäfte mit dem Osten aus allen politischen Richtungen die absolute Freigabe und Zusage, dass man unsere Pläne nach Kräften unterstützen werde. Natürlich ist dem Bundesnachrichtendienst, der ja mit seinen tausenden von Mitarbeitern für die Auslandsaufklärung zuständig ist, nicht entgangen, dass wir hier im Osten Kontakte gesucht und gefunden haben. Unser Kontaktmann, der den Gründer dieses Dienstes, Herrn Generalmajor Reinhardt Gehlen, zuständig für die Abteilung Fremde Heere Ost, noch persönlich gut gekannt hat, konnte sich vor Lachen kaum einkriegen, da sich hier aus seiner Sicht der Kreis wieder geschlossen habe. Exakt und sauber, wie man beim BND nun mal arbeite, sei natürlich ein Bericht an die Regierung gegangen. Wir sollten uns aber keine Sorgen machen, das sei halt nur einer von jährlich hunderten von Berichten und nach allem, was er aus Bonn und von unserer Ständigen Vertretung in Ostberlin gehört habe, würde man uns keine Steine in den Weg legen, wenn wir hier weitere Geschäftsverbindungen aufbauen würden. Sie selbst würden sich ja seit Jahren in aller Stille und sehr erfolgreich mit dem Freikauf von politischen Gefangenen befassen. BRD und DDR seien nun mal Frontstaaten und da gelten andere Regel. Und wenn die DDR-Funktionäre mal wieder Devisen benötigten, würde der Knast wieder aufgefüllt und es gebe wieder menschliche Handelsware. Wenn wir also logistische Unterstützung oder sonstige Informationen benötigten, würde man uns selbstverständlich gern und jederzeit, aber natürlich absolut diskret, unterstützen."

Der Chef machte eine kleine Kunstpause und genoss für ein paar Sekunden unser Schweigen:

„Ein vergleichbar positives Gespräch hatte ich mit unserem Mann im Auswärtigen Amt, dem deutschen Außenministerium, einem Bürokratenapparat mit einer unüberschaubaren Anzahl von Abteilungen und Ausschüssen, deren Hauptaufgabe die Pflege der auswärtigen Beziehungen ist und an dieser Aufgabe würden wir ja auch arbeiten. Stimme ja auch irgendwie, nur müsse Irgendjemand unser Geschäft völlig falsch verstanden haben. Wahrscheinlich wolle man es auch nicht wirklich verstehen. Also auch von hier nur positive und beruhigende Signale.

Jörg, was meinst du, sollten wir statt der geplanten Einschüchterung nicht doch lieber ein paar gesunde und ertragreiche Geschäfte mit diesen Herren entwickeln?"

Ich hatte gewusst, dass diese Frage kommen würde. Unser Besuchsbericht aus Leipzig war einfach zu positiv gewesen und die hinter allem stehende Politik favorisierte augenscheinlich diese Verbindung. Wie sich die Absichten und Pläne verändern würden, war mir eigentlich gleichgültig, sie würden sich zusammen mit den handelnden Personen ja eh in Luft auflösen. Ein gewisses Bedrohungspotential musste ich aber aufrechterhalten, um beim Treffen der Chefs eine glaubwürdige Begründung zu haben, warum der Rest der Familie sich im Panikraum aufhalten müsse.

„Georg, ich glaube nicht, dass unsere Auslandsvertretungen die Lage richtig einschätzen. Man sagt zwar, dass sie mit ihren tausenden von Mitarbeitern "Auge, Ohr und Stimme" der Bundesrepublik seien, mir drängt sich aber das fernöstliche Sinnbild mit den drei Affen auf, die desinteressiert und meinungslos nichts hören, nichts sehen wollen und zu Allem schweigen. Rückgratlose Beamte eines Staates, in dem sich die Siegermächte, also auch die UdSSR, noch ein sogenanntes Notstandsrecht vorbehalten haben, um die Regierungsgewalt jederzeit wieder übernehmen zu können. Die werden vor diesem Hintergrund im Zweifelsfall nichts für uns tun."

Die gute Laune des Chefs war etwas verflogen:

„Jörg, ich habe gleiche positive und zustimmende Reaktionen aus dem Hessischen Innenministerium in Wiesbaden und dem Innenministerium in Bonn erhalten, also den vorgesetzten Stellen aller Bundeskriminalämter und Polizeipräsidien. Alles extrem wichtige und sehr hilfreiche Kontaktpersonen, die wir in den vergangenen Jahren gut bezahlt haben, die aber ihren Preis auch wert waren. Mit dem Hinweis auf die Bedrohung der inneren Sicherheit konnte man dort so ziemlich jede Maßnahme legitimieren und uns über das Aufbauen neuer Feindbilder immer wieder aus dem Schussfeld nehmen. Hier spielt man mit der öffentlichen Meinung und baut weiter am unüberschaubaren Netz der Zuständigkeiten. All diesen Helfern und Lobbyisten sollen wir jetzt nicht mehr glauben?"

Vor meinem geistigen Auge grinsten mich die neun Köpfe der Hydra bösartig an und der unsterbliche Kopf in der Mitte lachte verächtlich über das kleine Menschlein, das den Kampf mit ihr aufgenommen hatte. Und dieser angeblich unsterbliche Kopf in der Mitte war die Politik, die mit ihren alten Seilschaften das Leben von Wölfen und Schafen gleichermaßen beherrschte. Egal, meine Aufgabe war es vorübergehend nur für etwas mehr Ausgleich zu sorgen. Und diesen Job würde ich so oder so beenden.

„Chef, wahrscheinlich hast Du Recht, was die Bedeutung dieser Kontakte für die weitere Zukunft der Organisation anbelangt. Du hast eine jahrzehntelange Erfahrung in diesem Bereich, nur bitte ich zu bedenken, dass Dich niemand gewarnt hat, dass Berlin fremd geht und Mordanschläge auf Deinen Sohn erfolgen könnten. Ich kann dich nur bitten vorsichtig zu sein und den Ostblocklern keinesfalls zu trauen. Wenn also das Treffen in den nächsten Tagen hier stattfindet, lass nur die Chefs ein. Leibwächter oder sonstige Begleitpersonen haben in den Autos zu bleiben und deine komplette Familie hält sich im Panikraum auf. Frank sollte sich mit mir zeitgleich zu diesem Treffen auf den Weg nach China machen, um hier Öl auf die Wogen zu gießen, da das Treffen mit dem Ostblock auch im fernen Osten bekannt werden wird.

Und wenn Du Dich nach diesem Treffen doch für eine Zusammenarbeit mit der Russenmafia entscheidest, können wir aus dem politischen Slogan "Wandel durch Annäherung" ja unseren neuen Slogan "Handel durch Annäherung" machen."

Mit dem letzten Vorschlag hatte sich die Stimmung etwas entspannt, die beiden Söhne atmeten tief durch und der Chef lächelte wieder:

„Jörg, ich glaube Du hast schon wieder Recht. Natürlich dominiert die Politik auch unser Geschäft, aber die Sicherheit der Familie hat absoluten Vorrang, also Gürtel und Hosenträger, wie Du manchmal zu sagen pflegst, sind angesagt."

Alles lief also wie geplant. Ein paar Tage noch und mit einem Daumendruck auf einen kleinen, unscheinbaren roten Knopf konnte ich meine Aufgabe beenden. Wir diskutierten noch einige Details bezüglich der Strategie, die Frank bei den anstehenden Gesprächen mit den Chinesen einschlagen sollte, in Gedanken war ich aber längst wieder bei meinen Taoisten in Tibet. Von dort war ja, wenn man den mündlichen Überlieferungen glauben durfte, der Taoismus nach China gekommen.

Taoisten missionieren nicht, sondern sind eher im Untergrund zu finden und ich musste auch raus aus diesem ewigen Planen und Handeln und rein in den Untergrund. Ich musste wieder über Meditation Distanz zu dieser hektischen Welt gewinnen, die sich nur über Aktivitäten definiert. Für Taoisten ist alles, was auf dieser Welt geschieht nur Staub, den die Geschichte wieder verweht. Permanente kulturelle Veränderungen, Amoralität und auch die gigantische Überbevölkerung reißen uns den Boden unter den Füßen weg. Ich aber musste das finden und erkennen, was sich niemals wandelt und mich der Antwort auf die ewige Frage „warum bin ich hier?" nähern, wollte und musste mich meditierend mit der Quelle des Universums verschmelzen. Dieses Suchen nach der Erleuchtung war eine zeitlose Aufgabe, also war auch hier der Weg das Ziel und diesen Weg würde ich gehen.

Unsere Besprechung näherte sich ihrem Ende. Alle waren bester Laune, natürlich neugierig und gespannt auf das, was die nächsten Tage bringen würden. Ich verabschiedete mich, da ich mit Li noch einige letzte Punkte zu besprechen hatte.

Diesmal trafen wir uns im Wiesbadener Hauptbahnhof, direkt gegenüber dem Hessischen Innenministerium, einem protzigen Neubau an der Friedrich-Ebert-Allee.

Zu besprechen gab es eigentlich nicht viel. Li hatte einen perfekten Job gemacht. Die Chinesen würden ihr Eintrittsgeld in den deutschen Markt in Diamanten bereithalten. Er wäre der Bote und man vertraute ihm. Der Umtausch in

Goldmünzen und US-Dollar würde dann problemlos in Tokio erfolgen, denn wenn man für China eine Spur verwischen wollte, musste man nur über Japan gehen. Die uralte Feindschaft zwischen den beiden Ländern würde ein unüberwindbares Hindernis bei der Spurensuche nach dem verschwundenen Eintrittsgeld sein. Die Hälfte, also rund 5 Mio. in US-Dollar, würde in Japan bleiben, der Rest würde auf einer Privatbank in Kathmandu deponiert. Sherpas würden uns dann wieder nach Tibet führen. Alles wie gehabt. Zurücklassen würden wir nur eine Staubwolke in Bad Homburg, eine hasserfüllte Ostblockmafia und verwirrte Chinesen, die ihrem Eintrittsgeld nachtrauerten. Ein zumindest kleiner Rückschlag für die internationale organisierte Kriminalität und ein großes Taschengeld für Li, seine Pläne und die bereits angelaufenen Projekte. Li würde die Diamanten am 04.11. abholen, dann mit einem kleinen Privatflieger zunächst nach Tokio fliegen, dann nach Kathmandu und dort auf mich warten. Eigentlich war unsere Aufgabe für einen zumindest vorübergehenden Ausgleich zwischen Gut und Böse zu sorgen damit erledigt. Wir hatten Unsicherheit, Misstrauen und Tod gesät, dafür 10 Mio. geerntet, also auch finanziell für etwas mehr Ausgleich gesorgt.

Li war voller Zuversicht und Sehnsucht nach dem Dach der Welt, nach dessen reinen und unendlichen Höhen und der Ruhe und dem Frieden, den jeder Grashalm, jeder Stein dort ausstrahlte. Diesen in allem ruhenden Frieden konnte auch die chinesische Soldateska nicht zerstören, sie hinterließ nur ein blutiges Geschichtskapitel, sonst nichts. Und Li brannte darauf, das nächste Kapitel aufzuschlagen: „Deutschland ist ein wunderschönes Land mit fleißigen, disziplinierten und freundlichen Menschen, aber jetzt ist es an der Zeit zurückzukehren."

Ich konnte Li nur zustimmen, musste ich ja auch, denn irgendwie waren wir Seelenverwandte, auch wenn er immer noch etwas gelber war als ich. Wir rauchten unsere letzte gemeinsame Zigarette in Deutschland und freuten uns auf die gemeinsame Zukunft in Tibet.

Es war mal wieder Dienstag geworden, der Kalender zeigte den 05.11.1985 und es war neblig. Die Sonne und das Jahr waren kraftlos geworden. Stimmte natürlich alles nicht, die Sonne beglückte mit ihrer Kraft nur mal gerade wieder andere Erdteile und das kraftlose Jahr gab es auch nicht, die Natur versank nur langsam in den erholsamen Winterschlaf. Würde mir auch gut tun. Meine Aufgabe war ja in ein paar Minuten erledigt, es würde halt nur ein Sprengstoffanschlag mehr sein, in Belgien hatte es dieses Jahr ja schon mehrfach gekracht. Man würde schnell zur Tagesordnung übergehen und sich weiter darüber freuen, dass Boris Becker Wimbledon gewonnen hatte und sich darüber wundern, dass man vor Gericht nur ein Urteil, nicht aber das Recht bekam und das Pulverfass Naher Osten war ohnehin allgegenwärtig.

Li war, wie vereinbart, schon vorgeflogen, von meinem Polizisten hatte ich mich verabschiedet, Gerd und die Liebe meines Lebens hatte ich noch kurz auf dem Friedhof besucht. Einige Tote mehr würden ihnen bald Gesellschaft leisten und dann konnten sie sich ja in aller Ruhe aussprechen.

Ich saß in meinem Mietwagen in Sichtweite des Eingangstores und fragte mich bei jedem ankommenden Wagen, ob ich mit dieser Schuld leben könnte. Und wie jeder tapfere Befehlsempfänger gab ich mir immer wieder die gleiche Antwort, dass diese Menschen unsere Feinde seien und ich letztlich nur einen Auftrag, der bestimmt einer höheren Gerechtigkeit dienen würde, zu erfüllen hätte. Auge um Auge und Zahn um Zahn, so steht es schon im Alten Testament und wer wollte diese ewige Wahrheit anzweifeln.

Und selbst Immanuel Kant führte hierzu aus:

Hat er gemordet, so muss er sterben. Es gibt hier kein Surrogat zur Befriedigung der Gerechtigkeit.

Ich blickte auf ihren Schweizer Chronometer. Frank saß bereits im Flieger nach Hong Kong, der jetzt wohl gerade seine Reisehöhe erreicht haben musste, neben sich einen leeren Sitz, der auch leer bleiben würde. Die Stewardesse musste ihm in diesen Minuten meine kurze Notiz geben: *Frank, ich musste ihn töten. Er hat mir die Liebe meines Lebens genommen. Mutter, Bruder und der Rest der Familie sind unverletzt und in Sicherheit. Verachte und hasse mich, das lindert den Schmerz.* Und während er verständnislos auf diese Worte blickte, löste ich die Fernzündung aus.

Der Verfasser, ein Spätberufener

Joachim H. M. George wurde am 06. November 1945 in einem 1.000 Seelendorf in Nordhessen geboren. Als 14jähriger zog er dann mit seinen Eltern nach Frankfurt, besuchte dort ein altsprachliches Gymnasium, das er noch vor dem Abi verließ, um eine Lehre bei der letzten deutschen „Kolonialgesellschaft" anzutreten, die ihn dann nach Südafrika führen sollte. Die Lehre wurde beendet und die Koffer waren gepackt,  als das Vaterland rief und er seinen Wehrdienst antreten durfte. Er heiratete, der Militärdienst war zu Ende und die Ehe auch. Also zurück auf Los. Es folgte der zweite Bildungsweg zum Diplombetriebswirt und eine Reihe diverser Jobs in verschiedenen größeren und kleineren deutschen und ausländischen Firmen als Kostenrechner, Einkäufer, Verkäufer, Controller, Geschäftsführer, Leiter Rechnungswesen, Marketingleiter usw. Jobhopper war in diesen Zeiten ein Schimpfwort, aber er hatte Glück, verliebte sich, heiratete, zwei Superkinder – von jeder Sorte eins - kamen zur Welt und er fand im privaten Sicherheitsgewerbe einen Arbeitgeber, der einen Mitarbeiter mit genau dieser Allrounderfahrung als rechte Hand des geschäftsführenden Inhabers suchte. Und endlich hatte er seinen Job, seine Aufgabe gefunden und lernte die dunkle Seite der Gesellschaft etwas intensiver kennen. Vom millionenfachen Ladendiebstahl, den hunderttausenden jährlichen Einbrüchen bis zum Überfall auf und der Ermordung von Geldtransporter hatte er vorher zwar in der Presse gelesen, aber jetzt war er – natürlich auf der guten Seite – direkt in diesem Milieu und das war etwas komplett anderes.

Der Job blieb interessant, die Kinder wurden erwachsen, leider die der Inhaber auch, die Erbstreitigkeiten begannen und die Firma wurde an einen deutschen Großkonzern und nach wenigen Jahren dann an einen US-Konzern verkauft. Die Kollegen befürchteten zu Recht die üblichen personellen Einschnitte und organisatorischen Veränderungen und fragten ihn, da er ja Erfahrung mit US-Unternehmen hatte, ob er sich nicht als Betriebsrat wählen lassen wolle. Er wollte und wurde. Als freigestellter Betriebsrat, nach fast 20 Jahren als leitender Angestellter, wurde er jetzt wirklich ein Kollege und damit auch Ansprechpartner für alle privaten und beruflichen Probleme der Kolleginnen und Kollegen. Und mit jedem Gespräch wurde ihm deutlicher, dass die aktuelle Literatur der Vielschichtigkeit des Lebens in ihrer Einengung auf einen stringenten Handlungsablauf und der wirklichkeitsfremden Darstellung und Sprache nicht gerecht wird. Auf dieser Basis reifte dann nach Eintritt in das Rentnerdasein langsam der Entschluss mal ein oder zwei eigene Bücher zu versuchen, in denen Alles mit Allem zusammenhängt und offene Baustellen manchmal eben offene Baustellen bleiben. Dies in einer Zeit, in der Recht wegen Gewinn und Macht manipuliert wird und die Dunkelziffern und **Political Correctness** die Tagessieger sind.

Zeitfracht Medien GmbH
Ferdinand-Jühlke-Straße 7
99095 Erfurt, Deutschland
produktsicherheit@kolibri360.de